TOM WOLF

MUSKATBRAUN

Zerstreute Gesellschaft

Preußen-Krimi

berlin.krimi.verlag

Die Personen und Handlungen dieses Romans sind frei erfunden.
Ähnlichkeiten mit tatsächlichem Geschehen
sind zufällig und nicht beabsichtigt.

Bibliografische Information der Deutschen Bibliothek

Die Deutsche Bibliothek verzeichnet diese Publikation in der Deutschen Nationalbibliografie; detaillierte bibliografische Daten sind im Internet über http://dnb.ddb.de. abrufbar.

Originalausgabe

KulturBrauerei Haus S, Schönhauser Allee 37, 10435 Berlin
post@bebraverlag.de
Lektorat: Gabriele Dietz, Berlin
Umschlag: Hauke Sturm, Berlin, unter Verwendung des Gemäldes
von Theobald von Oer, »Kahnfahrt in Rheinsberg«,
Stiftung Preußische Schlösser und Gärten Berlin-Brandenburg
Satz: psb, Berlin
Schrift: Stempel Garamond 9,5/13,5
Druck und Bindung: GGP Media GmbH, Pößneck

ISBN 978-3-89809-504-4

www.bebraverlag.de

Für Ulrike

Verzeichnis der historischen Personen und *fiktiven Hauptakteure*

August Wilhelm Prinz von Preußen – Bruder Friedrichs II.
Beeren, Marie Gräfin von – Tochter Honoré Langustiers
Brädow, Dankward von – Forstmeister in Rheinsberg
Buchholtz, Sophie-Marie von – Hofdame Sophie Dortheas
Darget, Claude Etienne – Vorleser und Intimus Friedrichs II.
Fourmont, Jeanne de – Geliebte Charles Edward Stuarts
Friedrich II. – König in Preußen
Groß, Alexander – russischer Gesandter in Berlin
Hamilton, Andrew – Reisender
Kähn, Friedrich Wilhelm von – Herr auf Wittwien
Langustier, Honoré – Zweiter Hofküchenmeister Friedrichs II.
Meerkatz, Anselm Baron von – Altertumskundler und Kunstsachverständiger
Pöllnitz, Carl Ludwig Baron von – Oberhofzeremonienmeister Friedrichs II.
Prinz Heinrich – Bruder Friedrichs II.
Prusskow, Peter Niklas von – Sohn des Nachfolgenden, Lakai beim Prinzen Heinrich, Mundschenk Friedrichs II.
Prusskow, Ulrich Hermann von – Fischereipächter in Warenthin
Roskusch, Ferdinand von – Gewürzhändler, Herr auf Beerenbusch
Rost, August – Diener des Herrn Tristwitz
Sophie Dorothea – Mutter Friedrichs II.

Stuart, Charles Edward – Bonnie Prince Charlie, der »jüngere Prätendent«, de-jure-Kronprinz von England, Schottland und Irland

Tristwitz, Boromil – Papiermüller, Pamphletist, Herr auf Schlaborn

Vallé, André de la – Buchhändler

Woronzow, Konstantin – russischer Vizekonsul

Den ganzen Tag am Hof.
Demnach verloren.
Graf Lehndorff, Tagebuch

Dienstag, 1. März 1746

»Sagen Sie nichts wider die Nachtmütze. Die Nachtmütze ist eine ausgezeichnete Erfindung, Monsieur – nichts ist wichtiger für das Wohlbefinden als der Schutz des Kopfes vor feuchter Nachtluft. Dies gilt insonderheit, wenn der Körper sich entspannt und seine Poren auftut. Besondere Bedeutung hat die Nachtmütze für die Zähne. Ist der Kopf dem kalten und feuchten Zuge ausgesetzt, leiden die Zähne am ehesten. Ohne Zähne aber kann man kein Fleisch essen. Monsieur Cartillon, ein sehr gelehrter Mann, der gerade nach Berlin gekommen ist, gibt ein trauriges Beispiel. Seine Zähne sind so schlecht, dass er schon seit Jahren nur noch Rübenpüree zu sich nimmt. Hätte er nur an die Nachtmütze gedacht!«

Der König, dessen Französisch annähernd tadellos war, verfügte über ein erstaunliches Repertoire an Varianten der Verschmitztheit. Sein Gegenüber war erheitert oder tat zumindest so.

»Ihr Humor, Sire, ist einzigartig. Aber Sie möchten nicht etwa Frankreich mit Europas Nachtmütze gleichsetzen und England mit seinen Zähnen?«

Der König lachte.

»Eine gewöhnliche Nachtmütze ist wertvoller. Frankreich war nur unter Schwierigkeiten imstande, mir aus meinen Bredouillen herauszuhelfen. Meine militärische Laufbahn ist nunmehr zu Ende. Wohl bin ich allezeit den Interessen des französischen Königs zugetan und setze allen Wert der Welt auf seine Freundschaft – man hat mich aber nicht hinlänglich unterstützt, dass ich sagen könnte, ich wäre zufrieden. Ich sehe, dass es in England nun einem Blutsverwandten nicht anders ergeht, und wünschte, Ihr König würde sich dort mehr engagieren, als er es bei mir getan. Dem hübschen Knaben Charles fehlt es an Truppen und Geld, die ihm die französische Krone viel leichter gewähren könnte als ich. Doch er hat einen Mut, den man nicht unterschätzen darf. Ich für meinen Teil indessen will fortan eine genaue Neutralität beobachten, so werde ich vielleicht in der Lage sein, bei zukünftigen Konflikten als Vermittler zu wirken.«

Der preußische König sah seinen Besucher ernst und mit einer Ruhe an, die durch nichts zu erschüttern schien. Im Audienzzimmer im Potsdamer Schloss war es so kalt, dass kein Gespräch hier lange dauern konnte. André de la Vallé, sehnsüchtig an eine warme Nachtmütze denkend, antwortete:

»Ihre glänzende Stellung, Sire, würde Sie zum Friedensstifter Europas prädestinieren. Dies sollten Sie aber nicht auf dem Parkett der Diplomatie allein anstreben, sondern durch das tätige Einmischen, und sei es auch nur, indem Sie jenem Unerschrockenen unter die Arme griffen.«

»Ich gebe es zu, aber die Rolle wäre sehr gefährlich. Ein Glückswechsel brächte mich an den Rand des Ruins. Ich bin mir zu sehr der Gemütsverfassung bewusst, in der ich mich befand, als ich zuletzt Berlin verließ, um mich je Fortunens Launen wieder auszusetzen. Wäre das Glück mir entgegen gewesen, so sähe ich mich als einen Monarchen ohne Thron und meine Untertanen in der grausamsten Unterdrückung. Das ist ein schlechtes Spiel – es heißt immer nur: Schach dem König. Kurzum, ich will meine Ruhe haben.«

Sein Gesprächspartner nickte pro forma.

»Doch bedenken Sie, dass es Ihnen an Verbündeten nie fehlen sollte, und ein neues Stuart-England unter Charles Edward wäre ihr dankbarster Parteigänger. Das Haus Österreich wird Sie niemals mit ruhigem Auge im Besitz von Schlesien sehen.«

Der König beschied ihn knapp:

»Die nach mir Kommenden werden tun, was sie wollen; die Zukunft steht nicht in unserer Disposition.«
De la Vallé ließ nicht locker.
»Darf ich hoffen, dass wir unser Gespräch hierüber noch fortsetzen? Denn es ist durchaus nicht so, dass ein künftiges England sich dessen, was Sie ihm getan haben würden, nicht dankbar erinnerte.«
Der König schien nachdenklich geworden.
»Für heute wollen wir es dabei belassen. Ich bitte Sie, nach Berlin zu gehen und dort zu bleiben, bis ich Sie wieder rufen lasse. Es soll Ihnen an nichts fehlen, weshalb ich Ihnen einen Zuschuss zu Ihrer Haushaltung zahlen will. Nehmen Sie vorerst Logis im *König von Portugal* und lassen es sich eine Weile wohl ergehen. Halten Sie sich indes nur fern von den gemeinen Berlinern, denn das sind alles Verbrecher! Außerdem bitte ich Sie, bei den anstehenden Hoffesten mein Gast zu sein. Bon jour, Monsieur.«
»Untertänigster Diener und ergebensten Dank, Sire.«

Sonnabend, 12. März 1746

Baron Anselm von Meerkatz schüttelte sich, dass ihm die Flocken aus dem Pelz flogen. Er ging am Domestikenhaus des verwaisten Rheinsberger Schlosses vorbei und betrat den gefrorenen Grienericksee. Bei den ersten Schritten auf dem verschneiten Eis fühlte er sich unbehaglich. Doch allmählich fasste er Zutrauen. Wo die Reck die Seen verband, mochte die Eisdecke dünner sein, weil dort das Wasser in Bewegung war. Der Baron schickte im Vorwärtsschreiten ein Stoßgebet zum grauen Himmel. Es knackte zwar hie und da, aber er kam unbeschadet über den ganzen Graben zum Großen Rheinsberger See. Es erheiterte ihn, daran zu denken, wie er den Prinzen Heinrich um den kleinen Finger gewickelt hatte. Eine Schilderung der abenteuerlichen Pläne, das Grab des Remus auszuheben und auch sämtliche übrigen Altertümer der Gegend zu rekognoszieren, hatte vollends hingereicht, die Königliche Hoheit für ihn einzunehmen. Ein Geräusch hinter ihm ließ ihn stehen bleiben. Das Herz klopfte ihm bis zum Hals. Er drehte den flachen Kopf, der ihm etwas Kerbtierhaftes verlieh. Aber zu sehen war nichts. Die Eiskristalle rieselten unaufhörlich, und er setzte seinen Weg fort. Niemand kannte seinen Plan. Zumindest hatte er die Karte wissentlich keinem gezeigt. Seine Linke griff instinktiv an die Stelle, wo unter Mantel und Uniformjacke das gefaltete Papier verborgen war. Da tauchte im Katarakt der weißen Flocken unvermittelt der bewaldete Felsrücken auf, die Remus-Insel. Meerkatz verharrte eine geraume Weile und lauschte. Das Wehen des Windes übertönte alles. Manchmal schwoll es bis zum Pfeifen an. Oben auf dem Hügel, wo jetzt die Baumgerippe schwankten, musste der Turm der alten Wasserburg gestanden haben. 1635 flohen die Rheinsberger hierher, um sich vor den marodierenden Schweden zu verstecken. Doch während die Rheinsberger in der Ferne ihre Hütten brennen sahen, erblickten sie das Herannahen ihrer Mörder, die ihnen auf die Schliche gekommen waren. Das winters erstarrte Blut tränkte im Frühling die Insel. Meerkatzens Ururgroßvater hatte in der Familienchronik über die Gräuel berichtet: *Maßen dann viele alte Leuthe zu Tode gepeinigt, Todt geschoßen, unterschiedliche Frauen und Mägde zu Tode geschendet, theils Kinder aufgehencket, theils auch gebrathen, viele ausgezogen, daß sie bei ausgestandener Kälte verrecket und des Todes sein mußten.* Wittwien war verschont geblieben; es lag gut versteckt in den Wäldern. Als Meerkatz vor einem halben Jahr den Vater beerdigt und die Bücherschränke durchforstet hatte, waren ihm mehrere Werke als entbehrlich aufgefallen. Darunter war Großenhayns *Mythologie* von 1624 gewesen, ein unhandlicher Schinken in einem etwas zu großen Metallkasten. Das kleine Wappenschild daran zeigte einen Storch mit einem Pfeil im Hals: das Wappen der Edlen von Lino, der reichsten Familie der Rheinsberger Gegend. Ihr Dörfchen war im Dreißigjährigen Krieg zerstört und erst Ende des siebzehnten Jahrhunderts wiederhergestellt worden. Man hatte Schweizer dort angesiedelt. Meerkatz hatte beschlossen, diese Schwarte – wie einige andere – zu verkaufen. Er hatte alle ausgewählten Bücher unter den Arm genommen und war auf dem Weg die Stiege hinab. Plötzlich aber kam er ins Rutschen und segelte mit seiner Ladung zu Tal. Der Großenhayn war aus der klappernden Kiste gesprungen, doch Meerkatzens Verwünschungen über dieses Missgeschick verklangen rasch. Ein voluminöser Papierstreifen hatte sich aus dem lädierten Buchrücken befreit – ein mehrfach gefalteter Bogen mit einer Kartenskizze. So war er zu dem Plan gekommen. Tage hatte er gebraucht, um sich darüber klar zu werden, was darauf zu sehen war. Herauszufinden, was die Buchstaben bezeichneten, hatte gleichfalls Mühe gekostet. Die erläuternde Schrift an der Seite war nicht die deutlichste: *a) der alte tiefe Brunnen auf dem Burgwall, b) der Querschlag mit dem Luftloch, c) die Stelle hinter einem großen, eingepassten Steine, hinter selbigem der Hort liegt.* Meerkatz hatte nachgeforscht. Pläne von einer der diversen Burgen auf der Insel gab es nicht. Einen unterirdischen Gang oder einen tiefen Brunnenschacht hatte keiner je erwähnt. Die Liste derer, die 1635 ihr Leben verloren hatten, war lang. Mindestens sieben Höfe und drei Rittergüter waren niedergebrannt. Auf 15 Besitzungen erschienen in den Jahren nach dem Gemetzel neue Namen. Die Linos waren ausgestorben. Doch ihr Schatz, allem Anschein nach verborgen in höchster Not vor den herannahenden Schweden, lag jetzt vor ihm im gefrorenen Grund an der Südspitze der Remus-Insel. Meerkatz stand in Gedanken daran wie verzaubert. Eine kindliche Vorfreude stieg in ihm auf. Wenn es doch nur erst warm würde. Tauwetter. Er sehnte den Frühling herbei wie noch nie zuvor in seinem Leben, wenngleich er im Augenblick froh sein durfte, dass die Eisschicht unter ihm genügte, ihn sicher zu tragen. Er kratzte mit seinem Stöckchen etwas im Schnee, um das Eis zu sehen und zu ermessen, wann es verschwunden wäre, auf dass man per Kahn gefahrlos übersetzen könnte. Die Augen weiteten sich. Er weigerte sich anzunehmen, dass das, was er da mit seinem Kratzen freigelegt hatte, mehr Wirklichkeit besaß als eine bloße Spiegelung auf der blanken Oberfläche. Er fuhr mit seinen Schuhen über den gefrorenen Wasserspiegel und fegte den Schnee über der Stelle restlos weg. Sein Blinzeln beseitigte das Bild nicht. Unter ihm im Eis steckte ein toter Mann. Meerkatz stand ihm förmlich auf der Brust. Die weit offenen Augen des Toten waren auf ihn gerichtet. Sein Blick hatte etwas Flehendes.

Mittwoch, 16. März 1746

Im zärtlichsten Liebesspiel suchten sie Vergessen. Doch hinter jedem der berauschenden Küsse, die sie tauschten, unter jeder Berührung ihrer begehrenswerten, blassen, sommersprossigen, salzigen Haut mit seinen liebeshungrigen aufgesprungenen Lippen schmeckte der Prinz die Strapazen des Marsches, der hinter ihm und seinen Kriegern lag. Sein rechter Arm schmerzte, seine Haarpracht war ein Tummelplatz der Läuse. Auch juckten ihn und seine Gespielin die zahllosen Flohbisse, vom Stroh ihres Lagers im Old Leanach Farmhouse zusätzlich gereizt. Während er die Flanke der Dame nichtsdestotrotz so sanft streichelte, wie nur er es konnte, und ihren Leib in jene Ekstase zu versetzen bemüht war, die sie beide für einen kurzen Moment des allumfassenden Glückes die Fährnisse und Widrigkeiten des Daseins vergessen lassen sollte, kam er nicht umhin, an die Übermacht des dicken, hässlichen Dukes of Cumberland zu denken, der ihn auszulöschen drohte. Gestern hatte er seinen Geburtstag gefeiert und seine neuntausend Mann opulent verköstigt. Der Prinz schämte sich, dass es bei ihm nur für eine Flasche Portwein gereicht hatte, die er mit Jeanne geteilt – seine ausgehungerten Hochlandkrieger dagegen hatten sich um ein paar Hände voll Biskuit streiten müssen, eilig requirierte Schiffsverpflegung, die den Magen ein wenig täuschen konnte.

Mit seinen Beratern war er sich einig geworden, dass sie aus der Mausefalle zwischen Wasser und Moor dringend heraus mussten. Insgeheim hegten sie noch immer die Hoffnung, durch die Wiederholung eines Wunders siegen zu können, durch einen Nachtangriff, der Cumberland und seine Regimenter von Hannoveranern und Hessen überraschen müsste. Daher war er mit allen Kämpfern, die er in der Eile hatte greifen können, zu einem Nachtmarsch in Richtung Nairn aufgebrochen. Aber der Weg war unerwartet morastig gewesen, und etliche Umwege im Finstern hatten viel Zeit gekostet. Um zwei Uhr morgens hatten sie sich klarmachen müssen, dass sie den Herzog und seine ausgeruhten Regimenter bei vollem Tageslicht antreffen, ihnen mit Schild und Schwert vor die Gewehre laufen würden – übernächtigt und mit leerem Magen obendrein. Er hatte die Umkehr befohlen. Eine weitere Nacht war vertan. Nebel vom Firth und dünner Regen hatten die Truppen durchnässt und entkräftet, drei waren gar den Strapazen erlegen.

»Komm, Liebster, lass uns eilen«, hauchte die schlanke, braunäugige Jeanne, die ihm das erloschene Feuer mit allen Mitteln wieder entzünden wollte. Ihr seidiges, mahagonifarbenes Haar fiel ihr bis auf die zart geschwungene Hüfte herab. Es ging auf zehn des Morgens, draußen war die Wache unruhig, klopfte jetzt gar zaghaft.

»Komm doch, nur ganz rasch.«

Der Prinz konnte nicht. Er küsste sie auf die zauberhafte schmale Stirn und schlüpfte, während sie sich seufzend zur Seite rollte und das schöne Gesicht in den Händen verbarg, in Hosen und Stiefel. Dann trat Charles Edward Stuart, eine Inkarnation genialischer Trostlosigkeit und vielfachen Unvermögens, wiewohl noch immer von einer berückenden Schönheit, vor die rohe Holztür des eingeschossigen, schilfgedeckten Steinhauses.

»Was gibt's?«, fragte er resigniert und hörte ungläubig die Meldung:

»Cumberland kommt.«

Um elf rückte der Gegner heran, die ganze Streitmacht des Herzogs, für die das Londoner Parlament seine Kassen geöffnet hatte; es waren die am besten gedrillten Regimenter in Europa. Der

Prinz bezog, nachdem er einen Brief aufgesetzt hatte, dem er ein Schreiben an jenen sagenhaften König beifügte, von dem allein er sich noch Rettung erhoffte, auf einem nahen Hügel Aufstellung. Atemlos verfolgte er die Schlacht. Jeanne stand neben ihm und drückte seinen Arm in zärtlichster Verzweiflung. Müdigkeit und Missmut der Hochländer waren wie weggeblasen, als die ersten Kugeln durch die Luft pfiffen. Als würden sie ahnen, was Cumberland mit ihrer Heimat vorhatte, stürzten sie sich mit wildem Kriegsgebrüll auf den Feind. Doch Prinz Charles Edward sah sie fallen, lange bevor sie die Linien des Gegners erreichten. Welch ungewohntes und schreckliches Bild bei einer offenen Feldschlacht. Derlei sah man sonst nur bei Belagerungen. Die geübten hessischen Schützen waren so schnell mit Gewehren und Kanonen, dass selbst ein stürmischer Angriff wiederholt in Salven endete. Hundert Highlander lagen im Moorgras, ehe es noch zum Handgemenge kam. Wutentbrannt und mit geschwungenen Schwertern durchbrachen die restlichen Schotten Cumberlands erste Linie. Die zweite teilte sich wie in Panik, und die Hochländer fanden sich, mit ihren bloßen, erhobenen Waffen, einer dritten gegenüber, bestehend aus drei Gliedern: das erste kniend, das zweite gebückt stehend, das dritte aufgerichtet. Sämtliche Schützen dieser Linien gaben Salve um Salve auf die Anrückenden, die im tödlichen Sperrfeuer mit ihren Kilts und Schwertern wirkten wie sterbende Krieger aus einer anderen Zeit. Die Mitte und der rechte Flügel waren bei dem Versuch der Umfassung völlig aufgerieben worden. Der linke, am Drehpunkt der Bewegung, war kaum noch in die Schlacht gelangt und so gut wie unversehrt. Lord David Elcho galoppierte den Hügel hinan zum Prinzen, um ihm seine letzten Kämpfer anzubieten. Die beiden jungen Männer waren sich einig, dass der Tod auf dem Drummossie-Moor einem Weiterleben nach der Niederlage vorzuziehen sei. Jeanne de Fourmont flehte den Prinzen an, sich nicht leichtfertig zu opfern – stürbe doch mit ihm der Traum der Stuarts. Er wischte ihre Tränen mit zarter Hand beiseite und überreichte ihr das vorbereitete Schreiben.

»Suchen Sie zu entkommen und geben Sie dies meinem Freund, den ich Ihnen genau beschrieben habe. Vielleicht ist es ihm bereits geglückt, für mich zu antichambrieren. Sollte ich nun doch hier sterben, so nehme er den Brief als Abschiedsgruß. Das inliegende Schreiben an den König mag er dann bestellen – als ein Zeichen meiner höchsten Achtung vor jenem Mann – oder auch nicht, wenn er es für aussichtslos hält. Vergessen Sie mich nicht, ich zumindest werde Sie auch in der Ewigkeit lieben.«

Zum Glück war, ehe Prinz Charles seinem Pferd die Sporen geben konnte, um in den sicheren Tod zu reiten, der Hauptmann John O'Sullivan bei ihm, ein Ire, der aus Frankreich herübergekommen war, um an der Seite der Jakobiten zu kämpfen. Er nahm das Pferd beim Zügel. Der Stuart-Prinz durfte hier und jetzt nicht sein Leben wegwerfen, selbst wenn er es in der Verzweiflung des Tages nicht mehr vermeinte weiter ertragen zu können. Eine verlorene Schlacht war nicht das Ende. Der Prinz ließ es geschehen. Schon im Entschwinden, warf er der Zurückbleibenden einen Kuss zu.

»Sagen Sie ihm, er möge mir schreiben. Was es auch sein mag, das ihn hindert, mir Nachricht zu geben – er hat meine Freundschaft. Versichern Sie ihm dies.«

Sie stand mit Tränen in den Augen da und rief ihm noch etwas nach. Doch ihr Bonnie Prince Charlie hörte sie nicht mehr.

Donnerstag, 17. März 1746

Um fünf war der preußische König putzmunter. In Friedenszeiten erlaubte er es sich einmal im Monat, richtig auszuschlafen. Eben hatte er die Post durchgesehen und schleuderte nun Brief um Brief ins Kaminfeuer, samt und sonders ungeöffnete Umschläge, bei denen ihm die Kürzel der Absender oder die Siegel schon den Inhalt anzeigten. Unerfüllbare Bitten, nicht zu bewilligende Forderungen, absurde Gesuche. Er kannte seine Untertanen, ihre Maßlosigkeit, ihre Unverschämtheit, ihre Weichheit, ihren steten Hang zum Lamentieren, ihre schier grenzenlose Lust an der Larmoyanz. Wie waren ihm diese Töne zuwider. Also lieber gleich fort damit. Der erste Diener des Staates feuerte morgens den ersten Kamin des Staates an – mit den Briefen der Untertanen, höhnte man am Hof. Er aß wie gewöhnlich sein Morgenobst in Milch, samt einigen Löffeln voll geschrotetem Korn, getrockneten Weinbeeren, Leinsamen und Haferflocken und einem Löffel Ingwer. Dazu trank er Kaffee mit etwas Pfeffer, Paprika, Chili und Senf. Nun studierte er die eingelaufenen Berichte aus allen Landesteilen, während sein Diener Karl ihm den Zopf flocht. Der Umriss seiner Ländereien glich einer zerfetzten Regimentsfahne und gemahnte ihn stets an die Hauptpflicht, diese verstreuten Provinzen zu einer durchgängigen Fläche auf der Landkarte zu vereinen. An diesem Morgen überwog das Gefühl einer Eroberung alle bitteren Anwandlungen der Unvollkommenheit. Er hatte Frankreich genommen! Wenn auch nur in einem Papierkrieg, den er seit Monaten mit seinem Bruder Heinrich austrug. Sie führten imaginäre Armeen gegeneinander,

er selbst die preußische, Henri die Franzosen und ihre zahlreichen Verbündeten. Gerade wollte er wieder einen Löffel zum Mund führen, die Augen auf ein Schreiben geheftet, das ihm aus Ruppin zugegangen war, da erstarb seine Bewegung. Achtlos ließ er den Löffel sinken. Der Monarch las noch einmal, um sicherzugehen. Dann hörte der Diener ganz deutlich ein »Potzsapperment!« und musste hart an sich halten, um nicht zu lachen. Sein erhabener Herr fluchte wie ein gewöhnlicher Bierkutscher. Der König befahl, den Kabinettsekretär zu holen:
»Hämmerling soll kommen.«

Honoré Langustier, Zweiter Hofküchenmeister Sr. Majestät, des Königs in Preußen, hatte schlecht geschlafen. Er war unverhofft, wenn auch nur für die Zeit der Abwesenheit des Ersten Hofküchenmeisters Emile Joyard, zum alleinigen Herrscher über die Hofküchen Friedrichs des Einzigen aufgestiegen. Joyard sollte unterdessen im Auftrag des Königs die neuesten kulinarischen Geschmacksentwicklungen in Italien, Spanien und Frankreich erkunden. Langustier schluckte. Die Verantwortung zehrte an seinen Nerven, denn es stand eine schreckliche Verkettung von Hoffesten bevor. Wie gern hätte er mit Joyard getauscht. Ein aus Zeitnot und beständiger Plage gewebtes Grabtuch legte sich verschattend über Langustiers Gemüt. Das wäre die größte Bewährungsprobe seiner Laufbahn, vielleicht sogar sein Ende … Der Name Vatels, des Haushofmeisters von Condé, eingemeißelt auf einer Grabplatte, erschien ihm wie eine Vision über dem Marmor, den er hier um sich sah. Vatel, dieser um so vieles größere Mann, dieser Gott der Küchen, dieses Genie der Organisation, war an einer vergleichbaren Aufgabe zerknickt. Freilich sagten einige, eine Erniedrigung durch seinen Fürsten habe ihm das Herz gebrochen. Wie würde es dann ihm, dem Normalsterblichen Langustier ergehen? Was die Beachtung durch seinen Herrn anbelangte, konnte er allerdings nicht klagen. In Gedanken vertieft, wäre Langustier beinahe mit Hämmerling zusammengestoßen. Der Kabinettsekretär nickte kurz, ebenso abwesend, und eilte weiter. Langustier trat ins Schlafzimmer des Königs, der an seinem kleinen Frühstückstisch über einem Plane zu brüten schien.

»Ah, Monsieur Langustier. Na, geben Sie mich den Wisch einmal her, damit ich Ihnen einen Strich durch Ihre Rechnung machen kann. Für welche kostbaren Niäserien wollen Sie mich heute wieder ein Doppeltes berechnen? Rebhühner? Kapauns? Schneppen? Denken Sie wie immer, mir sei ein Schatz zugeflogen? Dass man mir ausnehmen könnte wie eine goldene Gans? Na, nur her damit.«

Langustier empfand eine derartige Begrüßung wie einen kalten Guss. Er nahm alles viel zu persönlich, hätte er dieses Ritual doch mittlerweile, nach sechs Jahren im Dienst für diesen Mann, gewohnt sein müssen – die ewige Anspielung auf die Köche, die ihn impertinent bestahlen. Jeder wusste doch, dass die täglich eingeplanten 33 Taler nicht hinreichen konnten. Dieses einmal vor Urzeiten gesetzte und nie erhöhte Limit für die Küchenausgaben diente dem Hausherrn nur zur täglichen Belustigung und zum willkommenen Anlass, seinen Untergebenen immer aufs Neue Verschwendungssucht und Neigung zu finanzieller Bereicherung vorzuwerfen. Zudem wollte der Monarch zeigen, dass er sich nicht besser ernährte als seine Untertanen. Ein übler Witz, wenn man bedachte, dass der gemeine Mann für die tägliche Tafel nur ein paar Pfennige hatte. Für 33 Taler hätte man halb Berlin mit Brot und Suppe verköstigen können. Langustier legte dem kleinen Mann im braunen, seidenen Schlafrock einen länglichen Zettel vor, auf dem die Gerichte für Mittagstafel und Abendtafel aufgelistet waren. Der König las langsam und halblaut, denn er trachtete sehr danach, sich das, was da geschrieben stand, möglichst plastisch vorzustellen:

»Kohlsuppe mit Kichererbsen, Rebhuhn und Speck …«

Die Augen traten ihm förmlich aus dem Kopf.

»Rebhuhn!« Er lachte meckernd. »Hab ich's doch gewusst. Die Herren glauben, dass ich der König Krösus seindt. Und Kichererbsen. Mich ist heute nicht nach kichern.«
Er kicherte trotzdem und schrieb in einem Gekrakel, das nur Langustier und seine grafologisch geschulten Mitauguren in der Schlossküche dechiffrieren konnten: *Schweizer Suppe mit Porree, Karotten und Parmesankäse*. Dann las er weiter:
»Hühnchen mit gefüllter Gurke auf englische Art …?«
Jetzt warf er Langustier einen feindseligen Blick zu.
»Wollen Sie mir umbringen, Monsieur? A l'anglaise? Auf die englische Art? Der Schröder soll sich nicht einfallen lassen, dergleichen noch einmal zu versuchen. Sonst schicke ich ihn zu Onkel Georg zurück.«
Des Königs Feder kratzte ungelenk. Langustier stand verblüfft. Nicht einmal eine Woche war es her, dass der oberste Genießer seines Staates sich über eben dieses Gericht des Hannoveraners Schröder, zuvor in den Diensten Georgs II. von England, in den höchsten Lobestönen geäußert und ausdrücklich, als ihm der Speisezettel zum Abzeichnen nach dem Mahl erneut vorgelegt worden war, vermerkt hatte: »Sehr gut. Hat mich trefflich gut geschmecket. Kann wiederholet werden.« Wenn der Regent in dieser Laune war, verbot sich jegliche Nachfrage. Irgendetwas sehr Großes, das merkte Langustier sofort, war der Majestät über die Leber gekrochen. Dulden und ergebenes Nicken waren geboten. Man konnte nur staunen über die subtilen Gratwandlungen des Gemüts. Sein Gegenüber hatte unterdessen wütend hingekritzelt: *Kleine Hühnerpasteten auf römische Art*. Und so ging es weiter, bis selbst die Portugieser Kuchen simplen Waffeln – *des Gauffres* – gewichen waren. Der König lehnte sich erschöpft zurück. Er hatte schon wieder eine Schlacht geschlagen. Langustier überlegte, um sich zu entspannen, wann der Monarch zuletzt Missfallen an seiner Arbeit als Koch geäußert hatte. Er musste weit zurückgehen, um ein Gericht zu finden, das seinem Dienst-

herrn wahrlich übel aufgestoßen war. Vor der glorreichen Schlacht bei Hohenfriedberg war es gewesen, im Lager bei Frankenstein. Die grüne Sauce zum Lamm hatte den Ausschlag gegeben. Wortwörtlich. Langustier hatte nicht die erforderlichen sieben Kräuter zusammenbekommen und sich deswegen mit Brennnesseln beholfen anstelle des Borretschs. Ein fataler Fehler, er hätte sich noch immer ohrfeigen mögen deswegen. Der König hatte Ausschlag auf der Zunge bekommen und sich drei Tage bitter über die geschmacklosen Speisen geäußert; sie hatten Ingwer, Muskat, Salz und Pfeffer, Chili und Knoblauch in Mengen anwenden müssen, die einen gewöhnlichen Sterblichen auf der Stelle getötet hätten. Langustier nahm den korrigierten Speiseplan an sich, verbeugte sich und begann unter weiteren demonstrativ ehrbezeugenden Verbeugungen seinen Rückzug zur Tür, als ihn der Olympierblick traf, wie ein Bannstrahl auf der Stelle hielt und am nächsten Katzbuckel hinderte. Des Königs Stimme modulierte in moderate Tonlagen und klang fast menschlich. Das kriegerische Spiel mit dem BataillepIan der Speisekarte war vorbei, und die Realität ernüchterte den Spieler.
»Monsieur Langustier, bitte kommen Sie noch einmal her. Nehmen Sie einmal kurz bei mich Platz. Ich muss Sie etwas sehr Krudes zeigen, das heute gekommen, wegen einer Sache, in der selbst der Landrat von Ruppin nicht weiterweiß.«
Langustier hielt erstaunt inne. Er sah sich, dem König gegenübersitzend, die Zeichnung an, die auf dem Tische lag. Der morgendlichen Küchenzettelprozedur entrissen, fand er sich unversehens in offenem Gewässer. Er bemühte sich, die Gefühle der Beklemmung abzuschütteln und kühlen Kopf zu bewahren. Sein letzter Sonderauftrag, bei dem er mehr hatte aufbieten müssen als guten Geschmack, war schon fast ganz aus seiner Erinnerung verschwunden. Er fühlte wieder etwas Spannkraft zwischen den Schultern, als ihm der König anhand der Karte die Lage zu erklären begann.

»Das seindt der große See von Remusberg, darin die Insel liegt, auf der ich die sterblichen Überreste des Remus vermute. Kennen Sie die Geschichte?«
Langustier verneinte. Römische Mythologie zählte nicht direkt zu seinen besonderen Interessen. So durfte der König dozieren:
»Im Vatikan haben die Kapuzenmönche ein Manuskript gefunden, das die Historia von Romulus und Remus mit mehr Verve erzählt, als man sie vorher kannte. Diese Handschrift legt dar, dass Remus seinem rasenden Bruder entkam, sich in die nördlichen Provinzen Germaniens flüchtete und dort an einem See eine Stadt baute. Nach seinem Tod sei er auf einer Insel begraben worden, die wie ein Berg aus dem See aufragt. Mons Rhenus, nach dem Flüsschen Rhin, doch im Ursprunge, worüber mir sicher wähne: Mons Remus. Die Insel mit dem Grab des Remus seindt somit diese Insel hier. Um die Gebeine des Remus zu finden, hat mein Bruder jetzt den Baron von Meerkatz als einen kundigen Bodenschnüffler bestallt. Als man den Grundstein zum alten Schloss in Remusberg legte, fand man angeblich auch abgekratzte Steine, in welche die Sage vom Geierflug geritzt war.«
Der König zog die linke Augenbraue hoch und erheischte Verwunderung bei seinem Gegenüber. Langustiers Wissen um diese Sage war gleich null. Die Wendung *abgekratzte Steine* gefiel ihm ungeachtet dessen über die Maßen.
»Oh. Soso.«
Der König nickte.
»In der Tat, Monsieur. Unsere gotischen Vorfahren, die leider höchst unwissend und an Altertümern uninteressiert waren, versäumten es, diese kostbaren Geschichtsmonumente für uns zu bewahren, und ließen uns somit in dunkler Ungewissheit über eine derart wichtige Begebenheit. Als vor drei Jahren die Erde im Rheinsberger Park umgegraben wurde, fanden sich eine Urne und römische Münzen, die aber so uralt waren, dass die Prägung

mehr oder weniger abgewischt war. Ich habe sie Monsieur Meerkatz geschickt, der jetzt meinen Bruder mit schöneren Funden beglücken möchte. Meerkatz schätzt ihr Alter auf möglicherweise siebzehn- bis achtzehnhundert Jahre.«

Der König hatte etwas den Faden verloren. Er bemühte er, wieder zur Sache zu kommen.

»Übrigens werfe mir niemand zu große Leichtgläubigkeit vor. Wenn ich sündige, so nicht aus Aberglauben, sondern nur, werter Maitre, wenn Sie mich zum Sündigen verleiten, sei es mit römischen Pasteten oder Knoblauchmakkaroni. Heute erhielt ich eine Meldung aus Ruppin, die diesen mythischen Ort betrifft. Oder sagen wir, die reale Seite dieses chimärischen Platzes.«

Er tippte auf die Karte der Insel.

»Wie es aussieht, ist in jüngst vergangener Zeit vor diesem sagenhaft-erhabenen Grund eine Mordtat verübt worden.«

Langustier war sofort ganz Ohr. Des Königs Unmut hatte nichts mit dem Essen zu tun. Dem Himmel sei Dank – bloß ein Mord.

»Und wie zum üblen Scherz haben sich die in der Erde wohnenden Rachefurien oder Erinnyen, die nachtragenden und nachstellenden Plagegeister, gerade den Knochengräber Meerkatz zu ihrem Sendboten gemacht, indem sie ihn das Opfer dieser neuzeitlichen Grausamkeit entdecken ließen. Der Gelehrte, den mein Bruder dort eingesetzt, um die alten Mythen aus dem Boden zu wühlen, stieß vorgestern auf einen Menschen im Eis.«

Langustier durchlief es heiß. Eine Leiche im Eis. Das war mal etwas.

»Man hat diesen Gefrorenen gleich herausgehackt und zur Untersuchung hierher abgeschickt. Er wurde inzwischen in den Räumen der Anatomie im Großen Stall von Eller untersucht. Ich werde ihn mir gleich persönlich ansehen, da mir alles bedeutsam erscheint, was an der Remus-Insel gefunden wird, und ich schon lange nicht mehr in den Räumen der Akademie im Großen Stalle war. Es seindt stets von Vorteil, sich blicken zu lassen. Ich habe

einen Haufen alter Maulesels im Stall, die lange den Dienst machten, aber ich will nicht, dass sie Stallmeisters werden.«
Er lachte.
»Ich bitte Sie, mich zu begleiten. Landrat von Rohr hat sich bemüht, in Remusberg etwas über den Toten herauszubringen, doch es ist ihm nicht gelungen.«
Beglückt und munter auflebend, stimmte Langustier in den königlichen Seufzer ein.
»Nun, Sie wissen, mein Bester, wie viel ich um eine Hebung der Polizei-Ausbildung nach Art der Pariser gäbe, doch widerstrebt mich die Spitzelart, die man dort den Offiziers anerzieht. In meinen Landen soll es keine Geheimpolizei geben, und ich mag es verständlicherweise nicht leiden, dass Menschen, die zu französischen Spitzeln erzogen wurden, meine eigenen Offiziers unterweisen. Ich könnte dies sonst leichter haben und sie gleich von Frankreich aus dirigieren lassen … Aber ich habe ja Ihnen, Monsieur. Überlassen Sie Torten und Braten und Saucen einmal für ein paar Tage Ihren subordinierten Köchen und Küchenhelfern. Finden Sie heraus, wer dieser Remus-Insel-Tote war. Was wollte der Mann da, wo man ihn gefunden? Wie kam er dort hin? Natürlich auch, wer ihn am Weiterleben hinderte und warum?«
Der König befahl einen seiner Flügeladjutanten von Bülow zu sich und schickte auch noch einmal zum Kabinettsekretär Hämmerling. Während man die Herren erwartete, sagte er:
»Wenn wir den Leichnam observiert haben, werden Sie nach Remusberg fahren. Sie müssen sich ohnehin dort umtun, um nach dem Zustand des kleinen maroden Küchenlochs zu sehen. Alles muss vorbereitet sein, bis wir anrollen.«
Der König verschwand hinter einem Wandschirm. Als er nach wenigen Momenten wieder hervortrat, hatte er sich des Casaquins entledigt und war ganz der gewohnte Argus in Uniform. Die Offiziere kamen, und einige geflüsterte Befehle später gingen der König, sein Flügeladjutant von Bülow sowie sein Hofküchen-

meister Langustier die wenigen Schritte vom Schloss hinüber zum Großen Stall, wo die Akademie ihre Sternwarte, die Gens d'Armes ihre Hauptwache und die Charité einige Sektionsräume nebst anatomischem Lehrsaal hatten. Unter den Linden begegneten ihnen nur wenige Menschen zu der noch immer frühen Stunde.

Johann Theodor Eller, der Leibchirurg des Königs, war sichtlich erstaunt, den Monarchen an seinem gemauerten Untersuchungstisch zu sehen. Er hatte sich nicht angekündigt und wurde nur von seinem Adjutanten von Bülow begleitet. Nein, hinter diesem war noch jemand. Ein Polizei-Offizier? Nachdem sich Eller von seinem Schrecken erholt und dem Regenten seine Referenz erwiesen und auch den Flügeladjutanten begrüßt hatte, erblickte er Langustier als Dritten im Bunde.
»Sie auch hier? Es ist mir eine Ehre, Monsieur. Ich dachte nicht, dass wir jemals wieder das Vergnügen hätten.«
Langustier sah zum Tisch und schwieg. Vergnügen war nun vielleicht doch etwas anderes, aber er freute sich ebenfalls aufrichtig, Eller wiederzusehen. Der König wies auf den Grund seiner Anwesenheit und bat von Bülow, im Vorraum zu warten und Störungen fernzuhalten.
»Nehmen Sie auf mir keine Rücksicht, Eller: Mich seindt schon so viele Tote unter die Augens gekommen. Und nicht alle waren so vollständig mit ihrer Haut angetan wie dieser hier. Erklären Sie uns die Lage. Monsieur Langustier wird sich in meinem Auftrag in Remusberg umsehen, als bewährte Ergänzung der Landpolizei.«
Vor ihnen auf dem Tisch lag ein dunkelhaariger, feingliedriger Mann, von dem eine merkliche Kälte ausging. Eller begann:
»Der Herr war zur Ablebenszeit schon im vorgerückten Alter, zwischen 40 und 50 Jahren, schätze ich. Ein Mann höheren Standes, seinen feinen klammen Händen nach zu urteilen, die dem

Anschein nach wenig körperliche Arbeit verrichten mussten. Vielleicht hat er einmal Seidentapeten für seinen Landsitz betüpfelt oder die Arbeiter beim Aufstellen einer Skulptur dirigiert. Die Kleidung, welche sich an ihm klebend fand, entspricht zwar dieser Vermutung nicht. Ich halte aber sehr dafür, dass sie dem Manne übergezogen wurde, nachdem man ihn seiner Garderobe beraubt hatte. Selbst die feinere Unterwäsche verschwand, so scheint es, bei dieser Gelegenheit. Der Chevalier kann sich freuen, tot zu sein, denn wenn er noch leben würde, ließe ihn der Anblick seines Äußeren Todes sterben.«

Die Herren mochten Ellers ungehörige Art, in Gegenwart eines Toten Witze zu machen, nicht goutieren und stimmten nicht in sein Lachen ein. Der königliche Leibchirurg wurde wieder ernst.

»Die Schuhe passten dem Herrn so wenig wie der Rock. Einen Mantel fand man nicht. Des Weiteren keine Handschuhe, was bei seinen Händen vielleicht sogar das Erstaunlichste an diesem winterlichen Badenden ist.«

Langustier konnte nicht umhin, seine eigenen Hände einer Untersuchung zu unterziehen. Sie zeigten deutliche Spuren langjähriger Handwerksarbeit.

»Sehen Sie sich das einmal an, Sire.«

Eller wies den Regenten nochmals auf die Hände. Er nahm die eine hoch und spreizte die Finger.

»Mon dieu. Was seindt das denn vor eine Erscheinung?«

»Es sind Schwimmhäute. Äußerst selten. Es weist auf frühere archaische Formen des Menschen, als die Natur noch spielerischer mit ihren Gaben umging. Heute wird es allenfalls noch in Adelsfamilien vererbt, wo der Zufluss frischen Blutes oft … nun ja … naturgemäß unterbunden ist, da man untereinander heiratet.«

Auch Langustier hatte so etwas noch nicht gesehen. Der König zog sich einen Handschuh aus und musterte intensiv seine Hände.

»Wenn Ihre Theorie stimmt, so ist es doch nur ein sehr entfernter Verwandter meines Hauses.«
Jetzt lachten sie doch alle.
»Trug er noch seine Börse bei sich?«, fragte der König. »Oder Schmuck? Ringe?«
Der Pathologe schüttelte den Kopf.
»Nein, überhaupt nichts. Nicht den geringsten Fingerzeig, seine Herkunft betreffend.«
Indem er wie beiläufig auf die Taschenuhr blickte, die den Deckel seiner augenblicklichen Lieblingstabatiere zierte, ließ der König merken, dass die Zeit seines Verweilens an diesem Ort eine begrenzte war. Die Metropole erwachte. Es war kurz nach sechs.
»Nun, dann muss man zuerst sehen, wie es zuging, dass er ins Eis kam. Wann seindt der Mensch denn überhaupt eingefroren? Letztes Jahr? Vor Weihnachten? Zum Beginn des Karnibal?«
Eller erwiderte, sich bewusst kurz fassend, um nicht der leicht zu reizenden königlichen Spottlust anheimzufallen, die besonders verheerend sein konnte, wenn man dem ersten Staatsdiener Zeit stahl:
»Landrat von Rohr bewies immerhin so viel Umsicht, den Zustand des Eises genau zu untersuchen, bevor er den Toten bergen ließ. Er schreibt, dass es in der unmittelbaren Umgebung der Leiche von einer anderen Färbung, ja selbst von einer anderen Struktur gewesen sei. Das bedeutet ...«
»Dass der Mann in ein Loch im Eis geworfen wurde«, konnte Langustier nicht umhin, ihm ins Wort zu fallen.
»Sie sagen es. Vielleicht nicht geworfen, möglicherweise auch einfach nur sachte versenkt. Doch aus der Tatsache, dass er in ein Loch im Eis kam, können wir schließen, dass er den halben Februar noch am Leben war, denn der tiefe Frost begann erst vor drei Wochen. Der See hatte eine geschlossene Eisdecke ab dem 6. Februar, wie von Rohr ermittelt hat. Begehbar war die Eisschicht ab dem 15. Das sagt Herr von Prusskow, der Fischerei-

pächter, der an diesem Tag sein erstes Loch ins Eis schlug, denn der Mann fischt auch im Winter. Das Eis hatte um die Mitte des Monats schon die Dicke einer Elle.«

Langustier bewunderte Ellers Scharfsinn. Aus einer simplen Beobachtung über die Farbe oder Struktur von Eis war da schon eine ganze Menge gefolgert. Er fragte:

»Aber er ist nicht ertrunken, oder? Ein Ertrunkener geht rasch unter. Geschieht dies bei starker Kälte, bleibt er unten. Solange es kalt ist, bildet sich kein Gas in der Leiche. Mit der ersten warmen Sonne kommt sie nach oben. Auch wiese er sonst wohl die üblichen grünlichen Verfärbungen am Bauch auf, wo die Fäulnis beginnt.«

Nun durfte Eller beeindruckt sein.

»Monsieur, ich ziehe meinen Hut. Sie denken recht pathologisch für einen Laien. Alles lässt wahrhaftig darauf schließen, dass er bereits tot war, als man ihn im eiskalten Wasser versenkte. Er ging nicht unter, weil seine Lungen voller Luft waren, die nicht mehr einfach entwich. Ein toter Organismus ist keine Flasche, die man ohne Stöpsel unter Wasser drücken kann, um sie volllaufen zu lassen. Dass er dennoch leicht absank, verdankt sich dem Gewicht der ihm übergestreiften ärmlichen Bekleidung. All dies geschah zu einem Zeitpunkt extremer Kälte, was die Zersetzung stoppte.«

Eller schwieg kurz und gedachte freudig der Tatsache, dass es sich hier um eine wunderbar erhaltene, erstklassig konservierte Leiche handelte. Keine üblen Begleiterscheinungen beim Sezieren, eine saubere Sache für ihn, den ersten preußischen Pathologen. Und Schwimmhäute. Dann fand er zu seinen Erläuterungen zurück. Langustier hatte unterdessen die Kleidungsstücke vermessen, die dem Bewusstlosen übergezogen worden waren.

»Man hat sicher versucht, ihn unter dem Eis zur Seite zu drücken, in der Hoffnung, er könnte so besser verborgen werden. Doch falls dies überhaupt gelang, fand der Leichnam wieder zur Öffnung zurück. Auch wenn dies gar keiner weiteren Erklärung bedarf, da wir uns schließlich der vollendeten Tatsache gegenübersehen, dass es so geschehen ist, möchte ich doch noch vermuten, dass es die Körperwärme war, die den Toten unterm Eis eine Art Rinne hervorbringen ließ, die ihm den kurzen Weg zurück bahnte. Das Wasserloch fror binnen weniger Stunden wieder vollständig zu. Ich denke, wenn er am Abend versenkt wurde, wird extreme Nachtkälte die Öffnung im Eis schon am nächsten Morgen wieder verschlossen und einsetzender Schneefall die Spuren des Loches getilgt haben.«

Langustier hatte sein Maßnehmen beendet, sich die Ergebnisse in ein kleines schwarzes Notizbuch eingeschrieben und sagte:

»Bleibt die nicht minder wichtige Frage: Wie kam der Mann zu Tode?«

Der König nickte.

»Sehr trefflich gefragt. Wurde er erschlagen, wie von Rohr gemeldet?«

»Er erhielt einen kräftigen Schlag, doch davon starb er nicht. Das Mark ist unverletzt. Er wurde bewusstlos. Väterchen Frost vollendete das Werk.«

»Dann ist der Täter also Russe«, feixte der Monarch und fragte:

»Vorgesetzter Mord oder Beraubung mit unglücklicher Todesfolge?«

»Das, Sire, werden Ihre Offiziere herausfinden müssen. Der Herr hier verhält sich kühl und verrät uns nichts weiter. Könnte also durchaus ein Diplomat sein.«

Sie lachten abermals, wenngleich sarkastisch, und der König sagte:

»Ich danke Ihnen, Monsieur. Vorerst wird sich dieser ebenfalls diplomatische, aber höchst lebendige Herr in Remusberg umtun.«

Er klopfte Langustier auf die Schulter und gab ihm ein Schreiben, das der Kabinettsekretär in aller Frühe aufgesetzt hatte und

das eben vom Flügeladjutanten hereingereicht wurde, dem es wiederum ein Mann der Wache gebracht.
»Ich erwarte keine Wunder, Monsieur. Das seindt eine Kokosnuss von einem Rätsel. Ich rate Ihnen, mit höchster Vorsicht zu Werke zu gehen. In der Provinz begegnet man leicht einem Knüttel. Dieser Kaperbrief öffnet ihnen notfalls versperrte Türen und Münder.«
Der frisch installierte Sonderbeauftragte hielt sich am königlichen Permiss-Schreiben fest. Wuchs man nicht mit den Aufgaben? Ehrgeiz, der ihm leider in nicht geringem Maße zu eigen war, wiewohl er ihn nach außen hin stets zu verstecken trachtete, meldete sich und blähte ihm die Backen. Sein Leib straffte sich, und er erklärte leuchtenden Auges:
»Sire, ich werde alles tun, Sie nicht zu enttäuschen.«

Freitag, 18. März 1746

Prinz Heinrich blickte resigniert auf den letzten Brief des Bruders, der ihm die Kapitulation anheimstellte. Friedrichs Truppen standen vor Paris. Nach den ungeschriebenen Regeln ihres Federkriegs – einer Kriegsübung auf dem Papier, bei dem unter ihnen aufgeteilte Heere über die Landkarte zogen – durfte der Sieger Tribut fordern. Der König verlangte den hübschen Pjotr als Mundschenk. Henri erkannte die perfide Anspielung, denn in Remusberg gab es die Mythe als Gemälde: Zeus lässt Ganymed als Mundschenk auf den Olymp entführen. Henri fühlte die Schwäche in seinen Gliedern. Die Pocken, die er aus dem Kriege mitgebracht, hatten ein Schlachtfeld aus seinem Gesicht gemacht. Am liebsten hätte er das Bild von Pesne, das ihn als jungen Krieger mit glatten Wangen und geradem Blick zeigte, wie einen Schild vor sich hergetragen. Jetzt war er nur noch ein hässlicher Prinz von Geblüt, der in Selbstmitleid verfiel. Zu welchen Gipfeln der Hässlichkeit würde ihn das Alter noch emportreiben? Welche Schmach würde er noch von seinem Bruder ertragen müssen? Welche Demütigungen und Zurücksetzungen? Gerne ließ er in solcher Laune den Bruder und sich selbst in antike Rollen schlüpfen. Er war ein zweiter Remus, vom Bruder mit Gehässigkeit verfolgt. Wie der Bruder des Romulus würde er dereinst nach Remusberg fliehen, um die Sticheleien nicht länger ertragen zu müssen. Doch er konnte sich nicht helfen: Trotz all der Gemeinheiten, die Frederic ihm antat, liebte und bewunderte er ihn. Frederic verbreitete Schrecken durch bloße Präsenz. Das vermochten nur echte Könige. Henri wusste genau, dass er selbst nie einer werden würde. Der Prinz drehte sich zur Seite und weinte ins geblümte Kissen.

Der König fuhr mittags mit dem hübschen Pjotr im Gepäck nach Potsdam. Langustier indessen war auf dem Weg ins transsilvanisch anmutende Rheinsberg. Andere legten diese Strecke in vier Stunden zurück. Doch nicht jeder hatte, wie der König, eine Expressberline mit spezieller Federaufhängung nach dem Prinzip von de la Force. Nach sechs Stunden Fahrt war der Hofküchenmeister mit Nerven und Geduld am Ende. Vermeintlich schlichte Chausseen wurden zu krachenden Eispisten voller diabolisch versteckter, kornsacktiefer Schlaglöcher. Allbekannte märkische Dickfelligkeit empfing den Durchgeschüttelten. Der Kastellan Feldt, der sich fuchsgleich in seinem Bau unterm Südflügel des Schlosses verschanzt hatte, bequemte sich erst nach mehrmaligem Traktieren des Klingelzugs zu erscheinen. Als Langustier ihm zu erklären versuchte, warum er vor Ort war – um die Schlossküche zu inspizieren –, dauerte es sehr kalte, lange Momente, bis das Knurren des Mannes sich in tätige Bewegung auflöste. Langustier flötete, von der Widerborstigkeit des Subalternen unbeeindruckt:
»Wenn Sie die Freundlichkeit besäßen, die Kamine in den mir zugewiesenen Kammern sowie auch den Herd in der Schlossküche anfeuern zu lassen – mit aller in diesen Dingen gebotenen augenblicklichen Plötzlichkeit, wenn ich bitten darf. In knapp drei Monaten werden wir eine Menge Gäste haben; etwaige von mir angeordnete Umbauarbeiten müssen nach Expressbewilligung Seiner Königlichen Majestät – die formelle Zustimmung Seiner Königlichen Hoheit, des Prinzen Heinrich, vorausgesetzt – unverzüglich beginnen.«
Feldts Knurren mündete in einen Laut, der sich zur Hälfte dem Schmerz und zur Hälfte dem Erstaunen verdankte. Langustier griente überlegen. Die Vorstellung, eine ganze Kleinstadt durch

einige hingeworfene Bemerkungen in Aufruhr versetzen zu können, erfüllte ihn mit Genugtuung. Binnen einer Viertelstunde stand sein schmales Gepäck im Südflügel des Marstalles in einer netten kleinen Zimmerflucht. Auf ein Entree folgte als Hauptraum ein Saal mit Kamin und kleinem Alkoven. Darin stand ein wahres Prachtbett. Ein langer Tisch sowie zwei Fenster, die zum Schloss hin schauten, verhießen einen erträglichen Aufenthalt. Über zwei Stühle gebreitet trocknete der Mantel am eilfertig entfachten Kaminfeuer. Langustier hatte Hunger. Doch den Gasthof des Ortes, den *Ratskeller*, wollte er nicht aufsuchen. Wohlweislich steckten sämtliche Zutaten für eine solide Abendmahlzeit in dem aus Berlin mitgeführten Korb. Wozu hatte er schließlich seine Tochter Marie, die das renommierte *Delicatess-Comptoir* in der Berliner Rossstraße betrieb? Er stand eben im Begriff, sich mit diesem Notpaket auf den Weg zur Küche zu machen, als es klopfte. Langustier öffnete und gewahrte einen etwa gleichaltrigen Mann mit leicht gedrücktem Kopf und angenehm tiefer Stimme.

»Baron Meerkatz. Bitte verzeihen Sie die Störung, Monsieur. Ich wohne nebenan. Bei meinem Einzug benötigte ich einen ganzen Tag, um den Kastellan auf Trab zu bringen. Da wollte ich einmal sehen, wer ihn von der Rechtmäßigkeit seines Anliegens, hier Wohnung zu beziehen, so schnell überzeugen konnte. Wie haben Sie das fertiggebracht?«

»Ergebenster Diener, Baron. Es mag die unbändige Wut über die Zumutungen der Anreise gewesen sein, die meiner Stimme einen martialischen Beiklang verlieh. Gestatten: Honoré Langustier, Zweiter Küchenbatallionschef Seiner Majestät.«

Meerkatz rang um Fassung. War es zu glauben, dass er Tür an Tür mit dem Küchenmeister des Königs logierte, von dessen Tafel man sich Wunderdinge berichtete? Noch bevor er seinen Gefühlen gebührenden Ausdruck verleihen konnte, hatte Langustier den Korb mit seinen mitgebrachten Schätzen am Henkel gefasst.

»Darf ich Euer Wohlgeboren zu einer Inspektion der Schlossküche einladen? Sie machen sich keine Vorstellung davon, Baron, wie leer mein Magen nach der Schütteltour über die hierher führenden Chausseen ist, die ihre Bezeichnung durch nichts verdienen.«

Meerkatz nickte überglücklich. Er ließ Langustier noch rasch einen Blick in die von ihm bewohnten Nachbarräume nehmen, die wesentlich kleiner und unscheinbarer waren, wie er betonte. Langustier fand sie indessen reizvoll, er staunte über die vielen Bücher, die der reisende Gelehrte mit sich führte, und bewunderte die Porträts in schmucken Rahmen. Auf einer Mecklenburg-Strelitzischen Gazette lag eine weiße Kokarde aus Papier, entfernt an eine Rose erinnernd. Meerkatz klagte über die üble Bettstatt, über das Fehlen eines Tisches für seinen Sinclair'schen Rechenautomaten, und auch sonst noch über dies und das. Langustier blickte dem Porträt eines Edelmannes in die hübschen, fraulichen Augen.

»Wer ist denn das?«

»Bonnie Prince Charlie – ich lernte ihn in Rom kennen, ein reizender Mann. Ich unterstütze ihn, wo ich nur kann. Wenn ich jünger wäre, würde ich übers Meer fahren und mich unter seine Getreuen mischen.«

»Das ist Charles Edward Stuart?«

Ein überaus gut aussehender junger Mann war auf der Leinwand zu sehen, eher ein schöner Knabe, in einem mit goldenen Tressen besetzten Rock aus Schottenkarree. Alle Welt sprach seit einem dreiviertel Jahr von diesem Edlen, dessen so glücklich begonnener Feldzug den englischen König arg in Bedrängnis gebracht hatte. Aber mittlerweile sah es nicht mehr rosig aus für ihn. Langustier warf noch rasch einen Blick aus den Fenstern: Zur Manege und dem Reitplatz hin konnten die Augen schweifen, ebenso auf den Rhin und einen Teil des verwilderten Parks, der jetzt eine bizarre Schneelandschaft war. Der Hunger kam mit

Verve zurück, sodass sie den südlichen Marstall-Pavillon schneller verließen, als man die Titulatur des Königs aufsagen konnte. Über die Brücke und durch den Tunnel huschten sie auf die Schlossinsel, wandten sich im Innenhof nach rechts gegen die Tür unterm Bogen. Die Kammern der Ökonomie und die Küche des kleinen Wasserschlosses lagen eine Treppe tiefer, wo der Feuerbefehl ausgeführt worden war. Ein Topf mit fertigem Cassoulet wurde an eine Stange im Ofenschlund gehängt. Langustier zerkleinerte Gemüse für eine Julienne. Der Gedanke, hier im Sommer für mehrere Dutzend Personen kochen zu müssen, erschien ihm so absurd, dass er schon fast wieder erheiternd war.

»War Ihr Herr Vater nicht am französischen Hof tätig?«, fragte der Baron Langustier in einer ersten wohlig-warmen Ermattung.

»In der Tat, das war er. Ich selbst sprang damals noch wie besinnungslos den Hofschönheiten im Park von Versailles nach. Ein lustiges Treiben war das, fürwahr. Wenn ich mich noch an den Namen dieser Rothaarigen erinnern würde, warten Sie mal …«

»Wollüstiger Bürgerlicher, Sie! Vergreifen Sie sich nur nicht an einer Dame von Stand.«

Langustier lachte.

»Nun, das ist lange her; vergeben Sie einem Jungen aus einfachen Verhältnissen, der von Sitte und Anstand keinerlei blassen Schimmer hatte. Die Natur regierte das Leben. Mein Vater hatte alle Hände voll zu tun, um den königlichen Ansprüchen Genüge zu leisten, darüber litt meine moralische Erziehung einigen Schaden. Ich habe aber in diesen paradiesischen Jahren alle Freuden und Genüsse des Lebens kennengelernt, und ich denke, dass sich der Sinn für das Gute in jeder Hinsicht, das Gewissen und die Liebe zum Schönen auf diese Weise vielleicht sogar am reinsten und vollständigsten ausbildet.«

»Wahr gesprochen, mein Herr. Wer stets nur darbt, wird auch kein Gespür für das Höhere entwickeln und nur danach trachten, es zu zerstören. Neid und Missgunst bestimmen vor allem das Leben

in der Provinz, wo Kultur schwer zu entwickeln ist. Man muss den Sinnen einen Nährboden geben.«
Die Gerüche, die aus der Ofenschlucht kamen, wirkten geradezu betäubend. Langustier befand die Gemüsesuppe für fertig. Sie kam auf den Tisch und fand restlose Würdigung.
»Nur ein Künstler Ihres Ranges, Monsieur, weiß in Karotten, Kohl und Freyensteiner weißen Rüben so viel Witz und Charme zu entdecken«, sagte Meerkatz.
Der Duft des Cassoulets stand im Raum, noch bevor der Topf zwischen ihnen auf dem klobigen Eichentisch gelandet war, auf dem sonst gearbeitet – geschnitten, geköpft, tranchiert oder angerichtet wurde. Eine geraume Weile war nun an Reden nicht zu denken. Was Langustier schon immer gewusst hatte, jetzt bestätigte es sich aufs Neue im Experiment: Weißen Champagner konnte man zu allem trinken. Satt blickten sie auf das in sich zusammenfallende Herdfeuer.
»Was halten Sie von einem kleinen Verdauungsspaziergang über den See?«, fragte Langustier.«
Meerkatz schnaubte, als hätte man ihn um einen höchst unlauteren Gefallen gebeten.
»Verzeihen Sie, aber ich hege augenblicklich einen Widerwillen gegen gefrorenes Wasser.«
»Die Witterung ist nicht unbedingt jedermanns Sache, da pflichte ich Ihnen bei.«
»Darum ist es mir nicht zu tun, Monsieur. Meine Aversion gründet viel eher in dem merkwürdigen Fund, den ich vor Tagen machte.«
Langustier spielte den scharf Nachdenkenden, bevor er sich vor den Kopf schlug.
»Baron, was bin ich für ein Esel. Wie konnte ich nur so taktlos sein? Bitte vergeben Sie mir, der ich kaum aus den Küchen herauskomme. Ich hätte es mir längst zusammenreimen müssen, dass Sie derjenige sind, der … Die Tatsache, dass Sie hier wohnen, die Pläne … Oh, wie konnte ich nur so blind sein.«

»Sie hörten davon? Wirklich? Nun ja, ich kann mir denken, dass so etwas schwer geheim zu halten ist.«
Langustiers Selbstvorwürfe wirkten so echt, dass Meerkatz umgehend bemüht war, die Zerknirschung seines Gegenübers zu mildern.
»Lassen Sie es nur gut sein, für ganz so dramatisch darf es nun nicht gelten. Meine Empfindlichkeit ist mit den Jahren ins Kraut geschossen, wie mich dünkt. Klären Sie mich doch auf: Was erzählt man sich am Hof über die Angelegenheit?«
»Gar nichts, der König hat die Geschichte selbstredend nicht weiter publik machen lassen. Baron, wir wollen die Sache unberührt lassen. Aber wir sollten die letzte Flasche Champagner nicht ungekühlt trinken.«
Das Eis, wenn man Meerkatzens Widerstand so nennen mochte, war gebrochen. Er sagte:
»Vielleicht wäre es sogar das beste Mittel gegen meine Beklemmung, den Ort meines denkwürdigen Fundes gleich noch einmal aufzusuchen und ein Glas auf das Seelenheil des Toten zu leeren. Ihr Vorschlag gefällt mir, je länger Sie mir Zeit lassen, über ihn nachzusinnen.«
Langustiers Neugier, die Remus-Insel betreffend, war inzwischen nicht nur geweckt, sondern hellwach.
»Der König erzählte übrigens von alten Steinen mit Remus-Gravuren. Wissen Sie davon?«
Meerkatz ließ die bereits angewinkelten Arme jedoch noch einmal sinken und sackte wieder am Tisch zusammen.
»Wir Heutigen sind in jedem Fall auf Vermutungen angewiesen, was die Urzeiten betrifft. Der berühmte historische Kern der Sagen ist meistens banal, wenn Sie verstehen. Sollten Sie die fraglichen Steine nun aber partout einmal sehen wollen, dann blicken Sie aufmerksam in den Herd. Getreu der alten sagenhaften Verquickung der Bedeutung von Tempelheiligtum und Opferstätte hat man die Platten zur Auskleidung eben dieses Sanktuariums

verwendet, in einer Zeit zumal, als man die Wiedergeburt der Alten auf eine triumphale Weise feierte.«

Langustier war baff. War es die Möglichkeit? Tatsächlich erkannte er nun rußgeschwärzte Felstrümmer hinter den Bratspießen. Fett bedeckte die Gravuren. Konnte man da noch etwas lesen? Er hielt eine nach römischem Vorbild gestaltete kleine Unschlittlampe in die Höhlung.

»Machen Sie sich keine Mühe, es sind nur unleserliche Spuren von Schriftzeichen«, sagte Meerkatz. Doch da kannte er Langustier schlecht.

»Da steht ganz deutlich *Raemus fraa* –, und darunter lese ich: *scele, sed an. sei d – …* «

Es waren immer die ersten Wörter in den Zeilen noch lesbar, an der rechten Hälfte der Steine hatte der Zahn der Zeit so gründlich genagt, dass man darüber verzweifelte. Langustier schrieb alles ab und studierte die Einträge in seinem Notizbuch, bevor er eine Übersetzung improvisierte:

»Remus, durch seines Bruders Romulus Bosheit verjagt, führte die Phocenser zur Errichtung eines Reiches mit sich und erbaute die Stadt Rema. Danach hat er 23 Jahre regiert und drei eheliche Söhne gezeugt und seine Völker beherrscht. Seine Gattin Hersilia und seine Söhne beklagen unmäßig seinen Verlust.«

Meerkatz schien von Langustiers transkriptorischen und fabulierenden Leistungen nicht sonderlich beeindruckt zu sein.

»Wollen wir? Das meiste von dem, was Sie da gerade zu sehen glaubten, wird nur die zufällige Spur der Ausdünstungen Ihres sagenhaften Cassoulets gewesen sein.«

Sie nahmen Blendlaternen und gingen hinaus in die Kälte.

»Stammen Sie aus der Gegend?«, fragte Langustier, während er neben Meerkatz übers Eis marschierte. Sie schritten zügig aus, um nicht festzufrieren. Die Wangen röteten sich, und das Sprechen bedurfte schon bald einiger Übung, wollte man mehr als Geheul oder Lallen von sich geben.

»Von 1463 bis 1707 waren die Meerkatzen Herren auf dem Rittergut Wittwien – jenem Rheinsberger Vorwerk, das nachher Eigentum der Wittstocks war und jetzt Kähn gehört. Die Wälder heißen noch immer die Meerkatzenheide.«

»Rheinsberg hat auch mehrmals den Besitzer gewechselt, wenn ich nicht irre?«

»In der Tat. Es gehörte den Grafen von Lindow, den Edlen von Plotho, den von Bredows, von Lochows, dem General du Hamel und den de Bevilles, bevor es der Soldatenkönig 1736 für seinen Sohn, unseren jetzigen König, erwarb. Vor zwei Jahren hat dieser es wiederum seinem Bruder, dem Prinzen Heinrich, geschenkt.«

Nach langem eisigen Schweigen kamen sie vor die Remus-Insel. Meerkatz zeigte auf eine Stelle im Eis, auf die aus mehreren Richtungen Fußspuren zuliefen.

»Sie finden hier alle Spaziergänger, die sich nach meinem Fund hergewagt, noch immer durch die Abdrücke vertreten.«

»Interessant. Ich nehme an, die beiden Spuren, an denen wir bis hierher entlanggelaufen sind, waren die Ihren – vom Hin- und Rückweg am Tag Ihres Fundes?«

Meerkatz nickte.

»Später bin ich mit den Polizei-Offizieren in der Kutsche von Rheinsberg durch den Bobero bis zur Landzunge dort drüben gefahren. Diesen Trampelpfad, den Sie hier sehen, haben also von Rohr, seine Leute und ich zuwege gebracht. Zuletzt kamen drei Bauern, die den Toten aus dem Eis gehackt haben. Diese Striche stammen von den Kufen des kleinen Schlittens, mit dem man den Geborgenen hinübergezogen hat.«

»Was ist mit dem Forstmeister? Wo wohnt der?«

»Da hinten im Forsthaus, unweit der Reck, mit Blick auf den Grienericksee. Ich habe ihn an dem Tag, als die Leiche geborgen wurde, gar nicht gesehen. Brädow heißt er, wie die ältesten Besitzer Rheinsbergs. Bloß mit ä statt mit e.«

»Was liegt da drüben?«, fragte Langustier.

»Das Vorwerk Schlageborn, auch Schlaborn geheißen. Gehört dem Papiermüller Boromil Tristwitz, dem verrückten dicken Dichter, der sich mit Gott und der Welt anlegt.«

»Ich entsinne mich. Der König hat erwogen, seine widerlichen Pasquills gegen Maupertuis und Voltaire zu verbieten, sich dann aber entschlossen, den Mann auf seine Art zu bestrafen. Er hat ihm ein Fass Essig geschickt und ein Schreiben, in dem er ihm das tägliche Gurgeln anempfiehlt, um den Unrat, der ihm im Halse stecke, zu lösen, auf dass er ihn bei sich zu Hause ausspucke. So werde die Mitwelt geschont und das teure Papier aus seiner Offizin für andere Zwecke nutzbar.«

Sie lachten herzlich.

»Und wer hat die Fischerei gepachtet?«, wollte Langustier wissen.

»Prusskow – dort in Warenthin ansässig. Prusskow war derjenige, der die Leiche fachmännisch herausholte.«

Meerkatz deutete auf einen Lichtpunkt in der Ferne, den man gerade noch wahrnehmen konnte, wenn man links an der Insel vorbeisah.

»Alter Ruppiner Adel, heruntergekommen sozusagen bis auf die Plötze. Allerdings mit russischem Einschlag, fragen Sie mich nicht genauer. Prusskow hat eine natürliche Tochter eines Bruders der Königinwitwe geheiratet, und der Ziehsohn ist Lakai beim Prinzen Heinrich. Vielleicht kennen Sie ihn? So ein langer, dünner, Gesicht wie ein Engel. Heißt Peter mit Vornamen, wird aber von allen Pjotr genannt, wegen seiner Größe: Peter der Große. Keiner weiß, wer sein wirklicher Vater ist. Prusskow hat ihn als Findelkind aufgenommen. Wahrhaft biblisch, in einem kleinen Weidenkorb fand man den hübschen Knaben eines Morgens am Ufer.«

Langustier kannte ihn vom Sehen. Mehr aber auch nicht.

»Hören Sie«, sagte Meerkatz, »Sie brauchen mir doch nicht länger etwas vorzumachen: Sie sind eine Berühmtheit in Berlin. Man kennt Sie nicht nur als des Königs Küchenmeister, sondern auch als einen Mann mit kriminalistischen Neigungen. Sie sind nicht von ungefähr gerade jetzt hier aufgetaucht. Geben Sie es zu – der König hat Sie wegen des unbekannten Toten nach Rheinsberg geschickt! Die Sache mit der Küche ist doch nur vorgeschobener Anlass.«

Langustier fühlte sich überrumpelt. Er nickte.

»Sie haben mich durchschaut. Doch ich bitte Sie, darüber Stillschweigen zu bewahren.«

Meerkatz gelobte es. Langustier sagte feierlich:

»Auf Friedrich den Großen.«

Er hatte aus den Tiefen seiner Manteltaschen zwei Gläser hervorgezaubert und wollte gerade darangehen, die Champagnerbouteille mit geübter Hand so zu entkorken, dass man nur ein schwaches Ächzen gehört hätte und der belebende quirlige Geist des Getränkes nicht herausgeschossen wäre, wie es beim üblen Gehabe der protzenden Landadeligen meistens geschah, doch statt eines seufzenden Korkens war nur sein Lachen zu hören. Weißen Kältenebel ausstoßend, konstatierte Langustier:

»Gefroren.«

Er hob die Flasche mit dem Champagner-Eis.

»Auf den Unglücklichen. Möge er es dort, wo er jetzt ist, wärmer haben.«

Sie traten den Rückzug an. In der Schlossküche fabrizierte Langustier aus mitgebrachtem Geflügelfond eine lebensrettende Bouillon.

»Kannten Sie ihn?«, fragte er den Baron, der sich mit seltsamen Bewegungen bemühte, das Absterben seiner Gliedmaßen zu verhindern, die auf eine absonderliche Art zu schmerzen begonnen hatten.

»Wen?«

»Den Toten, den Sie gefunden haben.«

»Nein. Das wäre zu viel gesagt.«

Meerkatz verlor für den Moment den gebotenen Respekt vor der Brühe.
»Au, verflucht. Ich habe ihn einmal gesehen, das ist aber schon ein Jahr her. Es war bei Monsieur de la Vallé, der damals noch ein Palais in Berlin bewohnte. Ich hegte damals einige Hoffnung, die erlesene Sammlung von Reiseberichten in französischer Sprache, die mein Vater zusammengetragen hatte, gewinnbringend an de la Vallé zu verkaufen. Dieser Herr, dessen Namen ich nicht kannte, war bei ihm. Er brach gerade auf, als ich eintrat. Immerhin sah ich an der Kleidung, die er trug, dass er keineswegs der arme Schlucker war, als der er augenscheinlich aus dem Eis kam.«
»Interessant! Wie sah er aus?«
»Typ englischer Kaufmann. Vornehm, wirkte wie ein Mann von höherem Stand. Ich fragte de la Vallé, wer er war, und er nannte den Namen Moore. Weiter fragte ich nicht, weil ich nicht neugierig erscheinen wollte. Leider, könnte man von heute aus sagen.«
»Dieser de la Vallé war kürzlich bei Seiner Königlichen Majestät in Privataudienz. Ein seltsamer Vogel, ich sah ihn nur einmal. Er wohnt noch in Berlin?«
»Ja, jetzt logiert er im *König von Portugal.*«
Der Champagner war wieder aufgetaut. Meerkatz auch. Er kam auf sein Lieblingsthema, die jakobitische Sache zu sprechen, und Langustier bemühte sich, soweit der Champagnerpegel es zuließ, das Anliegen der Stuarts bei sich zu rekapitulieren. Der junge Charles verfocht seinen Rechtsanspruch, König von Schottland, England und Irland zu sein. Schottische Freischärler waren unter seiner Führung auf London marschiert. Der englische König packte schon die Koffer. Aber dann war, mit dem Zaudern seiner Berater, das Ende von Charlies Siegeszug gekommen. Das Zurückgehen war sein Verhängnis.
»Er hätte nicht zurückgehen dürfen«, sagte Langustier.
Meerkatz' Augen leuchteten.

»Das war sein verfluchtes Fatum. Als ihm die Clanchefs die weitere Gefolgschaft verweigerten, soll er gesagt haben: Lieber will ich zwanzig Fuß unter der Erde liegen, als zurückzugehen. Er ist ganz vom Schlage unseres Königs. Doch er hatte keine echte Macht über seine Männer.«
Der Baron kippte den Rest des Champagners, als ob es Wasser wäre.
»Jetzt bleibt uns nur die Flasche Port, die ich noch für Notfälle dabei habe«, sagte Langustier.
»Dies ist ein Notfall«, beschied ihn der Baron.

Sonntag, 20. März 1746

Die Runde in Langustiers Kaminzimmer war erlesen. Keiner der kurzfristig eingeladenen Honoratioren fehlte, denn wer hätte schon der Verlockung widerstehen können, einmal von jenem Manne bekocht zu werden, der üblicherweise für das leibliche Wohl des Königs sorgte? Niemand vermochte zu sagen, woher um alles in ihrer Einöde die Zutaten für die zwei Suppen, zwei Entrées, zwei Bratengerichte und sechs Entremets gekommen sein mochten, aber zum Kostverächter wurde deswegen keiner der Herrn.

»Eine Oille auf spanische Art?«, raunte Herr von Klitzing Hilfe suchend seinem Nachbarn Ferdinand von Roskusch zu, die handgeschriebene kleine Speisenkarte vor Augen. Der Gewürzkaufmann wusste vielleicht besser, was man sich darunter vorzustellen hatte. »Was war das noch gleich?« Dem Landjunker kam das reichlich spanisch vor. Klüger, vorzugeben, man hätte es einmal gewusst, käme aber nicht mehr darauf.

Roskusch durchschaute die Finte und antwortete in beiläufigem Ton, zur bloßen Eindeutschung noch etwas Weltläufigkeit dreingebend:

»Kalte Suppe, die Spanier sagen Kasperscho dazu.«

»Ach richtig, jetzt fällt es mir wieder ein. Aber sagen Sie einmal: Kleine Pasteten à la balanquine?«

Klitzing prononcierte deutsch: ballankwiene.

»Balkanische Pasteten. Mit viel Paprika«, behauptete Roskusch knapp. Wenn man nicht weiterwusste, war das Wichtigste: nur rasch antworten, ganz gleich, was. Und so ging es munter fort, die gesamte Liste hindurch, bis zu den Haricots mit brauner Velouté-Sauce, was immer das auch genau sein mochte. Roskusch hätte um keinen Preis der Welt auch nur eine einzige Klitzing'sche Frage unbeantwortet gelassen, sonst wäre das Gefühl der geistigen Superiorität, das für ihn hier draußen in der märkischen Steppe so überlebenswichtig war, restlos dahin gewesen.

»Grüne Bohnen mit einer Schneckensauce.«

»Nein? Unglaublich.«

»Meine Herren.«

Langustier war mit zwei dampfenden Suppentöpfen erschienen, die baummagnolienblütenweiße Kochmütze wie eine riesenhafte, in die Höhe geschossene Krone auf dem Kopf.

»Ich danke Ihnen für Ihr Erscheinen. Sie leisten Seiner Majestät einen nicht geringen Dienst, indem Sie heute meine Künste überprüfen, denn im Sommer wird die winzige Schlossküche allerhand auffahren müssen.«

Er seufzte.

»Bis dahin, so befürchte ich, ist hier noch einiges zu verbessern. Achten Sie bitte besonders darauf, ob die Speisen nicht einen störenden Beigeschmack vom Rauch aufweisen. Der offene Herd ist grauenhaft, doch den Einbau einer geschlossenen Anlage, wie wir sie in dem neuen Sommerschloss bei Potsdam haben werden, wird der König seinem Bruder nicht ohne Weiteres bezahlen. Ich fürchte, es wird auch so gehen müssen. Notfalls werden wir Sie, Monsieur Krüger, um Unterstützung bitten müssen, besonders was die Möglichkeit zur Vorbereitung von Marinaden, Suppen, Fonds, Geflügel-, Gemüse- und Fischpasteten sowie Desserts angeht. Ihr Ratskeller ist geräumig, da treten sich zwanzig Köche nicht tot. Gegen den rußigen Bratenschlauch im Schloss ist selbst die Hölle noch das Paradies. Doch nun zur Sache. Bon appetit, Messieurs.«

Franz Krüger, der Wirt vom *Ratskeller*, war über diese Aussicht gar nicht erfreut. Trotz seiner Beklommenheit schmeckte er, dass das eine bessere Suppe war, als er sie jemals würde herstellen können. Von Rauch keine Spur. Aber wusste er, was höfische Gaumen empfanden? Klitzing und Roskusch ergingen sich in Bekundungen des Wohlbefindens.

»So was kriegt man hier sonst nicht«, ließ sich die quallige Stimme des verrückten Dichters Boromil Tristwitz vernehmen. Es klang wie ein Vorwurf gegen Krügers Kochkünste und war auch so gemeint, wenn man den Blick in Rechnung stellte, der dem Satz beigesellt war. Tristwitzens Augen waren zwei Gallertbälle, die weit aus den Höhlen hervortraten, sodass man befürchtete, sie würden heraustropfen. Sie saßen in einem Quadratschädel, der kantig gewesen wäre, hätte nicht die Aufgeblähtheit des ganzen Tristwitz-Körpers auch hier abrundend gewirkt. Die braune Brokatweste spannte sich vor seiner Brust und war kurz vorm Bersten. Tristwitz hatte einen leichten divergenten Strabismus, der sich bei drohenden Blicken unheilvoll bemerkbar machte, da die nach verschiedenen Zielen schielenden Augen ein Gegenüber förmlich zu umfangen schienen. Er hielt Messer und Gabel in den Fäusten, zeigte damit auf andere und schmatzte so laut, dass man das eigene Wort nicht verstand. Der Wein tat das Seine, die Konversation zwischen den Gerichten anzukurbeln. Langustier hatte zwei Hilfskräfte angeheuert, sodass er den Raum nur noch zu den Bratengängen verlassen musste. Das Gespräch auf den Toten zu lenken, war dennoch nicht einfach.

»Kommen häufig Fremde in die Gegend?«, fragte er den Gastwirt. Krüger verwies ihn auf seinen Nachbarn und sagte:

»Hier sehen Sie einen davon, es sind wahrlich nicht viele. Mister Hamilton, Sie werden am besten darüber Auskunft geben können, wie es ist, als Fremder die Mark zu durchreisen. Wie lange sind Sie jetzt schon unterwegs?«

Andrew Hamilton gab einen Klagelaut von sich. Der junge, schmale Engländer trug maßgeschneiderte, eng anliegende Kleider: einen feinen Rock aus blassblauem Moiré, eine weiße Krawatte und eine luxuriöse Pikee-Weste. Er sprach mit unverkennbar britischem Akzent, aber sowohl Deutsch als auch Französisch fast ohne Fehler.

»Es werden morgen zwei Monate. Ich war nicht nur hier in Rheinsberg. Ich bin zuvor in Wittenberge, Perleberg und Pritzwalk gewesen, in Meyenburg, Freyenstein, Demerthin und kurz auch etwas über den märkischen Rand hinaus im Mecklenburgischen, am Mirower Hof. Ich muss sagen, die Gegend gefällt mir, wenngleich sie ihre Tücken hat. Meine Füße waren zeitweilig eine einzige Blase, bevor ich mich entschied, die Kutsche nicht mehr zu verlassen.«

»Sie versuchten doch anfangs auch, per pedes nach Wittwien zu gelangen?«, fragte der Baron Meerkatz, doch es war keine Frage. Die anderen lachten, denn sie kannten die Geschichte schon.

»In der Tat, doch der schreckliche Mann, der dieses Gut beherrscht, empfing mich mit einem Flintenschuss.«

Wachsende allseitige Heiterkeit.

»Das sieht ihm verdammt ähnlich, dem Kähn«, sagte der Wirt vom Ratskeller. »Der fehlte uns heute noch an diesem feinen Tisch.«

»Allerdings«, bekräftigte Tristwitz. »Hätte in allem gestochert und nichts angerührt, aus Angst, man wollte ihm einen üblen Streich spielen. Diesem erbärmlichen Fant will ich gerne noch ein Pamphlet widmen, allein er ist doch viel zu unbedeutend. In meiner Schrift *Der Ladestock* habe ich ihn trefflich karessiert!«

Die Runde schwieg betreten. Keiner wollte sich mit Tristwitz anlegen, aus Furcht, er könnte die nächste Zielscheibe sein.

»Guter Geschmack ist nun einmal nicht restlos angeboren«, sagte Langustier. »Der Hauptteil muss erarbeitet werden. Wenn der Herr Kähn keine Übung hat, so wäre eine solche Reaktion nur zu sehr verständlich. Es klingt, als ob er nicht sehr oft Gelegenheit fände, die Stätten kulinarischer Hochkultur aufzusuchen, um sich fortzubilden?«

Prusskow sagte:
»Kähn und sich fortbilden? Dass ich nicht lache. Er imitiert zwar den König, doch nicht in kultureller Hinsicht, nur in seinem Tagesablauf. Steht jeden Morgen um vier auf, begibt sich in die Wirtschaft, erteilt seine Weisungen, kontrolliert seine Leute, ist bald beim Holzschlag, bald bei seinen Obstplantagen. Um zwölf nimmt er ein frugales Mahl ein, um sich gegen eins schon wieder aufs Pferd, einen prächtigen Fuchs, zu schwingen und nach Eindringlingen in seinen Gründen Ausschau zu halten. Er durchstreift seine riesigen Besitzungen ...«
»Die vormals Meerkatz'schen«, warf Meerkatz ein.
»Sehr richtig. Stets ist Kähn auf gieriger Lauer, eine Unkorrektheit zu entdecken. Er hat seinen schönen Gaul so abgerichtet, dass sein Tritt im Walde nicht zu hören ist. So vermag er unvermutet vor einem überraschten Pilzsucher oder Holzfrevler aufzutauchen, und dann gnade diesem Gott. Was für ein Glück für Sie, Mister Hamilton, dass er so schlecht zielt.«
Tristwitz schnaufte und ließ sich gluckernd eine halbe Flasche Wein in den Schlund laufen. Den Mann würde er aufsuchen müssen, denn er interessierte ihn von all den Herren hier am meisten, dachte Langustier. Hamilton nickte zu der letzten Bemerkung.
»Eine furchtbare Begegnung, fürwahr. Noch dazu in meiner ersten Woche in Rheinsberg, Mitte Januar. Groß und breitschultrig ist er. Rief mich an und fragte, was ich in seinem Wald tue. Ich sagte, ich ginge spazieren, da eröffnete er ohne weitere Begründung das Feuer. Dies war das Schlimmste, was mir in dieser Gegend bislang begegnet ist. Ich habe seine Wälder nicht noch einmal betreten.«
Nach einer Überlegenspause sagte er:
»Da waren mir die Bauern von Grunow noch lieber, das ich nach einer langen Wanderung zum Menzer Forst und dem Stechlin passierte. Die Dörfler schienen nicht übel Lust zu haben, mit

Steinen nach mir zu werfen. Während sie sich die Sache noch überlegten, schaffte ich es davonzukommen.«

»Das klingt bedrohlich«, sagte Langustier. Übergangslos fragte er den Fischereipächter:

»Monsieur von Prusskow, schmeckt Ihnen mein gebratener Zander?«

»Als hätte ihn Poseidon selbst zubereitet. Doch halt, ich glaube, der war da, um die Fische zu beschützen, nicht sie zu kochen.«

Gelächter.

»Haben Sie denn auch eine Flinte, mit der Sie auf vermeintliche Fischdiebe schießen?«

»Monsieur, ich bin doch kein zweiter Kähn.«

»Wenn er auch viele Kähne hat.«

Hamiltons Calembourg wurde mit der Nachsicht belacht, die man allen Fremden zubilligen sollte, wenn sie bestrebt sind, Witz zu entwickeln und es den Einheimischen in gutem Humor gleichzutun. Prusskow sagte:

»Ich versuche diese erbärmlichen Schufte und Halunken zwar immer zu stellen, doch alles, was ich einmal finde, ist eine wild gelegte Reuse oder eine in Hast verlassene Weidenrute. Die Kerle sind zu dreist und zu vorsichtig für mich. Aber der Schaden, den sie mir beibringen, ist doch enorm.«

»Und wie sieht es mit Ihnen aus, Herr Forstmeister? Haben Sie Probleme mit Wildräubereien?«

Dankward von Brädow nickte.

»Diebstahl ist ein Grundübel. Schon in der Bibel wird es angeprangert. Was immer Menschen stehlen können, ist schon so gut wie weg. Nehmen Sie nur den Toten. Wenn man sich auf das verlassen kann, was die Leute reden, ist der arme Reisende, den Baron Meerkatz gefunden hat, zuvor ausgenommen worden wie eine Gans. Immerhin ließ der Räuber Milde walten und zog ihm die eigenen alten Kleider an.«

In die Runde war betretene Stille eingekehrt, als sei ein Thema berührt, das alle gerne vermieden hätten.
»Ist dies allgemein bekannt geworden?«, fragte Langustier. »Dass der Mann … umgekleidet wurde?«
Brädow bejahte.
»Nun, dann wird es für den Dieb schwer, die Sachen zu veräußern, wenn dies in seiner Absicht lag. Vielleicht wollte er nur vermeiden, dass man herausbekommt, wer der Mann war? Hat den Armen denn niemand gesehen? Wo hat er gewohnt? Bei Ihnen, Monsieur Krüger?«
Der Gastwirt schüttelte den Kopf. Das plötzlich aufflammende Interesse Langustiers wurde den Herren unbehaglich. Eine lebhafte Privatunterhaltung setzte ein und machte es unmöglich, noch gezielte Fragen an die Runde zu stellen. Langustier beschloss, in den folgenden Tagen noch einige kleine winterliche Wanderungen zu unternehmen, und kündigte sich, aus divergierenden Interessen, bei einigen der Herren an. So begeisterte er sich für die Fischerei, die Jagd, den Gewürzhandel und die Papierfabrikation …

Montag, 21. März 1746

Prusskows Haus verdiente ein wirkliches Schlösschen genannt zu werden. Verarmter Landadel? Einiges kostbare Mobiliar in der Halle strafte den üblen Leumund Lügen. Es schien der Familie nicht schlecht zu gehen. Auf die Einträglichkeit seines Gewerbes in dieser Einsamkeit angesprochen, antwortete Prusskow, der Langustier selbst die Tür geöffnet und ihn eingelassen hatte:
»Ich betreibe ja die Fischerei nicht zum Brotwerwerb, wenn Sie es nüchtern betrachten. Etwas freilich muss jeder Mensch tun, um in den Augen der stets neidischen Mitwelt nicht als Strolch und Müßiggänger durchzugehen, und da ich mich schon als kleiner Junge dem Wasser und seinen Bewohnern verbunden fühlte, so habe ich mir eben dieses Alibi zugelegt.«
Langustiers Hang zur Indiskretion war leider nicht ausgeprägt genug, um direkt zu fragen, woher denn seine Einnahmen kämen, doch er vermutete, dass seine Frau eine Apanage aus Hannover erhielt. Ihr ebenso schlichtes wie vornehmes rotes Seidenkleid sprach Bände. Frau von Prusskow, die eben aus dem Wohnzimmer trat, ließ sich von Langustier die Hand küssen. Sie wäre für eine echte Welfen-Prinzessin durchgegangen. Eine Ähnlichkeit mit der Königinmutter in ihren jüngeren Jahren war unverkennbar.
»Madame, ergebenster Diener – es ist mir eine Ehre.«
Er war ganz verzaubert von der Anmut der Hausherrin.
»Lassen Sie nur die Förmlichkeiten. Hier draußen gibt es nur Fische, Vögel, Wildsäue und verrückte Nachbarn. Ich hingegen fühle mich geehrt, dass ich einmal einen Mann vom Hofe unseres

Königs bestaunen kann – Sie kochen anscheinend zu wenig für ihn, er stand schlecht im Futter, als ich ihn zuletzt vor einem Jahr von Weitem sah, war rappeldürr und klein von Wuchs. Woran liegt es?«

Langustier musste herzlich lachen über so viel freche Direktheit, die sich nur eine Frau erlauben konnte, in deren Adern blassblaues Blut floss.

»An mir ganz bestimmt nicht. Majestät speisen wohl und reichlich, doch kann er unglaublich viel vertilgen, ohne dass man etwas davon bemerken würde. Wenn Sie erlauben, so stelle ich mich gerne in Ihre Dienste, sollten Sie heute oder morgen ein Abendessen geben. Sie könnten ihre Nachbarn einladen, wie wäre das?«

»Nein, vorerst keine Soirée mehr mit Nachbarn!«

Sie schien genug mit ihm geplaudert zu haben, denn sie sagte:

»Sie müssen mich entschuldigen, denn ich bin gerade dabei, Fischfond einzukochen. Ich möchte nichts anbrennen lassen.«

»Wie gut ich Sie verstehe! Auf Wiedersehen, Madame.«

Langustier folgte Prusskow hinaus in die Fischerhütte, um ihm bei der Ausübung seines Zeitvertreibs zuzuschauen, das Wort Alibi, das er zuvor verwendet hatte, nicht auf die Gewürzwaage legend. Das sah alles nach einer florierenden Handlung aus. Prusskow verschickte seinen Fisch, den Adressetiketten nach zu urteilen, im eisigen Winter nach Potsdam, Berlin, Dresden, Leipzig, Hannover und Magdeburg.

»Ich habe Sie aufgesucht, um Sie zu fragen, ob Sie in der Lage wären, die königliche Küche im Sommer für einige Tage mit frischem Fisch zu versorgen. Geben die Seen das her?«

Nun lachte Prusskow.

»Selbstredend. Das wird mir ein Vergnügen sein. Sie müssen bedenken, dass im näheren Umkreis eine ganze Reihe von Seen zu meiner Domäne gehören: Grienericksee, Böbereckensee, Kleiner und Großer Lino, der Große Rheinsberger See, der Pätschsee,

Sabinensee, Dolgowsee, Schlaborn- und Bikosee. Die Kähn'schen Gründe legen mir zum Glück nur eine kleine Beschränkung auf, denn das alles sind im Vergleich zu den vorgenannten Seen nur Pfützen. Auch wenn mir das Fischereirecht für den Kamper-, den Großen Kessel-, den Haus-, Barsch- und Krummen See zustünde sowie für Bartels Pfuhl, Viehtrift und Plötzsee, will ich doch dem Kähn nicht begegnen und hake diese Wasser als verloren ab. Der Wittwesee liegt schon wieder außerhalb, und es ist dieser herrliche See der schönste, fischreichste und klarste von allen. Sie sehen, es wird schwerlich einen Mangel geben.«

»Davon haben Ihre Worte mich überzeugt. Ich bin sehr beruhigt und werde Seiner Königlichen Majestät vollste Einsatzbereitschaft der Rheinsberger Fischereibetriebe melden. Sie müssen verstehen, dass sich der König aufgrund des jüngsten Mordfalles erhebliche Sorgen um die Sicherheit der Gegend macht. Ich kann nicht begreifen, dass hier so gar niemand den Fremden gesehen haben will, der im Eisloch verendete. Natürlich ist es verständlich, dass man sich in einer so kleinen Stadt nicht gegenseitig belasten möchte, wenn es um derart heikle Fragen geht. Aber im Vertrauen, wenn Sie etwas wissen, sagen Sie es mir – es wird niemand davon erfahren außer der König selbst. Sollte sich Ihre Beobachtung als nützlich erweisen, so wird es zu Ihrem Schaden sicher nicht sein.«

Das war im Trüben gefischt, doch Langustier hatte nichts zu verlieren. Man sah es Prusskow förmlich an, wie es in ihm arbeitete. Suchte er sich durch nebensächliche Hantierungen von der eigenen Verlegenheit abzulenken, oder kam es Langustier nur so vor?

»Ich muss gestehen, dass ich den späteren stillen Bewohner des Eisloches tatsächlich zuvor lebendig gesehen habe, wenn auch nur von Weitem.«

Langustier zog die Brauen hoch.

»Vor den anderen wollte ich nicht davon sprechen, ich fürchtete, Mister Hamilton zu kompromittieren, der sicher einen guten

Grund hatte, seine Bekanntschaft mit dem späteren Todesopfer unerwähnt zu lassen.«

Langustier blickte Prusskow so uninteressiert an, wie es die Umstände erlaubten.

»Wieso wissen Sie, dass es der Eingefrorene im Lebendzustand war, den Sie gesehen zu haben glauben?«

»Ich war schließlich dabei, als er aus dem Eis gehauen wurde.«

Langustier sah dem Fischer beim Vorbereiten der Angelschnüre zu.

»Wollen Sie das Eisfischen einmal in natura erleben?«, fragte Prusskow.

»Oh – aber unbedingt, Monsieur«, sagte Langustier erfreut. Prusskow packte sein Angelzeug, nahm eine Hacke und schloss die Hüttentür ab. Dann betraten sie geradewegs seitlich des Landungssteges das Eis des Großen Rheinsberger Sees. Nachdem sie eine Weile still nebeneinander hergelaufen waren und dem monotonen Knirschen ihrer Schritte gelauscht hatten, sagte der Fischereibesitzer:

»Hamilton und seinen Gesprächspartner traf ich übrigens ebenfalls beim Spazierengehen auf dem Eis.«

»Stimmt es, dass das Eis am 15. Februar erstmals fest genug gewesen ist, dass man Löcher hineinschlagen konnte?«

»Nein, es war schon Ende Dezember fest. Aber am 15. erstmals wieder, das stimmt. Nun müssen Sie sich vorstellen, dass ich Hamilton und den Fremden am 16. Februar übers Eis laufen sah.«

»Wo und wann haben Sie die beiden gesehen?«

»Es war an der kleinen Bucht am Anfang des Bobero, linkerhand vom Fahrweg, es muss morgens gegen neun gewesen sein. Ich hingegen observierte sie mit dem Perspektiv vom Platz vor der Fischerhütte aus. Ich wähnte erst Fischdiebe am Werk, dann sah ich die beiden Herrn und beobachtete nicht ohne geheimes Amüsement ihre vorsichtigen ersten Tritte auf dem Eis. Sie wurden rasch mutiger und wandelten endlich in Richtung auf die Landzunge, die der Remus-Insel nahe kommt. Allerdings hielten sie sich strikt in Ufernähe, den Umstand nicht kennend, dass das Eis am Rande manchmal weniger trittfest ist als in der Mitte eines Sees. Ich maß der Sache weiter keine Bedeutung zu.«

»Beobachten Sie öfters andere Menschen mit dem Fernrohr?«, fragte Langustier.

»Nur wenn sie für mich in den Ruch geraten, dreiste Fischdiebe zu sein, Monsieur. Sonst nicht. Obwohl es mitunter interessant sein kann, auch im normalen Leben, seine Nachbarn zu beobachten, den dicken Schlaborner Dichter zum Beispiel, will sagen: den Tristwitz, wenn er sich sommers mit der jeweiligen Dame seiner Wahl besoffen und splitterfasernackt in den See wirft.«

Langustier schmunzelte. Welches Bild mochte Tristwitz dabei abgeben? Der Anblick einer berauschten Meerfrau dagegen …

»Ist Ihnen in der Folgezeit kein frisches, eben wieder zugefrorenes Loch an der Remus-Insel aufgefallen?«

»Sie meinen sicher jenes, in dem der Tote entdeckt wurde? Glauben Sie denn, dass der Gentleman etwa um dieses Datum herum ermordet worden ist?«

»Wenn er später nicht mehr lebendig gesehen wurde, läge die Vermutung nahe, nicht wahr?«

»Ihre Mutmaßung darf sicher einiges Recht für sich beanspruchen. Doch gleichwie – ich zog mit meiner Eishacke erst um den 20. weiter in Richtung Hohenelser Ufer, um auch dort Löcher zu schlagen, nachdem ich das hiesige am Bobero schon weitestgehend perforiert hatte. Die Fischgründe um die Remus-Insel herum liefern erfahrungsgemäß nichts. Im Sommer stehen die Hechte hier am Schilfgürtel. Zudem müssen Sie bedenken, dass reichlich Schnee gefallen ist, die ganze Zeit über, vor allem noch in der Nacht vom 16. auf den 17. Ich hatte rein gar keinen Grund, übers Eis zur Insel zu laufen. Niemand hat einen und es tut auch für gewöhnlich keiner.«

»Zwei zumindest taten es.«
»Nein, die beiden blieben schön in Ufernähe.«
»Ich meine den späteren Toten und den, der ihn umgebracht hat.«
Prusskow schwieg.
»Sie nannten den fremden Herrn eben einen Gentleman. Hatten Sie dafür einen Grund? Wie sah er aus? Können Sie sich an seine Garderobe erinnern?«
»Ich sah ihn aus der Entfernung selbst mit meinem Fernrohr nicht deutlich genug, um eine exakte Beschreibung zu liefern. Doch dass er einen muskatbraunen Tuchrock und eine ebenso blendend weiße Pikee-Weste trug wie Hamilton, war indes deutlich zu erkennen. Im Ganzen wirkte er englisch, daher sagte ich Gentleman.«
»Sie werden Engländer besonders leicht erkennen, da Sie durch die Herkunft Ihrer Frau viel Umgang mit ihnen pflegen, nehme ich an?«
»Das nun nicht, denn meine Frau ist beim Haus Hannover nicht wohlgelitten.«
Das Thema fror ein. Langustier kam, als sie ein bereits befischtes Eisloch erreichten, bei dem Prusskow die Schnüre kontrollierte, auf das Naheliegende zurück.
»Gibt es außer Ihnen noch jemanden, der diese sicher schwierige Technik des Eisfischens beherrscht?«
Prusskow nickte.
»Das ist keine Kunst. Mit etwas Übung bringt das jeder gemeine Fischdieb zustande. Von meinen Leuten können es fast alle, nur ein paar haben Furcht vor den in ihren Augen unberechenbaren Tücken des gefrorenen Elements. Mein Sohn Pjotr war stets sehr versessen darauf; bis er am Hofleben mehr Geschmack fand als an der Fischerei in der Einöde. Nun ja, in seinem Alter kann ich das gut verstehen. Er ist schon sechzehn: in der Blüte der Jugend.«
Langustier fragte:

»Wo war er zu der Zeit, von der wir sprachen?«
Prusskow überlegte kurz, dann antwortete er:
»Hier bei uns. Er wollte wider alle Erfahrung drüben vor Schlaborn Zander fangen für ein kleines Festmahl, das wir vorbereiteten. Er hatte etliche Löcher gehauen, aber keinen Erfolg, deswegen komme ich erst jetzt darauf.«
»Welch schönen Anlass für ein Festmahl gab es denn? Und vor allem – wer hat gekocht? Bitte verzeihen Sie, aber derlei interessiert mich aus reiner beruflicher Neugier.«
Prusskow lachte.
»Baron Meerkatz kochte. Es war Mister Hamiltons Geburtstag.«
»Große Gesellschaft?«, fragte Langustier.
»Nein, nein. Aber jetzt lassen Sie uns gehen, dann kann ich Ihnen zeigen, wie man es anstellt, das Eisfischen. Auf keinen Fall dürfen Sie die spezielle Eispicke vergessen. Mit Hammer und Meißel etwa richteten Sie wenig aus und würden Stunden brauchen, um so ein Loch zu erzeugen. Am Ende verlören sie gar Ihr Werkzeug oder fielen selbst ins eisige Wasser.«
Langustier wollte nicht zu neugierig erscheinen. Eine zweite, sozusagen hochnotpeinliche Befragung, was die Gästeliste betraf, wäre unter Zückung des Permiss-Schreibens immer noch möglich. Außerdem interessierte ihn die Sache mit dem Eisfischen tatsächlich. Mit Prusskows Hacke schien es nicht sehr schwer zu sein. Das Eis war etwa eine Unterarmlänge dick. Es dauerte eine gute halbe Stunde, bis das Loch den Ansprüchen des Fischereifachmanns genügte. Langustier durfte auch Hand anlegen, um ein Gefühl für die Sache zu bekommen. Ein Mensch jedoch hätte noch keinen Platz in dieser Öffnung gefunden. Für die erforderliche Größe, schätzte Langustier, würden weitere 15 Minuten einzuplanen sein, das machte im Ganzen 45 Minuten. Gut zu wissen, dachte er, interessiert das Ausbringen der Angelschnüre verfolgend. Angeln wäre überhaupt eine schöne Beschäftigung für das Alter.

Dienstag, 22. März 1746

Der Ort hatte etwas Hermetisches, ebenso Verschlossenes wie Ausschließendes oder gar Abstoßendes. Die Äste der hohen Tannen berührten sich über dem schmalen Fahrweg, den er entlangschritt. Weit war der Weg gewesen, und Langustier war bislang keinem Menschen begegnet. Seine Füße schmerzten, woran nicht nur der unebene, gefrorene Grund Schuld trug, sondern auch die vornehmen Schuhe.

Es knallte. Langustier vermeinte den Luftzug einer Bleiladung zu spüren, die an ihm vorüberrauschte. Von hinten rief eine tiefe, markige Stimme:

»Halt, stehen bleiben!«

Als Langustier sich umdrehte, sah er einen Mann von einem Pferd steigen. Vor dem Schuss hatte er nichts gehört. Es wirkte gespenstisch. Sein einziger Gedanke war Flucht. Die auf ihn gerichtete Flinte jedoch ließ ihn das für keinen guten Gedanken halten.

»Was tut Ihr auf meinem Grund und Boden?«, fragte Friedrich Wilhelm von Kähn. Aus seinem kantigen Gesicht blickten zwei Augen, die ein weniger geübter Beobachter die Heimtücke selbst hätte nennen können. Größer als Langustier, wirkte Kähn wie ein Generalissimus des Dreißigjährigen Krieges, was vor allem an seiner schwarzen Joppe lag und dem weißen Spitzenkragen, der in direkter Linie dem 17. Jahrhundert entstammte. Den Rat des Ortskundigen bewusst in den Wind schlagend, hatte Langustier seine Route nach Beerenbusch – Roskuschs Gut – so gewählt, dass er Kähn über den Weg laufen musste. Das für Roskusch

Fatale war der Umstand, dass der direkte, Zeit sparende Weg nach Rheinsberg mitten durch einen Streifen führte, der zu Kähns Gut Wittwien gehörte. Die Meerkatzen hatten die Nutzung des schmalen Fahrweges durch ihre Nachbarn in Beerenbusch jahrhundertelang stillschweigend geduldet. Doch seit die Kähne den Grund besaßen, musste Roskusch zunächst in Richtung Feldgrieben fahren, dann in weitem Bogen um den Krummen See herum dem Ufer des Wittwesees folgen, bis er auf die Chaussee gelangte, dic über Paulshorst nach Rheinsberg führte. Eine zwischenzeitlich errichtete Straßensperre hatte auf königliche Veranlassung wieder weggeräumt werden müssen, doch Kähn behielt sich vor, Passanten zu drangsalieren und über die Verwerflichkeit ihres Tuns zu belehren. Das vermied man gern, da man um die Reizbarkeit des Wegelagerers wusste und um seine ständige Suche nach Anlässen, seine Flinte loszubrennen.

»Monsieur Kähn, wenn ich richtig vermute?«

»Nix Monsieur – Herr! Ein Kähn ist doch kein Franzmann!«

»Nun also – Herr von Kähn: Ich habe eine Frage an Sie. Aber es fragt sich nicht gut mit diesem Gewehrlauf vor den Augen. Würden Sie sich das hier bitte einmal anschauen und sich dann noch einmal überlegen, ob Sie mich wirklich erschießen möchten?«

Langustier hatte das Permiss-Schreiben des Königs aufgefaltet und hielt es Kähn entgegen.

»Wenn Ihr eine neue Steuer eintreiben wollt, die sich des Königs Generaldirektorium ausgedacht hat, dann würde ich Euch raten, schon mal die Beine untern Arm zu nehmen«, knurrte der. Er las langsam, teils die Worte leise murmelnd. Schließlich senkte er den Gewehrlauf ein Stück und hielt die Waffe in leicht abgewinkelter Position zwischen rechtem Oberarm und Körper eingeklemmt.

»Der Chef hat Sie geschickt? Hm. Sollen Erkundigungen einziehen. Über den Toten vom See. Und was wollen Sie da beim Kähn? Was mich fragen?«

»Haben Sie den Mann gesehen?«
»Den Toten? Nee.«
»Und den Lebendigen?«
»Sie meinen den Toten, als er noch lebendig war?«
»Sozusagen. Den Lebendigen, der später getötet wurde.«
»Wenn der Lebendige, den ich gesehen habe, der spätere Tote war, dann ja. Wenn nicht, dann nicht.«
In der Tat, das war ein erkenntnistheoretisch interessantes Problem: Kähn konnte viele Lebende gesehen haben. Woher sollte er wissen, ob einer von ihnen der spätere Tote war ... Wenn er ihn – den Toten – denn wirklich nicht gesehen hatte.
»Verirren sich viele Fremde auf Ihren Grund und Boden?«
»Inzwischen nicht mehr. Seit ich einigen von ihnen Dampf unterm Hintern gemacht habe, vor allem dieser widerlichen verweichlichten Ausgeburt des schnöden Alboin, hat es sich herumgesprochen, dass man es lieber nicht darauf anlegt.«
»Sie meinen, dass Sie sonst auf denjenigen anlegen ... Wollten Sie übrigens Albion sagen? Soll heißen: den Engländer, Mister Hamilton?«
Kähn hob drohend die Flinte und knurrte:
»Kommen Sie mir nicht dumm, mein Herr. Um Fremdworte kümmert sich kein Kähn. Und den Namen des Herrn hab ich sofort vergessen. Für mich war das bloß ein Spion aus England-Hannover, der hier überall seine gerümpfte Nase hineinsteckt. Die sollten schön bleiben, wo sie herkommen.«
Kähn hielt es immerhin für bedenkenswert, ob er einen Agenten des Königs einfach über den Haufen schießen sollte oder nicht, und fragte daher etwas moderater zurück:
»Wann soll ich denn überhaupt wen gesehen haben? Wenn Sie mir das sagen, fällt es mir vielleicht ein.«
»Zu Beginn der dritten Woche im Februar, um den 15. oder 16., als es wieder so kalt wurde, dass man sicheren Fußes auf den Seen spazieren konnte. Da es ein Fremder war, müsste er Ihnen

in jedem Fall aufgefallen sein. Die Leute aus der Stadt oder den umliegenden Dörfern kennen Sie ja doch, soweit sie Ihnen im Wald schon begegnet sind und es überlebt haben.«
Langustier, der sich diese Spitze nicht hatte verkneifen können, war froh, dass sein Gegenüber sie nicht bemerkte. Erstaunlich präzise war die Entgegnung in der Sache:
»Im ganzen Januar kam keiner hier durch. Im Februar auch nicht, bis zum 16. An dem Tag hab ich gleich viere gestellt, zwei Fremde und zwei Hiesige. Sie sahen mir ganz danach aus, als ob sie etwas im Schilde führten. Erst kam ein Fremder neben dem Scheusal von Schlaborn ...«
»Sie meinen den dick... äh, den verrück... ich meine Herrn Tristwitz?«
»Herrn? Nee, nee – *Herrn* Tristwitz meine ich nicht, sondern den Hundsfott Tristwitz, das Sauf- und Schandmaul Tristwitz, den verlotterten, verlausten Hurenbock Tristwitz. Den meine ich.«
Kähn war rot vor Wut. Langustier suchte sich vorzustellen, wie er den *Ladestock* gelesen hatte. Sicher hatte er in die Decke geschossen.
»Beim zweiten Fremden lief mein feiner Nachbar Roskusch nebenher, dem ich tüchtig die Leviten las, wegen der frechen Art, wie er seine Kundschaft zum Frevel an meinen Landesgrenzen ermuntert. Tristwitz hat nur einmal Witz bewiesen, in seinem Schriftchen *Kuschende Rosse*, wo er von den Beerenbüschen spricht, in denen er wildert – er hat dem Roskusch auf Beerenbusch einmal eine Magd ausgespannt.«
Langustier staunte nicht schlecht. Das war ja ein Landregen des Nächstenhasses, den dieser dicke Dichter ausschüttete ...
»Roskusch, Tristwitz und zwei Fremde? Waren die vier gemeinsam unterwegs?«
»Nein. Nein. Erst kam der Abschaum Tristwitz mit dem Fremden Nummer eins, dann Roskusch mit dem Fremden Nummer

zwo. Der Abstand zwischen beiden Pärchen betrug eine halbe Stunde. Es muss am 16. gewesen sein. Ich weiß es noch, weil mein Ältester am nächsten Tag Geburtstag hatte und ich auf dem Weg war, ein Gewehr für ihn zu kaufen, in Rheinsberg, schräg gegenüber vom Ratskeller, neben der Apotheke. Da gibt es einen guten Waffenhändler. Auch wohlfeile Perspektive erhält man dort.« Er tippte an sein Fernglas. »Derlei benötigte man in dieser gottverlassenen Gegend, um Fremde früher zu sichten.«

»Wo sind Sie den ... Eindringlingen ... begegnet?«, fragte Langustier.

»Ich stellte sie genau hier, wo wir jetzt stehen.«

»Würden Sie bitte einmal versuchen, sich an die Gestalten und Gesichter dieser beiden Fremden zu erinnern? So genau, dass Sie sie mir eventuell beschreiben könnten?«

»Warum sollte ich meine kostbare Zeit damit vertun?«

»Weil Sie auf diese Weise dem König einen Dienst von unschätzbarem Werte erweisen würden, der sich für Sie auszahlen kann. Majestät vergisst derlei Dienste nicht. Wer weiß, vielleicht gestattet er Ihnen, von Ihrem Nachbarn einen Zoll einzutreiben?«

Kähn zeigte sich einverstanden.

»Der Fremdländer war ein englischer Feinling, weiß und glatthäutig wie eine Made. Er kam als Erster in Begleitung des wahnsinnigen Tristwitz. Roskusch hatte einen Franzmann bei sich, groß und schwarzhaarig.«

Langustier konnte sich kein klares Bild aus den wenigen Worten zusammenfügen, doch er dankte.

»Der König wird Ihnen Ihre Bereitwilligkeit durchaus zu vergelten wissen. Guten Tag, mein Herr.«

Er tat ein paar Schritte, drehte sich nochmals um und fragte:

»Ich hoffe, Sie haben nichts darwider, wenn ich meinen Weg zu Roskusch fortsetze und zu fortgeschrittener Stunde auf diesem umkämpften Steig noch einmal Ihr Territorium durchmesse?«

Die Antwort auf diese formvollendete Anfrage war ein Knurren, das nach Duldung klang.

Auch Ferdinand von Roskusch war von Ehrfurcht gebietender Statur: schmal, sehnig und groß. Er hatte den stets hellwachen Blick eines sehr bewussten und klar denkenden Menschen. Der Kaufmann begrüßte Langustier vor dem Lagerhaus und ließ sich im Eintreten die Begegnung mit Kähn in aller Ausführlichkeit schildern. Es schien ihm eine Genugtuung zu sein, weitere Belege für die Unzivilisiertheit des Nachbarn zu erhalten.
»Solche Junker sollte man nach dem Bauernkrieg hierzulande nicht mehr erwarten, oder? Dieser Mann ist ein Fossil, und sein Hirn ist so klein wie eine Muskatnuss. Seine Bildung reicht nicht über Pferdezucht, Obstbau und Waffenkunde hinaus. Hier, riechen Sie einmal.«
Roskusch hob einen filzverbrämten Metalldeckel und eine Wolke süßlichen Duftes strebte der feinen Nase des Hofküchenmeisters entgegen.
»Muskatblüte erster Güte«, entfuhr es Langustier. Roskusch nickte.
»Ich verschicke sie in alle Gegenden der Welt. Desgleichen diverse Pfefferarten, Ingwer und alles, was Sie wollen.«
In unzähligen Fässern stapelte sich Getrocknetes, Blättriges, Körniges. Ein Vermögen. Von den Gestellen, welche die Halle bis unter die Decke ausfüllten, ging ein so betäubender Duft aus, dass Langustier schwindelte. Was man sich nur denken konnte, wurde hier getrocknet, gerebelt und in Gläser, Dosen und Tüten verpackt. Woher kam das frische Material?
»Die Gewächshäuser verschlingen eine Menge Feuerholz, gerade dieses Jahr ist es schlimm. Ihre Schlossgärtner werden auch ein Lied davon singen können.«
»Rentiert sich der ganze Aufwand trotzdem?«
»Ach ja«, sagte Roskusch lachend, » man lebt, so gut es geht.«

Eine Bewegung mit dem Arm ließ sein Lachen ersterben.

»Autsch!« Roskusch stöhnte. »Da ist mir vor Wochen ein Fass drübergerollt.«

Der Hausherr führte Langustier in seine kleine Villa, geradewegs in die Bibliothek. Ein Seufzer entfuhr dem Besucher, denn da standen Tausende der schönsten Bände. Franzosen, Engländer, Lateiner …

»Mon dieu – hier würde sogar der König neidisch!«

Roskusch wiegte den Kopf.

»Ich lebe allein, wie Sie vielleicht schon bemerkt haben. Da ist es schön, wenigstens die Bücher um sich zu wissen. Wenn ich abends mein Kontor schließe, das Kaminfeuer prasselt und ich mich in meinen Lesesessel setze, kann mir die Welt da draußen gestohlen bleiben.«

»Besuchen viele Geschäftspartner Sie hier persönlich? Oder wickeln Sie das meiste postalisch ab?«

»Es sind nur wenige. Oft geschieht dies nur aus dem Bestreben, sich nach Jahren des Briefverkehrs persönlich kennenzulernen. Für das gegenseitige Vertrauen ist das mitunter sehr nützlich. Es ist mir immer wieder eine Freude, wenn ich den Partnern meine Anlage vorführen kann. Es verhandelt sich auch leichter, wenn der andere weiß, wie viel Aufwand in einer bestimmten Gewürzmischung steckt.«

»Ich werde dem König nach dem, was ich gesehen habe, sehr ans Herz legen, wegen seiner oft viel zu teuer in Hamburg beschafften Gewürze doch einmal Ihre Angebote einzuholen.«

Roskuschs Gesicht leuchtete auf.

»Das erfreut mich, Monsieur. Haben Sie vielen Dank. Ich könnte mir vorstellen, dass er eventuell Gefallen daran finden würde, die Gewürze, die während der Rheinsberger Feierlichkeiten nötig sind, umsonst – zur Probe sozusagen – von mir geliefert zu bekommen?«

»Eine formidable Proposition, mein Herr. Ich werde das in mei-

ne Rede einflechten … Sagt Ihnen übrigens der Name Moore etwas?«
Langustier hatte das so beiläufig dahingesprochen, dass es ihm selbst schon fast nebensächlich vorkam. Roskusch dagegen entfärbte sich.
»Wie kommen Sie jetzt auf diesen Namen?«
Langustier half ihm nicht, sondern wartete.
»Ich kenne einen Herrn namens Moore. Richard Moore aus London. Er hat mich im Februar besucht.«
»Wann war das genau?«
»Darf ich erfahren, warum Sie dies wissen möchten? Niemand lässt sich so einfach in seinen Geschäftskalender schauen. Es handelt sich um einen Buchhändler.«
»Ich verstehe, das ehrt Sie, Monsieur. Sehen Sie sich das hier einmal an.«
Während Roskusch das Permiss-Schreiben mit des Königs Unterschrift eingehend studierte, erklärte Langustier:
»Es sieht so aus, als sei Moore das Opfer eines Kapitalverbrechens geworden.«
»Der Tote im Eis?«
Roskusch fragte es mit ehrlich wirkendem Entsetzen.
»Just dieser. Ist Mister Moore seit Ihrer Begegnung noch einmal in irgendeiner Form mit Ihnen in Verbindung getreten?«
»Nein, weder persönlich noch postalisch.«
Der Kaufmann bat Langustier, ihm ins Kontor zu folgen, wo er eine Kladde aufschlug.
»Mister Moore war am 16. Februar hier, nachmittags von zwei bis vier.«
»Waren an diesem Nachmittag noch andere Besucher bei Ihnen?«
»Nein.«
»Das ist gelogen, Monsieur. Sie haben einen Nachbarn, der einen Weg kontrolliert, den Sie besser nicht benutzen sollten, wenn Sie nicht wollen, dass durchsickert, wer bei Ihnen war.«

»Kähn«, entfuhr es Roskusch wie eine Verwünschung. »Es war eine kleine Zusammenkunft unter Bibliophilen. Die Anwesenden waren: Mister Moore, Tristwitz und ein Herr aus Berlin, André de la Vallé.«

… de la Vallé. Hatte nicht Baron Meerkatz den Namen erwähnt?

»Und? Welches Werk wechselte den Besitzer?«

»Moore bot mir eine seltene Ausgabe der französischen Übersetzung der Vergil'schen *Aeneis* von Segrais, Lyon 1719, an. Eine Rarität, denn es wurden, soweit mir bekannt ist, fast alle Exemplare in der Buchbinderei durch einen Wasserschaden vernichtet. Aber der geforderte Preis war mir zu hoch. Die beiden anderen Herren verzichteten ebenfalls.«

»Tristwitz und de la Vallé gingen auch leer aus?«

»So war es. Wenn ich die Zusammenkunft übrigens unrühmlich nennen möchte, so wegen der Gegenwart Tristwitzens. Niemand hat ihn gern in seinen Mauern, aus Furcht, es könnte fortan ein Fluch auf dem Haus liegen.«

»Wohin wollte Moore mit seinem teuren Buch an diesem Nachmittag?«

»Er hatte sich mit seinem Landsmann Hamilton verabredet, soweit ich mich entsinne.«

»Wollte er nicht zu Tristwitz? Die beiden gingen gemeinsam.«

»Sie gingen zusammen weg, das stimmt. Ich folgte mit de la Vallé, der sich noch eine kleine Weile meinen Bestand besah. Am nächsten Tag wollten Moore und de la Vallé gemeinsam nach Berlin fahren.«

»Was suchte de la Vallé in der Gegend?«

»Er hatte mit Baron Meerkatz verhandelt wegen eines Konvoluts antiker Autoren.«

»Wissen Sie, woher Moore kam? War er nur wegen des Buchverkaufs in Preußen? Was hatte er gerade in Rheinsberg verloren?«

»Er war von Hamburg nach Berlin unterwegs. Mehr weiß ich nicht. Wirklich nicht.«

Roskuschs gesunde Gesichtsfarbe wollte auch beim Abschied nicht mehr zurückkehren. Es dunkelte bereits, als Langustier den Marstall erreichte. In einem kurzem Gespräch bestätigte ihm Meerkatz den Besuch de la Vallés; er hatte Werke von Homer, Vergil, Ovid und Plutarch erworben. Langustier verabschiedete sich erschöpft. Müde, mit zufallenden Augen, rang er sich zu einem Brief an des Königs Bibliothekar Darget durch. Es galt herauszufinden, ob es wirklich einen Buchhändler namens Richard Moore in London gab. Er durchforstete den Kopf nach der wichtigsten Agenda: Hamilton war zu befragen. Dann fiel er todmüde ins Bett. Hamilton hatte ganz recht: tunlichst keine weiteren Fußmärsche mehr in Brandenburg …

Mittwoch, 23. März 1746

Dankward von Brädow empfing Langustier im größten Raum des Forsthauses, dessen Wände voller Jagdtrophäen hingen. Von der Halle aus hatte man bereits hineinsehen können. Eine breite Stiege führte nach oben ins Arbeitszimmer. Brädow wies den Besucher auf einen bleichen, länglichen Tierschädel mit gewaltigen Hornauswüchsen hin. Daneben hingen Kufen, wie man sie sich neuerdings unter feste Schuhe schnallte, wenn einen winters die Lust anwandelte, in rasanter Geschwindigkeit übers Eis zu gleiten.

»Sehen Sie sich einmal diesen herrlichen Zwölfender an. Es ist noch kein halbes Jahr her, dass ich ihn vor die Flinte bekam.«

Langustier konnte sich nichts Langweiligeres und Uninteressanteres vorstellen als die Jagd. Darin war er ganz auf des Königs Linie. Aber hier galt es, im Dienste der höheren Sache Begeisterung zu heucheln …

»Potzsapperment! Ein enormes Gehörn. Sie müssen ein weites Revier betreuen. Da sind Sie zweifelsohne häufig unterwegs und sehen, was in Wald und Flur vor sich geht.«

»Ich möchte am liebsten immer durch die Wälder streifen. Aber vieles im Forstwesen ist nicht mehr so wie noch vor hundert Jahren. Eine Menge Papierkram ist hinzugekommen. Kein Klafter Holz mehr, keine Steige Kiefernsetzlinge ohne ein Pfund Formulare, die auszufüllen und nach Berlin zu schicken sind. Viel zu häufig bin ich hinters Schreibpult verbannt und sehe die Baumwipfel nur durch die Fenstertüren meines Büros.«

»Wohin geht Ihr Blick genau?«

»Halb auf den Grienericksee hinaus. Das ist immerhin tröstlich. Im Frühjahr stehen die Kraniche auf der Wiese unter meinem Balkon.«

»Sagen Sie einmal, haben Sie viel Kontakt mit den Rheinsbergern?«

Brädow lachte.

»Denen laufe ich nicht oft über den Weg. Etwa einmal im Monat bin ich drüben.«

»Und wie sieht es mit den Vorwerken Warenthin und Schlaborn aus?«

»Beim Prusskow bin ich freilich öfters, seine Gesellschaften sind immer unterhaltsam. Das Subjekt Tristwitz dagegen besuche ich nicht. Die Behausung, in der sich dieses Vieh am Ufer des Rheinsberger Sees eingesponnen hat, soll einer riesigen Müllhalde ähnlich sehen. Sie werden schwerlich jemanden finden, außer einigen Damen zweifelhaften Rufes, die Ihnen erzählen könnten, wie es in Schlaborn aussieht.«

»Täusche ich mich, oder ist die Meinung, die man hier von Monsieur Tristwitz hegt, nicht die allerbeste?«

»Da haben Sie den Nagel auf den Kopf getroffen.«

»Halten Sie ihn für gewalttätig?«

»Er ist es. Aber er ist meistens zu betrunken, um eine echte Gefahr zu sein. Jeder dagegen fürchtet, Ziel seines Spottes zu werden. Unglücklicherweise kann er in halbnüchternem Zustand eine Menge unterhaltsamen Spott ausschütten, daher wird er doch mitunter eingeladen.«

»Ach, Madame von Prusskow erwähnte es, war aber nicht begeistert von der Vorstellung, so bald wieder einen Abend mit ihm als Gast zu verbringen.«

»Das erstaunt mich nicht. Niemand mag sich damit brüsten, seine Gegenwart zu tolerieren. Meist wird er schon bald im Verlauf einer zivilisierten Gasterei ausfallend und beleidigend und gänzlich unausstehlich, sodass die Gastgeber sich vor die leidige Notwendigkeit gestellt sehen, ihn wieder loszuwerden, bevor es zum Eklat kommt. Der Trunk, dem er sich ergeben hat, ist die Ursache. Aber das entschuldigt nichts – wenn er ein Ehrenmann wäre, würde er sich dagegen stemmen. Aber er ist nur ein verkommener Hundsfott.«

»Wie war das am 16. Februar? Ich nehme an, dass Sie an diesem Abend ebenfalls bei den Prusskows waren?«

»Am 16. Februar?«, fragte Brädow mit gespieltem Erstaunen. »Was hat es mit diesem Datum auf sich?«

»An diesem Tag, darauf deutet alles hin, ist der Unbekannte vor der Remus-Insel getötet worden.«

Langustier wies sein Permiss-Schreiben vor. Brädow erstarrte.

»Ich hätte es mir denken können ... Wer nur ein bisschen vom Leben in der Hauptstadt mitbekommt, kennt Sie als Geheimkommissär des Königs in heiklen Mordgeschichten. Nun ja, ich war am 16. Februar ... Warten Sie einmal, das ist lange her ... Ja, durchaus, ich war bei den Prusskows. Hamilton hatte Geburtstag, und Baron Meerkatz kochte für die kleine Gesellschaft. Er kocht ganz passabel, zumindest soweit mein unterentwickelter Gaumen das beurteilen kann.«

»Wer war denn noch da? Tristwitz?«

»Ja, er kam kurz nach mir und brachte einen Fremden mit, den ich nicht kannte und der uns als ein Kaufmann namens Moore vorgestellt wurde. Für einen Kaufmann hatte er wenig Gepäck – eine kleine Diplomatentasche.«

Langustier merkte auf. Hatte das Gespräch zwischen Moore und Hamilton entgegen Prusskows Version in etwas anderem Rahmen stattgefunden? Hamilton hatte bei der Prusskow'schen Soiree seinen Geburtstag gefeiert. Was lag näher als die Annahme, dass auch Moore zugegen war?

»Was würden Sie dazu sagen, dass dieser Moore der spätere Tote war?«

Brädow entgegnete:

»Ich war nicht da, als man kürzlich den Toten fand, ich war in Lino. Ich hatte keinen Grund zu der Annahme, dass der Getötete jener Moore gewesen sein könnte.«
Langustier war hellwach.
»Wer war an diesem Abend noch bei den Prusskows? Ich bitte Sie außerdem, mir den Verlauf des Abends so genau wie nur irgend möglich zu schildern.«
Brädow war nicht eben erbaut von diesem Ansinnen, wie sein Tonfall zeigte.
»Neben den schon genannten Personen – Meerkatz, Hamilton, Moore, Tristwitz und den Prusskows – waren anwesend: Prusskows ältester Sohn Peter, Monsieur Roskusch, Monsieur de la Vallé aus Berlin sowie der russische Gesandte Groß, der sich auf der Fahrt nach Petersburg befand. Des Weiteren Fräulein von Buchholtz, Frau von Blasspiel und Madame Courtoise.«
»Zwei Hofdamen der Königinmutter und die Ballerine?«
»Just diese. Groß beabsichtigt, die Tänzerin zu ehelichen.«
Langustier wartete gespannt auf das, was ihm Brädow über den Abend erzählen würde.
»Nun, alles verlief harmonisch, bis Tristwitz in eine gallige Übellaune verfiel und anfing, den Botschafter auf eine Weise anzugreifen, die nicht länger feierlich war.«
»Was brachte Tristwitz so auf die Palme?«
»Es war eine widerliche Geschichte aus beider Vergangenheit, und Sie müssen wissen, dass mich nichts weniger interessiert als Klatsch und das Waschen schmutziger Wäsche. Jedenfalls steuerten Groß und der Verrückte auf einen Eklat zu, der nur dadurch vermieden werden konnte, dass man Tristwitz hinauskomplimentierte. Moore verschwand auch.«
»Moore auch? Wann war das?«
»Gegen zehn. Man verbrachte den weiteren Abend in größter Harmonie, bis weit nach Mitternacht. Roskusch übernachtete bei mir. Meerkatz kehrte in den Marstall zurück. Monsieur de la Vallé,

Groß und die Courtoise wohnten bei Prusskows, die Hofdamen und Hamilton im Rheinsberger Ratskeller. Moore hat offenbar nirgends mehr übernachtet.«

»Gingen Meerkatz und Roskusch nach Ihnen?«

»Nein, wir schieden gemeinsam, es wird um zwölf gewesen sein. Von den Übrigen waren bis auf Tristwitz und Moore noch alle da.«

»Leben Sie allein hier, Herr von Brädow?«

»Ja, seit dem Tode meiner Frau vor einem Jahr.«

»Oh, das tut mir leid. Ich wollte nicht an Ihren Schmerz rühren.«

»Nein, nein, das ist schon gut. Ich bin so langsam darüber hinweg und werde mich mit dem Gedanken abfinden müssen, als Witwer meine gezählten Tage zu beschließen.«

Brädow war Mitte vierzig und machte eine blendende Figur. Daher wollte ihm Langustier diese Abkehr von der Welt nicht durchgehen lassen.

»Ich bitte Sie, ein Mann in den besten Jahren sollte ein neues Glück finden. Ich könnte mir denken, dass Ihre Frau nicht wünschen würde, dass Sie sich vor Gram verzehren und den Freuden des Lebens und der Liebe verschließen.«

Brädows Züge wurden hart.

»Sie kannten sie nicht, und daher können Sie nicht ermessen, was sie mir bedeutet hat und immer bedeuten wird.«

Langustier trat an den Kamin, über dem das Porträt einer atemberaubenden Schönheit hing.

»War das Ihre Gattin?«

Brädow sagte mit vorwurfsvollem Unterton:

»Das *ist* Flora. Flora MacDowell. Das *ist* meine Frau.«

»Pardon Monsieur, bitte verzeihen Sie die unbedachte Wortwahl. Es gibt in der Tat eine Liebe, die für die Ewigkeit ist. Ich kann Sie sehr gut verstehen, denn ich habe ein ähnliches Schicksal hinter mir. Ich werde den Verlust meiner Marie, die vor acht Jahren starb, auch zeitlebens wie einen vergifteten Stachel empfinden.

Ihre Flora ist von einer göttlichen Schönheit. Ist sie aus der Gegend?«
»Nein, sie ist Schottin. Ich werde ihr treu sein bis in den Tod.«
Langustier begriff, dass hier nur die Zeit heilen konnte, wenn nicht die Wunde, welche Brädow davongetragen hatte, sogar ewig offen bleiben würde. Er verabschiedete sich mit dem seltsamen Gedanken, dass die Schicksalswege unergründlich seien, hatte er doch für gewöhnlich mit dem Schicksal reichlich wenig im Sinn.

Andrew Hamilton hatte sich ausstaffiert wie für eine Polarexpedition. Angetan mit Fellmantel und Fellkappe, sah er für einen Moment dem Akademiepräsidenten Maupertuis täuschend ähnlich. Nur war er bedeutend hagerer und überhaupt höher aufgeschossen.
»Monsieur le Cuisinier. Wollen wir es wirklich wagen? Am Ende frieren uns die Ohren ab.«
»Mister Hamilton, ergebenster Diener. Ihnen dürfte dies ja kaum geschehen, wenn ich Ihre Mütze betrachte. Ich hingegen bin bereits hinlänglich abgehärtet. Sind Sie verwandt mit dem berühmten Franzosen Antoine d'Hamilton, der einen Schwager am Hofe Karls II. von England hatte?«
»Sie meinen den Verfasser der *Erinnerungen des Grafen Grammont*? Nein, Monsieur, bedaure.«
Sie fuhren in einem offenen Zweisitzer, den sich Hamilton beim Gastwirt Krüger geliehen hatte, in Richtung auf die Krähenberge. Langustier war froh, nach soviel Fußwanderung endlich einmal wieder die Beine von sich strecken und die weiße Landschaft an sich vorbeiziehen lassen zu können.
»Sind Ihre Vorbereitungen vorangeschritten?«, fragte Hamilton.
»O ja, durchaus«, antwortete Langustier. »Indessen bin ich zunehmend auch mit Nachbereitungen beschäftigt.«
»Mit Nachbereitungen?«, fragte Hamilton erstaunt. »Wie darf ich dies verstehen?«

»Ich arbeite hin und wieder für den König als Kundschafter, wenn man es so nennen will. In ganz bestimmten Fällen, wenn die Polizei nicht weiterkommt.«
Er zeigte Hamilton das Permiss-Schreiben. Der Engländer machte große Augen.
»Dann hatte Ihr Ausflug in dieses weltferne Provinznest also einen viel ernsteren Hintergrund. Ich hätte es mir ja denken können, da Sie an der Tafel ein so deutliches Interesse für den unbekannten Toten entwickelten.«
»Mir deucht, es gibt eine Art stillschweigendes Übereinkommen, den Engländer aus dem Eisloch mit größtmöglicher Nonchalance zu behandeln. Das hat natürlich meine Neugier noch weiter beflügelt.«
»Ein Landsmann? Ist das sicher?«
Langustier ließ den Blick über die Landschaft mit ihren sanften verschneiten Hügeln streichen, dann schaute er Hamilton in die Augen:
»Mister Hamilton, ich weiß bereits, dass Sie am 16. Februar bei Prusskows Ihren Geburtstag feierten. Ich weiß, dass neben vielen anderen auch Richard Moore anwesend war und einen Spaziergang mit Ihnen unternommen hat. Wir dürfen inzwischen davon ausgehen, dass er die spätere Nacht bereits tiefgekühlt verbrachte. Am nächsten Tag war er verschwunden. Also, Mister Hamilton: Was war der Gegenstand Ihrer Unterhaltung?«
Hamilton atmete kurz ein und lange aus, wie ein Ertrinkender.
»Ich beabsichtige, einen Essay herauszugeben, und Moore schien mir daran Interesse zu haben, selbigen drucken zu lassen und ihn zu verlegen.«
»Über welches Thema?«
»Über die Einsamkeit.«
»Ein Thema, dem Sie sich hier in Rheinsberg ausgiebig widmeten?«
»Ein Thema, das mich schon seit längerer Zeit beschäftigt.«

»Und wie dachte jener Moore von Ihrem Projekt?«
»Oh, er fand es großartig, und wenn es einen Umstand außer seinem bedauerlichen Schicksal selbst gibt, den ich aus mitmenschlicher Liebe aufrichtig zu bedauern habe, dann ist es der, dass unser so schön ausgesponnenes Büchlein – er wusste es mir bereits trefflich in seiner ganzen feinen Aufmachung vorzumalen – nun nicht zustande kommt.«
Die Krähenberge machten ihrem Namen alle Ehre. Ein riesiger Krähenschwarm, der sich zu gleichen Teilen aus Raben-, Nebel- und Saatkrähen sowie Dohlen zusammensetzte, erhob sich aus den kahlen Wipfeln, als die kleine Kutsche die Anhöhe erreichte.
»Wie verlief Ihre Geburtstagsfeier? Ich wäre Ihnen sehr dankbar, wenn Sie mir alles so genau wie möglich wiedergeben könnten. Vor allem in betreffs der späteren Abendstunden. Die Unterhaltung scheint nicht zu allen Zeiten alle erfreut zu haben ...«
Hamilton seufzte.
»Leider kam man auf alte Geschichten. Und auf aktuelle Politik. Da konnte der Eklat nicht ausbleiben ...«
»Alte Geschichten?«
»Tristwitz, dieser Teufel in Menschengestalt, konnte es nicht lassen, auf das zweifelhafte Vorleben der künftigen Madame Groß anzuspielen. Der Botschafter hätte ihn am liebsten auf der Stelle erwürgt.«
»Und Moore? Ergriff er Partei? »
»Nein, er schien sich mit Tristwitz gut unterhalten zu haben, der ihm auf der Stelle noch in jener Nacht seine Bibliothek vorführen wollte. Es kam mir vor, als ob sie auch wegen einer Publikation verhandelten. Oder, was auch möglich wäre, dass der Pamphletist neue Absatzwege für seine Schmutzschriften suchte.«
»In der Tat. Vieles ist möglich. Zum Beispiel, dass Moore sich an diesem Abend mit einem der Gäste gestritten hätte? Sie erwähnten die Politik. Ich nehme an, dass die englischen Affären nicht unerwähnt blieben?«

»Sicher. Da gab es zwei Parteien, wie Sie sich unschwer denken können. Madame Prusskow ist natürlich, aufgrund blutsschwesterlicher Sentimentalität, auf seiten Hannover-Englands gewesen, ihr Mann und ich auch, ebenso der Botschafter Groß.«
»Groß auch? Warum?«
»Ich glaube kaum, dass ich Geheimnisse ausplaudere, wenn ich in Erwähnung bringe, dass Russland sich Hoffnungen auf Subsidienzahlungen aus England macht. Bonnie Prince Charlies Feldzug hat in Russland für Unruhe gesorgt. Ein Machtwechsel in England wäre das Ende der russischen Erwartungen. Das scheint ja jetzt, durch des Prinzen Niederlage, abgewendet.«
»Aber damals lag es noch im Bereich des Möglichen.«
»Das ist es jetzt freilich immer noch. Bonnie Prince Charlie dreht seinen Häschern bislang erfolgreich eine Nase. Ich persönlich bin froh, dass er als Eroberer keinen Sukzess hatte, doch ich zolle seinen Kapriolen allen Respekt. Ohne Unterstützung seitens führender Fürstenhäuser so weit zu kommen, ist eine Heldentat!«
»Führende Fürstenhäuser?«
Hamilton sah ihn an, als habe er etwas sehr Törichtes gesagt.
»Nun, Monsieur, denken Sie einmal an Ihren Arbeitgeber. Wäre es so abwegig, wenn sich ein Älterer, der ein sehr ähnliches Schicksal hatte, mit einem Jüngeren zusammentut, um ihm den Weg zu ebnen? Preußen hätte von einem Sieg der Stuarts alle nur erdenklichen Vorteile. Das Haus Hannover ist Ihrem König doch erklärtermaßen ein Dorn im Auge, oder etwa nicht? Das Interesse an Russlands Freundschaft liefe dazu nicht konträr. Was Hannover-England bislang Russland gab, könnten gut auch Stuart-England und Preußen gemeinsam leisten. Ein frankophiler Prinz als neuer englischer König würde den ewigen Zwist mit Frankreich beenden, und einer Allianz zwischen England, Preußen und Russland stünde nichts im Wege. Das würde einen dauerhaften Frieden mit Österreich bedeuten, denn gegen eine derartige Übermacht gäbe es kein Aufbegehren mehr.«

Langustier schwieg beeindruckt. So hatte er die Dinge bisher noch nicht betrachtet.

»Baron Meerkatz dürfte auch auf der Schotten-Seite gewesen sein.«

»Natürlich. Trotzdem kochte er für einen Jakobiten nicht schlecht.«

Plötzlich sprangen zwei Dutzend kapitale Hirsche über den Weg. Die Pferde scheuten. Man konnte den strengen Geruch der Wildtiere riechen.

»Glücklicher Brädow!«, sagte Langustier.

»Dies nun doch nicht so ganz. Er war neutral, obgleich seine einstige Frau eine Schottin gewesen ist. Er ist sehr unglücklich. Kommt über ihren Tod nicht hinweg. Die MacDowells hatten drei wunderschöne Töchter.«

»Sie kannten Flora MacDowell persönlich?«

»Ja, ich kannte sie, seit sie ein Kind war. Sie wuchs bei Verwandten in London auf.«

»Wie wurde sie Brädows Frau?«

»Sie war in erster Ehe mit dem früheren englischen Gesandten in Frankreich, Graf Duhamel, verheiratet. Doch sie verließ ihren Gatten wegen seiner offenkundigen Untreue und verbrachte ein Jahr im Karmeliterinnenkloster in Lindow. Dann lebte sie drei Jahre in Berlin, hatte wechselnde Liebhaber. In dieser Zeit lernte sie Brädow kennen, der damals noch beim Militär war. Sie war fast ein Jahr in London bei ihren Schwestern, als die Mutter im Sterben lag. Dann zogen Brädow und sie nach Rheinsberg, wo er Forstmeister wurde. Er brachte Ruhe in ihr Leben und wachte eifersüchtig über seine Eroberung. Es gab sogar Händel und ein Duell im Tiergarten, bei dem beide Kontrahenten schwer verletzt liegen blieben.«

»Wer war der andere?«

»Darüber gibt es verschiedene Versionen. Die einen behaupten, es sei mein Onkel, der britische Botschafter Mitchell, gewesen, was dieser freilich stets so deutlich bestritt, dass ich es eine Zeit lang fest zu glauben geneigt war. Die andere Fama gibt André de la Vallé als Kontrahenten an, was sehr viel für sich hat. An meinem Geburtstag begegneten sich die beiden mit einer Nichtachtung, die an Körperverletzung grenzte.«

»Wo steht de la Vallé politisch?«

»Als Franzose natürlich auf Seiten des Prinzen Charlie. Er verstand sich bestens mit Moore.«

»Und welche Position vertrat Moore?«

»Er verhielt sich so neutral wie Brädow, so kam es mir vor, mit dem er sehr reservierte Gespräche zu führen schien.«

Eine Weile rollten sie schweigend auf Rheinsberg zu, das am Ufer des Grienericksees in den letzten Sonnenstrahlen schwamm. Es schien unmöglich, die Mauer des Schweigens zu durchbrechen, die Moore umgab. Wenigstens die zeitlichen Abläufe des Abends wollte Langustier klarer sehen.

»Wann zerstreute sich die Gesellschaft? Dies geschah nach Brädows Worten in Etappen.«

»Ja, das stimmt. Tristwitz und Moore verließen das Haus gegen zehn. Brädow und Meerkatz gingen etwa um Mitternacht, die Hofdamen und ich um halb eins.«

»War irgendjemand von Ihnen noch einmal draußen?«

Hamilton schien angestrengt zu überlegen.

»Der junge Prusskow, sein Vater, Roskusch, de la Vallé und Groß haben noch ein paar Schritte außerhalb des Hauses unternommen. Ob es ein nächtlicher Spaziergang war, kann ich nicht sagen. Sie brachten die Hofdamen und mich zur Kutsche und gingen, so wie ich mich erinnere, in Richtung Eis.«

Sie verabschiedeten sich im Hof zwischen Marstall und Manege.

»Haben Sie vielen Dank, Mister Hamilton. Gedenken Sie noch länger hier zu bleiben?«

»Bis zu den Sommerfesten des Hofes auf alle Fälle.«

»Dann sehen wir uns vielleicht noch einmal. Oder wir begegnen einander vorher bereits in Berlin wieder.«

Baron Meerkatz war noch wach.
»Können Sie mir noch einen Moment Ihre werte Aufmerksamkeit schenken, Baron?«, fragte Langustier.
Der Baron bat ihn in seine kleine Marstallwohnung. Er hatte an seinem Rechenautomaten gebastelt, wie es aussah, und dabei eine Flasche Wein geleert.
»Trinken Sie noch ein Gläschen mit mir? Was haben Sie auf dem Herzen? Waren Sie erfolgreich bei Ihrer Jagd?«
»Ja. Erfolgreich war ich, doch vielleicht sogar zu erfolgreich.«
Sie stießen an, und Langustier genoss den schweren Burgunder, von dem der Baron einen unerschöpflichen Vorrat im kleinen Kämmerchen eingelagert zu haben schien, wo auch sein spartanisches Bett stand.
»Dies Rätsel müssen Sie mir erklären. Kann man denn auch zu erfolgreich sein?«
»Ich habe eine Menge Einzelheiten erfahren. So viele, dass mir der Kopf schwirrt. Und eine Frage an Sie habe ich, Baron, und ich bitte Sie, mir aufrichtig zu antworten.«
»Monsieur, war ich unaufrichtig zu Ihnen?«
»Ja, das waren Sie. Sie kochten bei Hamiltons Geburtstag im Hause der Prusskows. Der Engländer, von dem Sie mir erzählt haben, Sie hätten ihn nur einmal flüchtig bei de la Vallé in Berlin gesehen, war ebenfalls dort.«
Meerkatz stellte sein Weinglas vorsichtig ab, während sein Gesicht eine selbst im Flackerlicht der Kerzen bemerkliche Röte annahm. Sein Seufzen sprach Bände von Reue.
»Es war töricht zu glauben, Sie würden es nicht herausbekommen. Ich kann zu meiner Entschuldigung nur vorbringen, dass ich keine Verwicklungen zwischen Russland und Preußen heraufbeschwören wollte …«
»Inwiefern?«
»Mister Moore, der im Übrigen ein Tuchhändler aus London war und sich, nach einem längeren Aufenthalt in Berlin, auf dem

Rückweg in sein Heimatland befand, bekam Streit mit dem Botschafter Groß. Die beiden standen kurz davor, voneinander Satisfaktion zu fordern und sich auf dem Eise des Sees zu duellieren.«

»Sagten Sie gerade Tuchhändler? Meinten Sie nicht vielmehr Buchhändler?«

»Sagte ich Tuchhändler? Ich meinte vielmehr Buchhändler.«

Langustier lachte laut.

»Entweder wusste tatsächlich niemand, was er wirklich war, oder er war etwas ganz anderes. Lassen Sie mich raten, worum es bei diesem Streit zwischen Groß und Moore ging: um Bonnie Prince Charlie.«

Meerkatz erblasste.

»Ganz und gar nicht, Monsieur. Groß argwöhnte, dass Moore ein etwas zu eindringliches Auge auf das Dekolleté seiner Braut und Tänzerin, der verführerischen Courtoise, geworfen hätte. Nebenbei bemerkt, ich hatte das ebenfalls getan …«

Er kicherte.

»Baron, lassen wir die Spielchen. An diesem Abend ging es um Bonnie Prince Charlies Feldzug. Sagen Sie mir, welche Rolle dieser Moore im politischen Ränkespiel einnahm.«

»Ehrlich gesagt, Monsieur Langustier«, ließ sich Meerkatz mit absolut gefestigter Stimme vernehmen, »ich weiß es nicht. Ich wollte Ihnen keinen Bären aufbinden – Moore gab sich mir gegenüber als gar nichts aus. Da er Perleberg als seine letzte Reisestation nannte und einen vornehmen Anzug aus englischem Tuch trug, hielt ich ihn für einen Tuchhändler. Das Städtchen gilt als Hochburg des textilen Gewerbes. Aber wenn Sie in der Abendgesellschaft bei den Prusskows einen Zirkel jakobitischer oder antijakobitischer Verschwörer vermuten, gehen Sie fehl. Sicher wurde von vielem gesprochen, doch die Geschehnisse in Großbritannien waren nur ein Thema unter vielen. So zumindest ist es mir vorgekommen. Madame Prusskow war ganz auf der Hannoveraner Seite, ebenso Groß und Hamilton. Darin war ich, wie Sie sich denken können, mit ihnen nicht sehr einig. Moore und Roskusch und Brädow ebenfalls nicht. Tristwitz wetterte gegen beide Seiten, was mit dazu beitrug, dass man ihn gerne verabschiedete und zu unverfänglicheren Themen überging. Moore begleitete ihn. Es wurde Hofklatsch breitgetreten, die königliche Familie durchgehechelt, was immer ein erquickliches Thema ist. Man zog das arme Fräulein Buchholtz mit dem unübersehbaren Interesse auf, dass der Prinz von Preußen ihr entgegenbringt, bis ich ihr beisprang und das Gespräch auf die Altertümer lenkte, was dann lange alle Aufmerksamkeit absorbierte. Das Verhältnis des Königs zu seinem Bruder wurde in Beziehung zu beider Interesse für die hübsche Remuslegende gesetzt, was eine ergötzliche Unterhaltung bot. Es gab dann mehrere Privatgespräche, von denen ich, von Gruppe zu Gruppe wechselnd, stets nur Ausschnitte mitbekam. De la Vallé erzählte von seinem Besuch beim König, der sich bei ihm nach seltenen Ausgaben diverser Autoren erkundigte. Ach ja: Bevor Moore verschwand, sprach er mit Brädow. Moore muss mit der Familie von Brädows Frau einst näher bekannt gewesen sein.«

»Flora MacDowells Familie?«, fragte Langustier interessiert.

Meerkatz trank einen Schluck Rotwein und schüttelte sich. Langustier lenkte das Gespräch auf den Gegenstand seines Interesses zurück.

»Würden Sie Moores Kleidung wiedererkennen, wenn Sie sie sähen?«

»Durchaus. Es war ein muskatbrauner englischer Tuchrock.«

»Schlafen Sie wohl, so wohl Sie nach unser Unterredung können.«

»Ich habe Ihnen nichts verheimlicht, Monsieur«, beteuerte der Baron zum Abschied, als hinge sein Seelenheil von der Gewissheit ab, dass sein Nachbar dieser Versicherung Glauben schenkte.

Mittwoch, 23. März 1746

Langustier schlief sehr schlecht in dieser Nacht. Er träumte von einer stürmischen Überfahrt über den Kanal, bei dem das Schiff von einem glubschäugigen Meerungeheuer verschlungen zu werden drohte. Er setzte sich im Bett auf und blickte zum Schloss hinüber, das von den ersten Strahlen der Morgensonne beschienen wurde. Ob er die Reihe seiner Besuche und Befragungen an diesem Tag würde zum Abschluss bringen können? Zum Frühstück begab er sich in die Schlossküche und ließ die Ergebnisse seiner bisherigen Gespräche Revue passieren. Hatte dieser Moore tatsächlich dem Gewürzhändler Roskusch ein Buch angeboten? Tristwitz und de la Vallé könnten dies bezeugen oder in Abrede stellen, doch in jedem Falle könnte es sich um eine zwischen diesen Herrn abgesprochene Lüge handeln. Die Tatsache, dass Moore und die beiden anderen Herren überhaupt bei Roskusch gewesen waren, wurde indes durch Kähns Beobachtung verbürgt. Seltsamerweise vertraute er dem ungehobelten Kähn noch am ehesten.

»Monsieur Langustier? Ein Brief für Sie.«

Der Kastellan Feldt war in die Küche gekommen und reichte ihm ein Schreiben. Langustier sah das Siegel Dargets, erbrach es und las. Der Bibliothekar des Königs schrieb ihm, dass er keinen Londoner Buchhändler namens Moore kenne, aber einen Brief an einen Freund in London geschrieben hätte mit der Bitte nachzuforschen. Langustier fluchte leise, denn es würde dauern, bis man auf diesem Wege Antwort erhielte. Nach einem Spaziergang am See stand er vor dem Schlösschen Schlaborn, einer verwitterten steinernen Schatulle mit einem wie angeklebt wirkenden Turm. Im Hintergrund dampften und bollerten die Hadernmühle und die Papierfabrik. Langustier riss wiederholt am Klingelzug und betätigte auch den Türklopfer mehrmals. Die Tür flog auf. Massig, ungewaschen, struppig schnellte Boromil Tristwitz heraus. Der Hausherr, locker in einen alten Vorhang gekleidet, aus dem die Motten flogen, rollte unheildräuend mit den gallertigen Augen.

»Was wollen Sie?«

»Komme ich ungelegen? Ich hätte gern ein wenig mit Ihnen geplaudert.«

»Worum geht es? Ich glaube nicht, dass ich Ihnen bei Ihren Vorbereitungen für des Königs Sommerspiele behilflich sein kann oder will.«

»Kein Gedanke daran, Monsieur. Darf ich eintreten? Hier wird es empfindlich kalt. Sicher auch für Sie ...«

Tristwitz machte eine Geste, die alles andere als einladend wirkte. Langustier betrat hinter dem Hausherrn die düstere Halle. Von der Decke hingen wallende seidige Gewebe, die sich beim zweiten Blick als fette Stränge aus Generationen von Spinnweben herausstellten. Decken und Wände waren von Kerzen- und Fackelruß geschwärzt. Die vormals leuchtend gelbe Brokattapete hatte einen fleckigen Ockerton angenommen. Tristwitz wies auf einen Stuhl am Kamin, in dem ein Gemisch aus Holz und alten Lumpen brannte, das infernalischen Qualm und Gestank verbreitete. Er stocherte hastig darin und meinte:

»Wir gehen besser in mein Arbeitszimmer. Der Hornochse von Diener glaubte partout, hier seine abgetragene Kluft einäschern zu müssen.«

Langustier blickte interessiert auf die rauchende Materie, die ganz und gar nicht abgetragen wirkte. Der unverbrannte Ärmel eines vornehm wirkenden, muskatbraunen Tuchrockes zog seine Aufmerksamkeit auf sich. Er riss unbemerkt ein Stück davon ab und steckte es in seine Manteltasche, während der Hausherr durch eine schmutzige Tür in einen grottenartigen Saal vorausging. Es war Langustier, als starrten statt der porträtierten Ahnen lauter Totenschädel von den Wänden.

»Leben Sie allein?«, fragte er.

Tristwitz nickte unwirsch.

»Wie kommen Sie mit den Rheinsbergern aus?«

»Sie brauchen mich nicht und ich brauche sie nicht. Kulturloses, geistloses und humorloses Pack. Die Weiber alle hässlich.«

»Monsieur, ich will nicht lange um den heißen Brei herumreden: Der König hat mich nach Rheinsberg geschickt, um Erkenntnisse über den Unbekannten aus dem Eis zu sammeln.«

Er wies Tristwitz das Permiss-Schreiben vor, was dieser mit einem achtlosen Kehllaut kommentierte. Er wirkte nicht erstaunt.

»Sie waren am 16. Februar bei Prusskows?«

Tristwitz lachte dröhnend.

»Sie stellen Fragen. Ich weiß manchmal nicht mal, wo ich gestern war …«

Er ließ sich in einen Sessel fallen, dass es staubte. Langustier bevorzugte es stehen zu bleiben.

»An diesen Abend erinnern Sie sich vielleicht, denn Sie hatten eine heftige Auseinandersetzung mit dem russischen Botschafter Groß. Anlass war eine Dame, Madame Courtoise.«

»Dame. Ha! Dass ich nicht lache. Eine üble Kokotte.«

»Mit der Sie näher bekannt waren oder sind?«

»Wofür halten Sie mich? Zwei- oder dreimal habe ich oberflächlich meine Zeit mit ihr vergeudet, doch es war der Mühe nicht wert. *Oberflächlich*, wenn Sie den Scherz verstehen.«

Langustier fand den Scherz degoutant und den Namen *Tristwitz* durchaus sprechend, aber er machte gute Miene zum bösen Spiel, um den Hausherrn nicht zu verstimmen.

»Aber Sie hatten Streit mit Groß, oder nicht?«

Tristwitz rollte wieder mit den Augen und warf den Kopf hin und her.

»Streit, Streit – nennen Sie es, wie Sie wollen. Wir schieden nicht gerade mit Koseworten füreinander. Dieser eingebildete Zarewitsch mit seiner Pariser Hure.«

Bevor Langustier es sich versah, war Tristwitz aufgesprungen, hatte ihn theatralisch bei der Gurgel gepackt und erklärte, indem er spielerisch den Griff ein wenig fester zog:

»So hab ich ihn angefasst! Ist das vielleicht bedrohlich?«

Langustier fand vor allem den weingeistvollen Anhauch bedrohlich, der ihm aus Tristwitzens Mund entgegendrang.

»Kannten Sie den Engländer, der an diesem Abend da war?«

»Ja, natürlich kenne ich Hamilton. Wer kennt diese vagabundierende Vogelscheuche nicht? Muss überall seine schmale Nase hineinstecken.«

»Ich meine nicht Hamilton – ich spreche von dem Herrn, in dessen Begleitung Sie in Warenthin anlangten. Woher kamen Sie mit ihm und wie hieß er?«

Tristwitz blickte dröge aus dem Mottenfänger. Er zog den Vorhang enger um die Schultern und sank wieder in den Sessel.

»Moore. Kannte ihn nicht weiter. Wir kamen von Beerenbusch. Der Mann hatte ein schönes Buch bei sich. Er handelte mit Büchern.«

»Welches Werk war das?«

»Oh, eine … eine seltene Ausgabe eines der frühen Romane von Racine.«

Langustier lachte auf.

»Racine war ein Dramatiker, Monsieur. Ein Roman von Racine wäre wahrlich mit Gold aufzuwiegen. Sie brauchen mich nicht für dumm zu verkaufen. Wenn Sie sich bitte an den Titel des Werkes zu erinnern versuchten! Es ist wichtig.«

Tristwitz suchte sich zu erheben, was erst nach mehreren Anläufen gelang.

Langustier folgte ihm über eine schmale Stiege in den Treppenturm. Im obersten Geschoss war die Bibliothek untergebracht. Tristwitz zog die Vorhänge zurück, die einen Schrank von den übrigen abschirmten. Man konnte leicht erahnen, dass sich hinter diesem Blickschutz galante Schriften verbargen. Der stolze Besitzer zog einen der Bände heraus und reichte ihn Langustier, der ihn aufschlug.

»Das ist der Ursprung der heutigen Flut galanter Druckwerke, Monsieur. Es ist das einzige bekannte Exemplar der lateinischen Urversion der *Académie des Dames* aus der Feder eines Advokaten namens Chorier in Grenoble, der seine Verfasserschaft bis heute leugnen würde, wenn er noch lebte. Er starb aber schon 1692. Dieses Buch hier erschien 1658.«

»*Elegantia latini sermonis Aloisiae Sigeae Toletanae Satira de Arcanis Amoris et Veneris*«, las Langustier.

»Aloisia Sigea, also Luise Sigea, war eine Hofdame der Eleonore von Österreich, einer Schwester Karls V. Schon im Alter von 13 stand sie im Rufe höchster Gelehrsamkeit.«

Langustier fragte, woher man wisse, dass dieses Exemplar einmalig sei. Er blätterte ein wenig darin. Die Abbildungen waren in der Tat von einer bestechenden, expliziten Drastizität …

»Mein Buch-Agent in Paris, Monsieur Nicolas Claude Thieriot, hat die Kataloge der Bibliothéque Royale durchforstet. Er steht mit Monsieur Deville, dem Hofbibliothekar des Königs von Frankreich, auf gutem Fuß – und fand die Ausgabe verzeichnet. Das zugehörige Exemplar jedoch befindet sich weder in den königlichen Beständen noch existiert ein Hinweis auf einen anderen Ort. Das kann als sicherer Beleg dafür gelten, dass wir hier etwas Einmaliges haben.«

»Und jetzt wollen Sie mir sagen, dass Sie dieses Buch dem Buchhändler Moore abgekauft haben?«

»Nein, nein, mit derlei handelte der Gentleman leider nicht. Hier – das habe ich gekauft.«

Tristwitz wies auf ein unscheinbares Werk, das auf einem kleinen Tisch lag: die *Aeneis* des Vergil.
»Ich erwarb die Ausgabe für eine Summe, die ich lieber nicht laut nenne. Die französische Übersetzung macht es so teuer, die Auflage ist fast ganz verschollen.«
Tristwitz wirkte plötzlich sehr nüchtern.
»Gibt es Zeugen für diesen Kauf?«
»Nein. Denn er wurde eben hier abgewickelt.«
Tristwitz zögerte einen Augenblick.
»Ich hatte Moore bereits während unseres gemeinsamen Marsches von Beerenbusch aus zu mir eingeladen, um über einen eventuellen Ankauf weiterzuverhandeln. Er war nicht abgeneigt, denn er schien sich in einiger Finanznot zu befinden. Als sich das Geplänkel mit Groß ereignete, kam Moore auf mich zu und entbot sich, mich nach Schlaborn zu begleiten. Wir gingen übers Eis, besahen hier die Sammlung, tranken eine Flasche Wein, besiegelten unser Geschäft. Er war am Ende bereit, einiges im Preis nachzulassen gegen die Summe, die er Roskusch genannt. Dann ging er zurück in Richtung Warenthin. Ich gab ihm meinen Diener August als schwankende Lichtquelle mit.«
»Um wie viel Uhr verließen Sie mit Moore die Gesellschaft?«
»Gegen zehn.«
»Wann langten Sie hier an?«
»Um halb elf.«
»Und wann verließ Moore Sie wieder?«
»Ich schätze, gegen halb eins. Genau weiß ich es nicht. Aber Sie können August fragen. Möglicherweise erinnert er sich daran. Da er ein noch viel üblerer Säufer ist als ich – wie Sie am Zustand des Hauses unschwer werden festgestellt haben –, glaube ich es aber kaum. Darf ich Ihnen übrigens einen Schluck anbieten?«
»Nein, danke. Sagen Sie: Trug Moore eine Dokumententasche bei sich?«
»Eine kleine Tasche, ja. Aus Leder. Darin hatte er anscheinend all

seine Habe. An Kleidung schien er nur zu besitzen, was er am Leibe trug.«

»Sprachen Sie mit Moore ausschließlich über Bücher?«

»Nicht nur, auch über Menschen … Er liebte das Leben, ganz anders als die anderen Roskusche und Ladestöcke hierzulande. Wir lachten viel über die Figuren, die wir an diesem Tag gesehen. Moore stellte mir in Aussicht, dass er einige meiner Schriften in England herausbringen wollte. Er interessierte sich für die schöne Försterin, die letztes Jahr gestorben ist, er fragte nach dem schönen Pjotr, der ihm bei Prusskows aufgefallen war. Ich unterhielt mich gern mit ihm, auch wenn mein Englisch nicht das beste ist. Was er eigentlich in Preußen wollte, hab ich nicht begriffen. Vielleicht war es doch etwas Politisches. Aber er war sicher ein Gesandter, der wegen einer schönen Frau oder einem schönen Buch seine geheimen Aufträge vergisst. Sympathisch eben.«

»Wo finde ich denn Ihren August?«

»Er ist nach Berlin gefahren, um seine monatliche Besorgungstour zu machen. Hier draußen in der Wildnis gibt es ja – nichts.« Das Meerungeheuer machte eine weltumspannende Geste.

»Gehen Ihre Geschäfte gut, Monsieur?«

»Nun, ich habe von meiner Schrift gegen Voltaire so viele Exemplare verkauft, dass ich mir davon drei Schlösser leisten könnte.« Dies verlauten zu lassen war die eine, es zu glauben eine andere Sache …

»Wann erwarten Sie Ihren Diener zurück? Und wo kauft er normalerweise ein?«

Tristwitz lachte dreckig.

»Bei Ihrer werten Frau Tochter kauft er alles, was man essen und trinken kann. Das Übrige besorgt er in der *Purpurglocke*.«

Langustier staunte aufs Neue über die Verworfenheit dieses Menschen. Die *Purpurglocke* war Berlins bekanntestes Bordell. Offenbar ließ Tristwitz sich die Damen frei Haus liefern.

»Dann kennt er Ihren Geschmack gut«, kommentierte Langustier. »Seit wann ist er unterwegs?«
»Er verließ das Haus kurz vor Ihrer Ankunft.«
»Sie haben ihn neu eingekleidet? August hat seine abgetragene Montur in den Kamin geworfen – nebenbei bemerkt, eine höchst ungewöhnliche Verfahrensweise … vor allem, wenn der Stoff noch so gut ist, wie in diesem Fall.«
Langustier wedelte mit dem abgerissenen Tuchstück.
»Er wird nicht ganz nüchtern gewesen sein. Seine neue Gewandung erhielt er erst letzte Woche.«
»Wenn er kurz vor meiner Ankunft nach Berlin aufbrach, hätte ich ihm doch begegnen müssen? Ich kam die Chaussee von Rheinsberg her.«
»Oh, da täuschen Sie sich. Er ging freilich nicht zu Fuß, sondern fuhr mit einer Kutsche.«
»Der Ihren?«
»Nein, Monsieur, der Kutsche einer … Dame.«
»Verraten Sie mir ihren Namen?«
Tristwitz erhob sich.
»Sehen Sie zu, dass Sie Land gewinnen!«

Langustier machte sich noch an diesem Nachmittag auf den Weg zurück nach Potsdam. Unverhofft begleitete ihn Baron Meerkatz, den der König zu sich beordert hatte. Sie standen geschlagene drei Stunden in Kremmen, weil der Kutscher Bruch gebaut hatte und eine neue Hinterachse eingezogen werden musste. Die Herren nutzten die Zeit zu einem ausgedehnten Schläfchen. Im Weiterfahren rätselten sie ein wenig, was die königliche Ordre, Meerkatz betreffend, bedeuten könnte. Die Spezifikation »zwecks kunsthistorischer Fragen« konnte nach Langustiers Auffassung nur heißen, dass Meerkatz ein Gutachten über einen anzukaufenden Kunstschatz erstellen sollte.
Durchgeschüttelt kamen sie in Potsdam an. Trotz der vorgerück-

ten Stunde ließ ihnen der König, als er von ihrem Eintreffen hörte, bestellen, dass er sie sofort empfangen wolle. Von Bülow führte Langustier ins Audienzzimmer.

»Guten Abend, Monsieur, ich danke Ihnen, dass Sie sich gleich zu mir bemühen. Was bringen Sie mich für Neuheiten? Ich bin sehr bestrebt, in einen Zustand der Ruhe zurückzukehren, den ich und mein Volk gleich nötig haben. Von daher hege ich ein Verlangen danach, dass es in meinen Ländereien keine ungeklärten Mordfälle gibt.«

Langustier seufzte und bemühte sich, die Spuren zusammenzuraffen:

»Der spätere Tote war als Richard Moore bei mehreren Rheinsbergern bekannt und am Tag seines Ablebens, dem 16. Februar, mit zahlreichen Personen zusammen.«

Er zählte die Namen und Anlässe auf.

»Für Baron Meerkatz und Monsieur de la Vallé war er somit kein Unbekannter?«

»Viele, die es dem Landrat und seinen Beamten gegenüber nicht angegeben haben, kannten ihn und tätigten offenbar Geschäfte mit ihm. Er handelte angeblich mit Druckwerken.«

»Was seindt das vor Maschins?«

»Bücher, wollte ich sagen.«

»Ah ja. Nun ... Monsieur Darget hat mich gleich von Ihrer Anfrage unterrichtet. Wegen eines Londoner Buchhändlers namens Richard Moore ist aber noch kein Bescheid eingetroffen?«

»Nein, Sire. Doch es sieht mir danach aus, als hätte dieser Moore ein Inkognito aufgebaut und seine Gesprächspartner dazu angehalten, es zu wahren.«

»Halten Sie dafür, dass es ein Komplotte seindt? Dass die Herrschaften etwas anderes als Bücher im Schilde führten?«

»Das zu behaupten reichen die Indizien nicht aus. Die Letzten, die mit Moore zusammen waren, scheinen Tristwitz und sein Diener gewesen zu sein.«

Der König rümpfte die Nase.
»Verhurte Kujons.«
»In Tristwitzens Kamin glomm ein Kleiderrest, und es könnte sein, dass es sich bei dem verbrannten Gewand um Moores handelte. Doch weder ist geklärt, von wem die Kleider stammten, die der Tote trug, noch wo seine Tasche geblieben ist, in der sich vielleicht Geld befand. Wenn der Buchverkauf denn überhaupt stattfand und der Tristwitz – ein Bibliomaner, wie er im Buche steht – dem Moore das Buch nicht einfach raubte. Der Besuch Moores bei Tristwitz könnte camouflierende Legende sein. Es gibt nur den Diener als Zeugen, wenn überhaupt. Und eine Dame zweifelhaften Leumunds, möglicherweise.«
Langustier zeigte den Stofffetzen, den er gerettet hatte. Der Monarch lief puterrot an.
»Diese Kanaillen, einer lügnerischer als der andere. Ich will Tristwitz sofort festsetzen lassen. Man sollte sie gleich allesamt einsperren und die Wahrheit aus ihnen herausprügeln.«
Langustier riet zur Zurückhaltung.
»Das würde eine Menge Aufruhr machen, Sire. Freilich ist der Verbleib von Moores Tasche zu ermitteln. Den Diener werde ich mir vorknöpfen. Es muss geklärt werden, ob ihm die Montur des Toten auf den Leib passt. Sollte ich ihn in Berlin nicht mehr antreffen, wo er angeblich gerade Besorgungen für seinen Herrn macht, so müsste man ihn vorladen. Ich plädiere indes dafür, die Angelegenheit vorerst diplomatisch zu verfolgen und die Herren, mit denen ich bereits Unterredungen geführt habe, nicht durch zuviel Aufmerksamkeit zu verschrecken. Falls Politik hinter allem steckt, so würde sich kaum ein klares Bild gewinnen lassen, wenn man Moores Rheinsberger Gesprächspartner festzunageln versuchte. Sie würden erst recht über ihre Absichten schweigen. Und die Folter, Monsieur, haben Sie ja selbst reduziert.«
Der Regent sinnierte:
»Politik seindt die Kunst, mit allen Mitteln stets den eigenen

Interessen gemäß zu handeln. Dazu muss man selbige kennen, und um diese Kenntnis zu erlangen, bedarf es des Studiums, geistiger Sammlung und angestrengten Fleißes. Ich pflichte Ihnen bei – umso schwerer seindt es, aus dem Handeln der anderen auf ihre Interessen zu schließen.«

Der Monarch schwieg kurz, sagte dann, das Thema abrupt verlassend:

»Bitte vergessen Sie nicht, dass meine werte Frau Mutter am Sonntag ihren Geburtstag feiert. Erfinden Sie etwas Hübsches für ein kleines Diner an der Maschinentafel, das ich ihr zu geben beabsichtige. Doch achten Sie darauf, dass es alles leicht und gut bekömmlich ist. Keine fetten Sachen. Sie ist sehr … nun ja – stark geworden. Die Dame sitzt den ganzen Tag am Hazardtisch und lief in den letzten drei Jahren keine zwei Meter mehr. Sie lässt sich überallhin im Tragstuhl befördern.«

Der Zweite Hofküchenmeister schied vom König in gelinder Verwirrung. Kochen, ohne aus dem Vollen der Fette zu schöpfen? Was sollte da auf dem Tisch stehen? Gehackte Rauke?

»Ach, Sire, eh ich es vergesse: Der Gewürzhändler Roskusch entbietet sich, in der Hoffnung, künftig Eurer Majestät exklusiver Lieferant für Pfeffer, Muskat, Ingwer und allerlei sonstige Aromata zu werden, die Gewürze zu den Festtafeln dieses Sommers ohnentgeltlich zu stellen.«

»Ja, aber nur, wann erste Qualité!«

Damit war Langustier entlassen. Er nickte dem eintretenden Meerkatz ermutigend zu, der seine Audienz noch vor sich hatte. Erstaunt sah er Prusskows Sohn Pjotr vor der Tür zum Audienzzimmer wachen. Offensichtlich stand er jetzt in Diensten des Königs. Die Gelegenheit hätte nicht günstiger sein können:

»Nanu – nicht mehr beim Prinzen?«

»Bin als Kriegsbeute hierher entführt …«

»Kriegsbeute?«

Pjotr lachte über Langustiers verdutztes Gesicht.

»Sie spielen Krieg auf dem Papier und nehmen einander Pfänder weg ...«

»Ich bin sprachlos ... Indes ist das immer noch besser, als wenn wir jetzt wirklich wieder loszögen, nicht wahr? Ein bisschen Frieden tut uns ganz gut.«

Sie kicherten. Erfreut vernahm Pjotr die Kunde vom Wohlergehen seiner Eltern.

»Ich danke Ihnen, Monsieur. Warenthin ist wirklich ein schönes Fleckchen. Ich kehre stets gern für ein paar Tage heim. Es ist eine Erfrischung.«

Der schöne Jüngling trug blitzweiße Handschuhe. Ihn sich in ländlicher Umgebung beim Fischen vorzustellen, fiel Langustier einigermaßen schwer.

»Ihr werter Herr Vater weihte mich in die Geheimnisse des Eisfischens ein.«

Prusskow junior strahlte.

»Das ist unsere Lieblingsbeschäftigung in den strengen Wintermonaten. Leider nicht nur unsere.«

Freilich wusste der junge Lakai von dem Vorfall an der Remus-Insel. Langustier stellte sich dumm.

»Glauben Sie denn, der Eingefrorene war ein verunglückter eisangelnder Fischdieb?«

»Warum nicht, das wäre doch möglich?«

»Aber soweit ich weiß, hat man keine Gerätschaft für dieses Geschäft bei ihm gefunden – keinen Pickel und keine Schnüre.«

»Tja, dann ist es unwahrscheinlich.«

»Außerdem wurde er seiner vornehmen Kleider beraubt und bekam dafür die Kluft eines Tagelöhners angezogen. Ihr werter Herr Vater hat ihn übrigens mit dem Engländer ... wie hieß er noch gleich ...«

»Hamilton?«, half ihm der junge Prusskow.

»Genau dem. Also, mit Hamilton sah ihn Ihr Vater übers Eis spazieren, unweit der Remus-Insel, wo er später ab- beziehungs-

weise auftauchte. Sie waren an diesem Tag, dem 16. Februar, ebenfalls vor Ort, am zugefrorenen Großen Rheinsberger See bei Warenthin. Ist Ihnen nichts aufgefallen?«
Das Lächeln war aus Pjotr Prusskows Gesicht verschwunden. Er schien nicht lange nachdenken zu müssen.
»Nein, ich sah niemanden. Ich habe an diesem Tag Löcher vor Schlaborn ins Eis gehauen. Es werden etwa sieben Stück gewesen sein.«
»Haben Sie das dem König gesagt? Oder dem Landrat?«
»Warum sollte ich? Mich hat keiner befragt.«
»Ganz einfach, weil der Mord aller Wahrscheinlichkeit nach am 16. Februar geschah.«
Pjotr Prusskow blickte ausdruckslos ins Leere.
»Das ... vermag ich kaum zu glauben.«
Langustier glaubte ihm den Unglauben nicht.
»Was für ein Festessen war das übrigens, für das Sie sich bemühten, einen Zander zu fangen, wo erfahrungsgemäß gar kein Zander zu fangen ist?«
»Das behauptet mein Vater, doch ich bin vom Gegenteil überzeugt und werde schon noch den Nachweis erbringen. Botschafter Groß von der russischen Gesandtschaft war zu Gast. Er war auf dem Weg nach Sankt Petersburg und machte auf besondere Einladung meiner Mutter für eine Nacht bei meinen Eltern Station. Außerdem feierte Mister Hamilton seinen Geburtstag bei uns. Baron Meerkatz gab den Küchenchef.«
»Wer war noch anwesend?«
»Herr von Roskusch und Monsieur de la Vallé. Zwei Hofdamen der Königinmutter. Der fürchterliche Tristwitz, ach ja, und der Forstmeister von Brädow.«
Pjotr Prusskow blickte unsicher.
»Dass Sie denjenigen zu nennen vergaßen, den, scheint's, alle vergessen wollen oder vergessen sollen, werde ich gar nicht sonderlich in Anschlag bringen ...«

Er wies den königlichen Permiss-Brief vor. Der junge Prusskow erblasste.
»Vielleicht verraten Sie mir die Wahrheit über diesen Londoner Buchhändler Moore?«
»Wenn ich es könnte, würde ich es gerne tun. Ich kam aber hinter kein Geheimnis, wenn es eins gab. Ich unterhielt mich zwar des Längeren mit ihm. Er fragte mich nach meinem Dienst für den Prinzen, nach dem Charakter des Königs, nach seinen persönlichen Interessen und Vorlieben. Dies waren Fragen, wie sie jeder Reisende stellt, der Potsdam oder Berlin zum ersten Mal besucht. Zugleich kam mir dies alles so vor, als bereite sich der Frager auf eine Privataudienz beim König vor.«
»Mister Hamilton gab an, dass Sie, Ihr Vater, de la Vallé und Groß in der Nacht, als alle übrigen bereits fort waren, noch einige Schritte gegangen seien. Trifft dies zu?«
»Ja, es war sehr spät und wir hatten Hamilton, das Fräulein von Buchholtz und Frau von Blasspiel eben in die Kutsche verfrachtet, als mein Vater den Vorschlag machte, die einmaligen Witterungsverhältnisse zu nutzen und noch einen kleinen Spaziergang auf dem Eis zu wagen.«
»Wie lange währte das und wohin gingen Sie?«
»Wir spazierten in Richtung Schlaborn, folgten dabei den Spuren Moores und des Verrückten, bis wir durchgefroren waren und umkehrten. Eine Viertelstunde, bis etwa gegen dreiviertel eins, waren wir unterwegs.«
Langustier rechnete im Geiste nach und glich die Angaben mit Tristwitzens ab.
»Dann müsste Ihre Gruppe dem Diener des Tristwitz und Mister Moore begegnet sein, denn diese liefen, so man Tristwitz glauben kann, etwa um diese Uhrzeit von Schlaborn aus übers Eis in Richtung Reck, auf die Verbindung von Rheinsberger See und Grienericksee zu.«
»Monsieur, wollen Sie dem Trunkenbold wirklich auch nur eine

Silbe glauben?«, fragte Pjotr Prusskow. »Wir sahen niemanden, keine Fackel, keine Laterne, nichts. In Schlaborn brannte Licht, daran erinnere ich mich. Ich führte unsere Spaziertruppe an, daher weiß ich noch genau, was ich vor uns auf dem Eis sah: zwei Spuren, die geradewegs auf Schlaborn zuführten, und nur eine, die uns entgegenlief – der Tiefe nach diejenige von Tristwitz.«
Langustier begann an Tristwitz' Version zu zweifeln. Die anderen Spaziergänger wären hierzu noch zu hören. Prusskows Vater – der ohnehin noch zu erklären hatte, weshalb er die Anwesenheit Moores an jenem Abend unerwähnt gelassen hatte –, der Botschafter Groß, der Diener August sowie Monsieur de la Vallé, von dem Langustier bislang wenig mehr als den Namen kannte.
»Ihre werte Frau Mutter liebt es, spontane Einladungen auszusprechen?«, fragte er Pjotr Prusskow.
»Sie nutzt jede Gelegenheit, zu erfahren, was in der diplomatischen Welt vor sich geht, vor allem, wenn es England betrifft.«
»Betraf es an besagtem Abend auch England?«
»Natürlich.«
»Wie beurteilt sie die künftigen Chancen der Stuarts?«
»Schwach bis hoffnungslos. Als Bonnie Prince Charlie noch auf London marschierte, so denkt sie, hätte er Georg verjagen können. Das ist auch meine Ansicht.«
»Den Thronwechsel würde Ihre Mutter sicher nicht begrüßen?«
»Wie sollte sie? Im Grunde ihres Herzens ist sie eine Prinzessin von Hannover. Aber ihr Interesse ist natürlich reine Neugier. Sie hat keinen Einfluss.«
»Das würde ich nicht sagen – mitunter findet die wirklich große Politik im beschaulichsten Winkel statt ...«
Das Wiedererscheinen von Baron Meerkatz beendete ihr Gespräch. Prusskow verschwand in des Königs Kabinett. Langustier und Meerkatz verließen das Potsdamer Schloss und vertraten sich in der Nachtkühle noch etwas die Beine am Havelufer.
»Es geht um Ganymed, den Schönsten der Sterblichen. Der Kö-

nig will ihn in seinen Olymp entführen. Und ich soll ihn begutachten«, sagte der Baron.
»Ganymed? Ich hätte nicht gedacht, dass Zeus sich je von ihm trennen würde.«
Sie lachten.
»Monsieur – der Ganymed, von dem wir sprechen, ist eine Kopie nach einer Plastik von Cellini. Der König gedenkt sie von einem Kunsthändler zu erwerben, der ihn während seiner Kur in Pyrmont treffen will. Ich habe die Ehre, ihn zu begleiten, um die Güte zu bewerten und bei den Verhandlungen zu helfen. Preismindernd, wie Seine Majestät hoffen.«
»Das ist schön, Monsieur, dann werden wir noch ausgiebig Zeit haben, einander über Ästhetika und Kulinaria auszutauschen, denn ich werde ebenfalls mit von der Partie sein. Für die nächsten Tage muss ich mich jedoch entschuldigen – der Geburtstag der Königinmutter dürfte mir keine freie Minute lassen. Bereits jetzt wandelt mich das kühle Grauen an.«
»Geruhsame Nacht, Monsieur.«
Die hatte Langustier weiß Gott nicht. Von dem Gedanken besessen, den Diener des Tristwitz in Berlin zu stellen, fuhr er noch bei stockdunkler Nacht morgens gegen vier Uhr von Potsdam ab.

Donnerstag, 24. März 1746

Jeanne de Fourmont trat der Königinmutter voller Neugier und Ehrfurcht gegenüber. Entsetzt betrachtete sie das Äußere der einst so lebensfrohen und energischen Frau. Das Gesicht, von grauem Haar eingerahmt, war viereckig, rotnasig. Die Augen blickten trübe aus schlaffen Hautfalten über schweren Tränensäcken.

»Ihre Majestät sind so gütig, mich aufzunehmen.«

»Es ist auch ein Gutteil Eigennutz dabei, meine Liebe. Ich habe die Abwechslung nötig, denn meine gewohnten Kreise sind naturgemäß klein. Berlin ist nicht Paris und auch nicht London. Ihr Besuch ist mir daher überaus willkommen. Noch dazu mit einer so liebreizenden Empfehlung.«

Jeanne de Fourmont knickste artig. Das Nachahmen von Handschriften und persönlichen Schreibstilen fiel ihr leicht. So war es auch eine einfache Übung für sie gewesen, ein Schreiben der Herzogin von York zu fingieren, mit der sie in Briefwechsel stand. Sie empfahl sich darin als angenehme Gesellschafterin, die einer Dame von Stand gebildete Unterhaltung, anregende Konversation und wohltuende Zerstreuung bieten könnte. Offenbar hatte sie in dieser Offerte genau die Bedürfnisse der alten Dame getroffen.

»Kommen Sie, lassen Sie uns eine Partie L'hombre spielen. Ich werde Sie mit Fräulein von Buchholtz bekannt machen. Sie müssen uns beim Kaffee alles über Ihr Herkommen erzählen.«

»Mit dem größten Vergnügen«, sagte Jeanne und stöhnte innerlich auf. L'hombre hasste sie schon, seit sie denken konnte. Und jetzt auch noch gleich nach der Morgentoilette …

Langustiers Tochter Marie war glücklich, den Vater wieder einmal in die Arme schließen zu können.
»Wie lange wirst du in Berlin bleiben?«, fragte sie.
»Bis der Geburtstag Ihrer Königlichen Majestät überstanden ist.« Er hatte dies mit so vollendetem Überdruss gesagt, dass sie beide lachen mussten.
»Ist mein Herr Vater etwa seines Handwerks müde?«
»O nein«, beeilte sich Langustier zu versichern. Dabei sah er aus, als hätte er zehn Tage lang schlecht bis gar nicht geschlafen.
»Dann sind es andere Dinge, die dir im Kopf herumgehen. Man erzählt sich da merkwürdige Fabeln von einem Mann aus dem Eis, den der königliche Leibmedikus Eller unlängst in der Anatomie unterm Observatorium untersucht hat. Der König selbst soll sich dorthin bemüht haben. Warst du etwa mit von der Partie? Ich kann mich erinnern, dass du ziemlich überstürzt nach Rheinsberg abgereist bist. Wenn mich mein siebter Sinn nicht täuscht, wird dies nach jener geheimnisvollen Untersuchung gewesen sein.«
»Die Gabe zu Spekulationen liegt bei uns in der Familie. Aber, liebste Tochter – statt deinen armen Vater hier auf der Türschwelle verhungern zu lassen, könntest du ihm ruhig ein paar kleine Stärkungshappen zukommen lassen. Er hat heute noch nicht gefrühstückt.«
»Wie nachlässig von mir«, sagte sie und rief nach ihrer Magd, die sogleich nach unten ins Delicatess-Comptoir geschickt wurde, das eben seine Pforten für die frühen Einkäufer der feinen Herrschaften öffnete. Marie von Beerens Laden war inzwischen die erste Adresse Berlins für erlesene Feinkost. Nach einigen Leipziger Lerchen, Braunschweiger Würsten, englischem Schinken, holländischer Butter auf einheimischem Brot sowie mehreren Tassen türkischem Kaffee war Langustier bedeutend wohler.
»Dieser Moment ist doch der schönste!«
Nach Augenblicken glückseliger Sättigung fragte er:

»Der Diener des Tristwitz aus Rheinsberg, ich glaube, er heißt August, kommt der wirklich hierher nach Berlin in deine Handlung zum Einkaufen?«
Marie stutzte ob der abseitig wirkenden Frage.
»Ja, das tut er. Er war gerade gestern hier. Wenn du mich fragen willst, was ich von ihm halte: Falls der alte Spruch auch nur ein Quäntchen Wahrheit enthält, demzufolge das Gesinde ist wie der Herr, so möchte ich mit dem Herrn Tristwitz keine Bekanntschaft machen. Der Diener ist ein stadtbekanntes Schandmaul, das nach seinen Einkäufen erst einmal die Hälfte des Champagners und die Hälfte der Gänseleber- und Fasanenpastete, die er gekauft hat, mit den Huren in der *Purpurglocke* durchbringt. Am dritten Tag dann schleppt er sich in die Postchaise, wo man ihn hinten auf den Wagen bindet. Er ist so besoffen, dass er es nicht merkt.«
»Holla. Und ich muss eben dieses Subjekt heute dringend vermessen.«
»Vermessen? Willst du ihm etwa eine Holzkiste für seine allerletzte Besorgungsfahrt spendieren?«
Sie lachten.
»Nein, das muss schon sein Herr bestellen, der in der Tat eine unbeschreibliche Kreatur ist, da vermutest du ganz richtig. In der *Purpurglocke*, denkst du, finde ich ihn?«
Marie nickte.
»Zumindest wird man dir dort vielleicht sagen können, wo er seinen Rausch ausschläft.«
»Kauft er immer so großspurig ein?«
»Diesmal war er besonders wohlversehen mit Barschaft. Er kaufte nicht eine, sondern drei Kisten Champagner, nicht ein, sondern fünf Dutzend Gläser Pastete.«
Langustier raffte seine Wintermütze an sich, sprang in den Mantel und war schon auf der Stiege, als sein geflötetes »Dankeschön« an ihr Ohr drang.

In der *Purpurglocke* herrschte trotz der frühen Stunde Hochbetrieb. Das Lokal der Madame Myers, von den allseits zufriedenen Gästen insgeheim das »Berliner Feenschloss« genannt, war noch sehr neu, denn die Betreiberin war erst kürzlich nach Berlin gekommen. Innerhalb kürzester Zeit hatte sie es zu erstaunlichem Wohlstand gebracht, denn sie hatte Mädchen von feinerer Lebensart bei sich aufgenommen und hielt viel auf Sauberkeit. Sie brachte ihren Kostgängerinnen alle Achtung und Freundschaft entgegen, was die Stimmung in ihrem Hause auf das Beste bestellt sein ließ. Gegen ihre Gäste zeigte sie sich anständig und unterhaltend und verabscheute alles, was ins Pöbelhafte glitt. Mit kostbaren Mobilien und Trümaux ausgeziert, war die *Purpurglocke* zum beliebten Treffpunkt avanciert, an dem sich die Herren bei Musik und Tanz mit den Damen zwanglosen Unterhaltungen hingaben. Dem Edikt gegen die Hurenhäuser von 1698 entsprechend, wohnten die Damen als gewöhnliche Logiergäste im Haus, und die Polizei-Offiziere prüften stets augenzwinkernd, ob ihre Anwesenheit in der Schankstube, in den Separées und dem kleinen Saal auch tunlichst dekorativer Natur war. Ihre Aufgabe war freilich nicht eben leicht, denn wie sollten sie regeln, was gesetzlich gar nicht bestehen durfte und erfahrungsgemäß doch nicht zu unterdrücken war?
Langustier, der derlei Örtlichkeiten für gewöhnlich nicht betrat (ganz im Gegensatz zu den nobelsten der Herren, gar dem Prinzen von Preußen, wie es hieß), besah sich interessiert die Renovierungsmaßnahmen im Entree. Gerade wurde ein Buddha aus grün gestrichenem Sandstein auf einen Sockel gestellt. Wunderschöne gelben Statuetten chinesischer Teepflückerinnen standen dort bereits, und die Wände waren mit neuen Seidentapeten mit roten Blumenranken auf türkisblauem Grund ausgeschlagen. Die purpurrot grundierten Stiegenwände zierten gemalte Blumenkränze und Girlanden, während stilisierte Stuck-Teekannen und -Mohnblüten den Abschluss unter dem himmelblau gestrichenen

Deckenband bildeten, das sich wie ein frischer Luftzug über Höllenflammen aufwärts wand. Links ging es in die Gaststube. Langustier trat ein und wurde von der Wirtin auf das Freundlichste begrüßt, die sich naturgemäß über jeden neuen Gast in ihren Wänden freute. Ihre Freude erfuhr eine erkennbare Milderung, als er sich nach dem Diener des Herrn Tristwitz erkundigte.

»Pfui, solch eine widrige Frage, Monsieur. Hat er Ihre Börse gestohlen, Sie beleidigt, oder weswegen stellen Sie ihm nach? Wollen Sie nicht lieber Ihren Tag mit einer Tasse Kaffee und einer galanten Unterhaltung beginnen – statt mit der Suche nach einem versoffenen Lumpen, der gestern zum letzten Mal mein Haus betrat? Ich habe mir geschworen, Gauner seiner Kulör inskünftig abweisen zu lassen. Ich werde einen kräftigen Türsteher mit dieser Aufgabe betrauen. Auch können Sie gerne noch einige Exemplare der Tristwitz'schen Pasquills günstig erwerben, bevor ich sie an seine Papiermühle retourniere!«

Langustier stöberte interessiert in dem kleinen Stapel von Schmutzschriften, der auf einem Tischchen lag. Ein Anti-Kähn – *Der Ladestock* – und ein Anti-Roskusch waren dabei: *Kuschende Rosse*. Kichernd erwarb Langustier je ein Exemplar.

»Madame, ich würde nur allzu gerne von Ihrem Angebot Gebrauch machen und den Vormittag in diesem hübschen Etablissement zubringen. Unglücklicherweise suche ich den Bedienten des Herrn Tristwitz in einer Angelegenheit, die keinen Aufschub duldet. Auch wünschte ich sehr zu erfahren, ob er allein hier ankam oder in Begleitung einer Dame?«

Madame Myers musterte ihn erstaunt.

»Wer begehrt dies zu erfahren?«

»Letzten Endes – der König.«

Langustier wies ihr das magische Schreiben vor, das ihm Tür und Tor öffnen und Verstockte redselig machen sollte. Sie versteinerte.

»Den Besoffenen finden Sie auf der Wache. Er kam – wie Männer gewöhnlich tun, wenn sie auf Vergnügungen aus sind – allein.«

»August? August wie? Hat der Kujon auch einen Namen?«
»Ich weiß nur, dass er der Bediente des Herrn Tristwitz ist.«
Langustier hatte sich zur Hauptwache der Gens d'Armes im Großen Stall begeben, wo es eine Ausnüchterungszelle gab.
»Der aufgeplusterte Streithammel aus Rheinsberg? Der Schmutzfink? Den hatten wir hier schon des Öfteren ... Sein Diener, der auf den schönen Namen August Rost hört, liegt nebenan. Ich glaube aber kaum, dass er ansprechbar ist.«
»Dann müssen wir ihn irgendwie wach kriegen, denn es eilt.«
Langustier zeigte dem Diensthabenden, einem Major von Funke, seine Legitimation und erklärte ihm, worum es ging. Die Abmessung des Dieners Rost ließ sich anschließend ohne sein Bewusstsein ins Werk setzen.
»Sein Odeur ist wahrlich nicht der frischeste«, befand Langustier, während er sich mit einem Bandmaß an der Schnapsleiche zu schaffen machte. Zu seinem Leidwesen fiel das Ergebnis ernüchternd aus: Die Kleidung, die man am Toten gefunden hatte, wäre dem Diener Rost viel zu klein gewesen. Durch einen Wasserguss wurde die notdürftige Vernehmbarkeit des Bedienten hergestellt.
»Monsieur, ich kann mir denken, wie es um Ihren Kopf bestellt ist – eine Vorstellung, bei der mich selbst das Hauptweh anwandelt«, bekannte Langustier. »Trotzdem kann ich Ihnen eine kleine Befragung nicht ersparen. Ich ziehe im königlichen Auftrag Erkundigungen ein und bin auf Ihre Mithilfe angewiesen.«
»Scherteuch'ochallezumteufel ...«
»Später. Erst müssen Sie mir sagen, mit wem Sie nach Berlin kamen.«
»D'sgehtich'nfeucht'nkehrrichtan.«
Nun mischte sich doch Major Funke ein.
»Schurke, wir werden ihn solange kujonieren, bis ihm die Därme

zum Hals raushängen, wenn er keine Antwort gibt. Und der Himmel über Berlin wird für ihn einstürzen, wenn es nicht die Wahrheit ist.«
Die gut gemeinten Worte des Majors verfehlten gänzlich ihre Wirkung.
»Erbärmlicherschinderzu'höllemiteuchihrbarbaren.«
Ein Fußtritt indes erzeugte mehr Resonanz.
»Verfluchtdiedeschampsdieblondeschlampedietänzerin, inschlabornb'sgesternfrüh'chfuhrinihremwagenmit.«
»*In* ihrem Wagen?«, fragte Langustier, den Geruch Rosts in zweifelnde Erwägung ziehend.
»Auf'mkutschbockdualbernehofmeise.«
Langustier hatte nicht übel Lust, den enthemmten Frechling auch ein wenig zu kujonieren – als Antwort auf die »Hofmeise« –, indes: Zivilisiertheit obsiegte dem tierischen Impuls.
»Können Sie mir sagen, wo ich sie finde?«
»Peuckerschestheaterbärenschraße«, kam es geknurrt.
»Bärenschraße?«
»Jawoll. Bärenschraße.«
»Ach so – Behrenstraße. Erinnern Sie sich an die Nacht vom 16. auf den 17. Februar? An dem Abend fand in Warenthin eine Soirée statt.«
Rosts Miene zuckte erheitert:
»Ichwärschonfrohwenn'chmichanvorhinerinnernkönnt...«
»Hundsfott. Begreif er endlich, wen er hier vor sich hat«, bellte Funke.
Einige Stockhiebe des Majors belebten gleichermaßen das Rost'sche Erinnerungs- wie Sprachvermögen.
»Au, aufhören, du Sklaventreiber – ich sage dem Hofkomiker ja, was ich weiß. Aber viel ist es nicht.«
Langustier ignorierte die Beschimpfung, wenn es auch schwerfiel.
»Hat wohl dem Groß, dem Russenbotschafter, gesteckt, dass er's

schon mal mit der Coschois probiert hat – aber genau genommen isser so potent wie 'ne zubereitete Schmorgurke. Und wennernichkann, wassermeistensnichkann, mussichran. Kam mit so 'nem englischen Zärtling an und zeigte ihm seine Bücher. Darin is' alles abgebildet, wassernichkann, der Herr auf Schlapp-Born, mein schlapper Herr Tristwitz. Bücher, Mann, voller wollüstiger Stiche ... stichesachicheucholala. Erwarb auch für viel Geld ein unscheinbares Werk, dafürhätt'chkeinenpfifferlingverschwendet ...«

»Würden Sie bitte noch einmal draufhauen, er verfällt wieder ins Lallen«, bat Langustier, und Funke kam dem liebend gerne nach.

»Quälgeister! So hört schon auf ... Schickte mich mit diesem Kerl übers Eis zurück nach Warenthin, war bloß nicht in des Engländers Sinn. Der wollte partout nicht zurück zu den Fischers, den Prusskows, sondern nach Rheinsberg. Verlor ihn mitten auf dem See. Zum Glück, denn ich hatte absolut keine Lust zum Nachtwandeln ... War auch nicht mehr ganz trittfest. Bin dann ein bisschen auf dem Eis hin und her geirrt und irgendwann hingefallen und eingeschlafen. Gerade rechtzeitig wieder aufgewacht, um nicht draufzugehen. Hab mich schnatternd wieder zusammengerauft und irgendwie den Weg zurück gefunden. Mannmannmannwardas'nenacht ...«

»Und wie kamen Sie zu den feinen Kleidern, die Sie oder Ihr Herr im Kamin verfeuerten?«

»Ich? Verfeuern? Feine Kleider?«

Rost schien sich nur mühsam zu erinnern.

»Ach, die noble englische Kledage ... die fand ich am nächsten Tag seitlich vom Fahrweg nach Rheinsberg. Das Zeug stand mir gut, aber mein Herr sah es an mir, wurde wütend und riss es mir förmlich vom Leib und stopfte es in den Kamin.«

»War etwas in den Taschen?«

Rost kramte in seinem Hirn wie in einem löchrigen Beutel.

»Jawarwirklichwasdrin. N' Schreiben, aber purstes Englände-

risch, konnt'ch'nich'les'n. Hab's der Schlampe von Deschamps überlassen, die hat sich ganz ernsthaft dafür interessiert. Sammelt Handschriften, glaube ich ... Mannhadie'ndekolltée.«
»Ist Ihnen auf dem Eis in jener Nacht noch etwas aufgefallen? Haben Sie andere Wanderer gesehen?«
»O ja, ich habe viele schwankende Gestalten gesehen, auf dem Eis. Sogar –«
(er winkte Langustier näher, um ihm mit begleitendem infernalischem Pesthauch zuzuflüstern)
»– sogar Romus und Remulus hab ich kämpfen sehen auf der Romulusinsel ...«
Langustier und Funke tauschten einen amüsierten Blick.
»Remusulusvonseimeigenenbruderschlagen! Dismussmansichmavorstelln!«
Rost verfiel wieder in seinen anfänglichen Zustand und war nicht länger ansprechbar. Das war vielleicht auch besser so, fand Langustier. Er dankte dem Major, verließ die Hauptwache der Gens d'Armes und machte sich auf den Weg zum Peuckerschen Theater.

Die Truppe von Christine Adelheid Peucker – gebürtig aus Stuttgart und landauf, landab nur als »die Peuckerin« bekannt – hatte mit dem Stück *Droste oder: Das Schwein bei Hofe* seit mehreren Wochen einen Riesenerfolg. Caroline Deschampes, Tochter eines Rüdesheimer Wirtes, spielte die Liebhaberin eines unflätigen Mannes – personalsparend verkörpert von einem echten, grunzenden Schwein –, der allein wegen seiner schönen Frau in der vornehmen Gesellschaft erfolgreich ist. Sie spielte so gut und so sinnenreizend, dass das Glück der Peuckerin auf einige Zeit gemacht schien. Als Langustier bei ihr auftauchte, sich als Sonderkommissar des Königs in Polizeisachen auswies und ihre beste Darstellerin in dringender Angelegenheit zu sprechen wünschte, schwante ihr nichts Gutes.

»Madame, seien Sie ohne Sorge – ich möchte dem Fräulein Deschampes nur ein paar Fragen stellen. Sie brauchen keineswegs zu befürchten, dass man sie arretieren lassen will. Sie wird Ihnen erhalten bleiben, nehmen Sie das Wort eines Ehrenmannes.«
Das Theater und Heerlager der Peuckerin war ein ganz normales Bürgerhaus, in dessen Parterre man mittels Wanddurchbrüchen einen größeren Raum geschaffen hatte, in welchem die Aufführungen stattfanden. In den drei Geschossen darüber lagerten die Requisiten, wohnten die Schauspieler und die übrigen Mitstreiter: Maskenbildner, Dekorateure, Kulissenschieber. Ein buckliges Faktotum, das abends in der Paraderolle des Türstehers glänzte, wurde nach der Deschampes ausgeschickt und kam wenig später mit ihr die Stiege herab.
»Sie wünschten mich zu sprechen, Monsieur?«
Mademoiselle Deschampes war nicht eben zierlich, mittelgroß und hatte langes blondes Haar. Was das Decolleté anlangte, hatte der scheußliche Rost – der es aus intimer Nähe zu kennen vorgegeben – keinesfalls übertrieben. Langustier erläuterte dem männermordenden Wesen den Anlass seines überfallartigen Erscheinens.
»Mademoiselle – lassen Sie mich rasch zur Sache kommen: Zur Aufklärung dieses Verbrechens kann jede Kleinigkeit dienen. Im Vorhinein ist nie sicher, welches Detail im unübersichtlichen Mosaik eines Falles letztendlich den Ausschlag gibt. Sie waren am Abend des 16. Februars laut Aussage des Dieners von Monsieur Tristwitz auf Schlaborn zu Gast?«
»Ja.«
»Monsieur Tristwitz besuchte die Soirée in Warenthin bei Prusskows allein. Gab es dafür einen bestimmten Grund?«
»Ja.«
»Sie wären meines allergefühltesten Dankes gewiss, wenn Sie ihn mir nennen würden.«
»Er hatte mich geschlagen, aus Wut über sein Unvermögen. Es

geschah nicht zum ersten Mal. Aber mit meinem Veilchen wollte ich mich nicht öffentlich zeigen. Mit Schminke war nichts zu machen.«

»War es nicht vielleicht eher die Gegenwart des Dieners, die Sie in Ihrem Entschluss bestärkte, Tristwitz alleine ziehen zu lassen?«

Das beredte Schweigen von Mademoiselle Deschampes füllte die Zeit bis zu seiner nächsten Frage.

»August Rost gab an, wenn ich ihn richtig verstanden habe, was in seinem momentanen Zustand nicht ganz leicht ist, dass Sie einen Brief von ihm übernommen haben, den er in herrenloser Kleidung fand. Ist das zutreffend?«

»Ja.«

»Dann muss ich Sie um die Herausgabe dieses Briefes bitten, denn er könnte sich im Zuge der Erkundigungen als äußerst wichtig erweisen.«

»Er ist in englischer Sprache verfasst.«

»Das habe ich erwartet, Mademoiselle. Es ist offenbar die Kleidung jenes Mannes gewesen, der mit Tristwitz spätabends noch nach Schlaborn kam. Haben Sie ihn gesehen?«

»Nein, ich schlief bereits.«

»Der Diener sollte ihn gegen halb eins wieder übers Eis geleiten. Haben Sie davon etwas bemerkt?«

»Nein. Ich bringe Ihnen den Brief. Er ist mir sehr lieb wegen der schönen Handschrift. Ich sammele Handschriften, müssen Sie wissen. Wenn Sie mir einen Abstand bezahlen, überlasse ich Ihnen das Schmuckstück.«

Langustier nahm einen Friedrichsdor aus der Börse. Die Dame schüttelte ihr Blondhaupt und spreizte zwei Finger ihrer nicht sehr hübschen rechten Hand. Er überlegte, ob ihm dieser Fall so viel wert war, versuchte den Preis zu drücken, aber sie ließ nicht mit sich handeln. Er bat um eine Quittung, um sich diese horrende Summe vom König zurückerstatten zu lassen. Sie holte den Brief und gab ihm das gute, teuer bezahlte Stück. Er warf nur einen kurzen Blick auf die feine Hand des Schreibers, ohne ihn anhand des Schnörkels am Ende identifizieren zu können. Die Blindprägung auf dem Bogen stellte ein Wappenzeichen dar, es ließ sich im Zwielicht nicht erkennen. Das Siegel war erbrochen und dadurch ganz unkenntlich. Er faltete den Brief wieder zusammen, steckte ihn ein und verabschiedete sich in nicht eben sonnigster Laune.

Draußen war es wieder empfindlich kalt geworden. Er fühlte sich erschöpft, als er in der Wohnung seiner Tochter Marie in der Rossstraße anlangte. Der Weg hatte sich doch gezogen. Auf der Liste der Personen, mit denen er sprechen musste, standen noch Monsieur de la Vallée, der Botschafter Groß und Madame Courtoise, das Fräulein von Buchholtz sowie Frau von Blasspiel. Gerade lief Langustier Gefahr, auf der Chaiselongue einzunicken, als ihm der Brief einfiel. Er hielt das Dokument ins helle Kerzenlicht. Die Blindprägung auf der Frontseite des Papiers zeigte eine Distel, das Siegel war leider unkenntlich. Als Adressat stand auf der Außenseite *Mr. R. Moore (aus London), Hamburg, postlagernd.* Er konnte die Schrift gut lesen, nur mit dem Englisch haperte es. Um genau zu sein – er verstand kein Wort. Es kam ihm freilich verwunderlich vor, dass in der Anrede James stand.

Sonnabend, 26. März 1746

Die Schlossküche war unterfordert, denn der König hatte, aus allerhöchster Sorge um die Gesundheit seiner Mutter, für das kleine Souper an der Maschinentafel saft- und kraftlose Gemüse und kalte Meerestiere geordert:

> Kalte Tartuffel-Lauchsuppe, Salat aus Tintenfisch und Garnelen, gedünsteten Fenchel, Spinatbällchen, Erbspüree, kleine, mit Linsen gefüllte Zwiebeln, Kohl-Sardellen-Rouladen, Frischkäse-Ravioli, Bohnensalat, Schnittlauch-Pfannkuchen und eine Mousse aus Roten Beeten.

Langustier war ehrlich entsetzt, doch er hatte Se. Majestät auch durch deutlichste Bekundungen hofküchenmeisterlichen Missfallens nicht bewegen können, von diesem Plane abzuweichen. Immerhin waren diese vegetabilen Spielereien schneller erledigt als ein richtiges Essen, sodass Zeit blieb für Criminalia. Langustier ging mit dem Brief zu Pöllnitz, der selbstredend des Englischen mächtig war – zumindest hörte es sich so an, wenn er mit Engländern parlierte.

»Baron, Sie würden mir einen fulminanten Dienst erweisen, wenn Sie mir den Inhalt dieses höchst wichtigen Schriftstückes übersetzten, Sie wissen ja, das verflixte Englisch, in dem es widrigerweise verfasst wurde …«

Der Baron lächelte süffisant-amüsiert über diesen Makel an seinem sonst so allwissenden Kollegen.

»Dabei ist es die leichteste, ja primitivste aller menschlichen Sprachen. Nun, lassen Sie mich mal sehen … Was ist das übrigens für eine Geschichte mit dem Souper? Das ist ja eine Katastrophe.«

»Wem sagen Sie das … Ist morgen auch Ballett in den Zwischenakten des Theaters?«

»Aber ja, es tanzen die Barbera und die Courtoise.«

»Bezaubernd! Sind die Damen heute schon hier zum Proben?«

»Nein, sie proben im Opernhaus.«

Pöllnitz las:

»*Mein lieber James, teuerster Freund* – (fürwahr eine schöne Schrift. Ich könnte wetten, dass ich die Hand dieses Schreibers kenne, aber ich komme nicht darauf …) *die Lage ist nicht eben splendid, und dennoch: Dich für uns tätig zu wissen, ist mir eine Ermunterung und ein stetes Signal der Hoffnung. Mit getrennter Post schicke ich Dir etwas, das unseren Absichten dienlich sein könnte. Ich weiß aus einem Gespräch mit dem Abbé, d.i. vom Thal, wenn Du weißt, wen ich meine, dass e r ein eifriger Leser ist. Wenn es irgend geht, verkaufe es nicht, sondern überreiche es als Zeichen meiner Wertschätzung für jene Haltung, die mir in allem Vorbild ist. Doch gleichviel – ein paar hundert Taler, die Dich weiter am Leben erhalten und für uns auch künftighin wirken lassen, sind allemal besser als die schönste folgenlose Aufmerksamkeit. Ich stelle es Dir anheim, das Beste für uns zu erwirken und werde Dir Geld schicken, sobald ich wieder welches habe … Es grüßt Dich aus den wilden Sümpfen, von den morastigen Straßen, über die verschneiten Felder und das eisige, sturmumtoste Meer hinweg – Dein Dich schätzender, Dir vertrauender und Dir Glück wünschender Belle Isle.*

PS: Das Vergnügen ruiniert den Geist, davon bist Du genauso überzeugt wie ich. Dennoch entblöde ich mich nicht, Dir einzuschärfen: Alles ist verloren, wenn Du die Zügel schleifen lässt. Lerne, Deine Gefühle nicht offen zu zeigen. Halte Dich an Deinen Plan und alles wird gut enden. Aber rühre nicht an alte Geschichten aus Sentimentalität.«

Beide sahen sich ratlos an. Dann fragte Pöllnitz:
»Wie kommen Sie zu diesem Brief? Kennen Sie den Herrn, der ihn geschrieben hat? Belle Isle?«
»Nein, und auch den Empfänger nicht. Er hat dieses Schreiben förmlich an der Chaussee verloren. Ich danke Ihnen für Ihre Hilfe, Baron. Bitte erzählen Sie niemandem von dieser Lektüre. Die Überraschung wäre sonst keine mehr. Aber falls Ihnen eine Erleuchtung in betreffs der Handschrift kommt, wäre ich froh, Sie unterrichteten mich.«
»Unverzüglich, Monsieur, unverzüglich.«

Das Opernhaus mit der Inschrift *Apollini et Musis* weckte dunkle Erinnerungen bei Langustier. Zwei Jahre war es her, dass sich dort im Beisein des Königs ein höchst realistisches Drama abgespielt hatte.* Das Haus hatte neben dem Saal im Parterre noch zwei weitere, den Korinthischen und den Apollinischen. Im letzten blickten an diesem Nachmittag zahlreiche Satyrn auf die Übungen zweier liebreizender Tänzerinnen herab. Ein einsamer Zuschauer im schwarzen Cape verfolgte aus der letzten Reihe verzückt ihre Pirouetten. Langustier gesellte sich zu ihm und wollte gerade etwas Lobendes über die Luftsprünge der Ballerinen äußern, als der andere den Kragen herabschlug und ihn freundlich anblickte.
»Oh, Majestät. – Ich bitte sehr um Verzeihung. Ich wollte keinesfalls stören. Werde mich sofort wieder empfehlen!«
Langustier wollte fluchtartig den Raum verlassen, doch der Regent hielt ihn zurück.
»Ein glückhaftes Zusammentreffen, ich wollte Sie ohnehin bereits rufen lassen, um mir nach Ihren Erkundigungen zu … äh … erkundigen. Beim Besprechen der Speisepläne geriet es in Vergessenheit.«

* Vgl. *Silbergrau. Blutige Spiele.*

Langustier fasste sich ein Herz.
»Es gibt einen ominösen Brief, aus dem ich nicht schlau werde. Postlagernd für Richard Moore in Hamburg. Der Diener des Tristwitz …«
(der König schnaubte wie bei widrigem Geruch)
»… hat den Unbekannten später noch ein Stück übers Eis begleitet, so sagt er wenigstens.«
»Den Canaillen darf man nichts glauben.«
»Die Mimin Deschampes, welche bei Tristwitz war, gab an, bereits geschlafen zu haben.«
»Verschlafenes nichtsnutziges Artisten-Pack«, keifte der Monarch laut und vernehmlich. Die Akustik des Raumes war vorzüglich. Die Tänzerinnen hielten inne und sahen erschrocken herüber. Der König nahm die Kapuze seines Capes herunter.
»Nicht die Danseusen! Die Mimen!«
Beruhigt wurde geknickst und weitergetanzt.
»Moores Tasche ist bislang noch nicht wieder aufgetaucht.«
»Der Teufel soll mich holen, wenn Tristwitz nicht der Mörder seindt, oder sein Diener und Saufkumpan, dieser Rost! Wer so viel Geld verbraucht für Wein und für Huren, der kann sich keine teuren Bücher leisten. Er hat sich sein Geld zurückgeholt und alles, was Moore sonst noch an Barschaft bei sich trug. Oder er hat gar nicht erst bezahlt, die Sache gleich mit dem Knüppel abgemacht und den Diener zum Abservieren des Buchhändlers geschickt. Es seindt Zeit für eine Visitation! Tristwitzens Dachsbau wird ausgehoben!«
Langustier hatte nichts dagegen einzuwenden. Die verbrannte Kleidung im Kamin und die teuren Einkäufe des Dieners bei Marie legten den Verdacht tatsächlich nahe. Entschlossen verließ der König das Opernhaus, inkognito und ganz ohne Ordonanz oder Bewachung, nachdem er den Balletteusen sein ungetrübtes Wohlgefallen versichert hatte. Langustier sparte ebenfalls nicht mit Komplimenten und heischte insonderheit von der Barbera zu

erfahren, ob es ihr in Berlin bis dato wohl ergangen sei. Sie gedachten beide ihres turbulenten Beginns in den Diensten des Königs in Preußen, bevor sie sich mit einer anmutigen Drehung verabschiedete. Die künftige Madame Groß dagegen gab sich alle Mühe, sich an den fernen Abend in Warenthin zu erinnern. Doch in ihrem Kopf schien es wenig mehr zu geben als Sprünge, Pirouetten, Verdrehungen. Sie hätte nicht einmal beschwören können, Mister Moore, von dem Langustier sprach, überhaupt wahrgenommen zu haben. Seufzend verabschiedete er sich. Der russische Botschafter Groß war noch nicht aus Petersburg zurück. Blieben vorderhand de la Vallé und die Hofdamen der Königinmutter zu befragen.

Der *König von Portugal* in der Burgstraße 16, nur durch die Spree vom Schloss getrennt, war unangefochten der angesehenste Gasthof Berlins. Noch im letzten Jahr des alten Jahrhunderts gegründet, hatten seine Mauern viele berühmte Berlin-Besucher beherbergt, natürlich auch reisende Scharlatane, Goldmacher und die Künstler, die auf Einladung des Königs in der Stadt anlangten, etwa die Barbera. Langustier fragte nach Monsieur de la Vallé und erhielt zur Antwort, dass dieser gerade gegessen habe und eben im Begriff sei, sich zurückzuziehen. Langustier schrieb ein Billet und ließ es überbringen. Kurz darauf erschien André de la Vallé in der Hotelhalle. Wie er aufgeräumt und freundlich, ohne ein Gran zu viel oder zu wenig an Leutseligkeit, dem Zweiten preußischen Hofküchenmeister gegenübertrat, hatte er Ähnlichkeit mit dem baumlangen Marquis d'Argens, fand Langustier.
»Gehorsamster Diener!«, sagte de la Vallé, den man gut für einen Botschafter halten konnte. »Welche Überraschung und Freude, Ihre Bekanntschaft zu machen, Monsieur. Einem so intimen Vertrauten des Königs begegnet man nicht oft. Ich darf hoffen, morgen Beweise Ihres überragenden Könnes zu genießen? Obwohl

ich gerade eben nicht schlecht gespeist habe, kann ich es schon kaum mehr erwarten. Die hiesige Speisenkarte ist etwas schmal, und man besitzt die Unart, zu allen Gerichten gesottene Äpfel zu servieren.«

»Oh, das ist fad, die oberste Regel sollte doch lauten: keine Wiederholungen – schon gar keine schlechten ... Für das morgige Souper aber bitte ich Sie, sich auf eine schreckliche Laune des Königs einzustellen. Es wird nur Gemüse und etwas Meergetier geben.«

»Von Ihnen zubereitet, Monsieur, kämen mir auch Steine, Pilze und Holz wie eine Delikatesse vor.«

»Sie schmeicheln mir über Gebühr. Haben Sie einen Augenblick Zeit? Würden Sie ein paar Schritte mit mir gehen, sodass wir unbemerkt miteinander sprechen können?«

De la Vallé runzelte die Stirn.

»Freilich, wenn Sie es wünschen.«

Sie gingen ein Stück die Burgstraße an der Spree entlang, in Richtung auf die Lange Brücke mit dem Reiterstandbild des Großen Kurfürsten. De la Vallé fragte:

»Sie haben gerade eine Inspektionsreise nach Rheinsberg hinter sich, Monsieur? Es stand im *Journal de Berlin* und in den *Berlinischen Nachrichten von Staats- und Gelehrten-Sachen*.«

Das hatte Langustier gar nicht mitbekommen.

»Meine knapp bemessene Zeit ließ mir heute noch keine Gelegenheit zum Gazettenstudium. Stand auch dort, wer der Tote war, den man im Rheinsberger See gefunden hat?«

Langustier blickte de la Vallé prüfend an und registrierte ein fast unmerkliches Zucken um die Mundwinkel und eine leicht überdehnte Sprechpause, bevor er sagte:

»Ein Toter? Davon hab ich gar nichts gehört. Ein Unfall? Das Laufen mit den Gleitschuhen verleitet eben doch sehr zur Unvorsichtigkeit. Ich habe es selbst bereits erlebt.«

»In Rheinsberg?«

»Wie meinen Sie?«
»Auf dem See, von dem ich sprach! Ich hörte meinerseits von Ihrem Aufenthalt in Rheinsberg. Sie handeln mit Büchern?«
De la Vallé blickte irritiert auf die Spree. Sie war am Rand gefroren, aber nach einigen Armlängen sah man bereits das eiskalte Wasser.
»So, das haben Sie gehört, dass ich in Rheinsberg war und mit Büchern handele? Von wem?«
»Von verschiedenen Herren, mit denen ich dort sprach – Prusskow, Roskusch, Baron Meerkatz … Sie werden mir sicher etwas über den unbekannten Toten aus dem Eis verraten können, denn Sie waren gemeinsam mit ihm bei Roskusch und Prusskow. Auch scheinen Sie ihm früher bereits begegnet zu sein. Laut Aussage des Barons war er vor einiger Zeit in Ihrem Berliner Stadthaus. Warum übrigens haben Sie das aufgegeben?«
De la Vallé blieb stehen, sah ihn aufmerksam von der Seite an, offenbar unschlüssig, was er von diesem Koch und seinen Verlautbarungen halten sollte.
»Wer sind Sie, mein Herr, dass Sie so intrigante Fragen stellen können, ohne zu erröten? Es steht sehr zu hoffen, dass Sie mir einen Grund für Ihre Neugier angeben können. Ich dränge Sie nicht, sondern nehme alles, wie es kommt.«
Langustier zeigte ihm das Schreiben des Königs. De la Vallé bemerkte unterkühlt dazu:
»Etwas merkwürdig ist es schon, dass in einem Land, in dem man keine zehn Schritte tun kann, ohne drei Uniformröcken zu begegnen, die Polizei nicht in der Lage ist, einen Mord aufzuklären und statt ihrer ein königlicher Küchenchef die Ermittlungen führt. Finden Sie nicht?«
Langustier lächelte.
»Dazu kann ich nichts sagen. In dieser Hinsicht bin ich, Sie werden verstehen, befangen. Also beginnen wir noch einmal – wie war das mit Ihrem Stadtpalais?«

»Schlicht zu teuer. Der Buchhandel wirft nicht genug ab. Die Zeiten sind härter geworden, und der König ist mit der Vergabe von Kammerherrenschlüsseln nicht eben schnell bei der Hand. Wer sich heute noch den Luxus einer ausladenden Büchersammlung leisten kann, ist verrückt oder schwerreich. Obwohl: Verrückt sind Bibliomane in der Regel ohnehin.«

Langustier merkte auf – offenbar hatte sich de la Vallé um den Erhalt der Kammerherrenwürde bemüht. Das würde erklären, warum ihn der König bereits wiederholt in privater Audienz empfangen hatte. Aber wie finanzierte sich dieser Mann? Von Buchverkäufen? Immerhin wohnte er im ersten Hotel am Platz.

De la Vallé sagte:

»Der Engländer gab sich als Händler aus, aber ich glaube, er verkaufte bloß aus Not. Ich weiß nicht, was er sonst noch in diesem verschlafenen Rheinsberg gesucht hat. Es liegt so weit von der Postroute Berlin–Hamburg. Bei Prusskows war er jedenfalls nicht eingeladen: Roskusch nahm ihn kurzerhand mit, weil er auf die belebende Wirkung eines überraschenden Gastes vertraute. Sie blieb aber aus. Dieser Moore war ein sehr klandestiner Patron. Ein reisender Kammerdiener, wenn Sie mich fragen.«

»Waren Sie wegen der Bücher oder wegen der Prusskow'schen Einladung in Rheinsberg?«

»Das eine war trefflich mit dem anderen zu verknüpfen.«

»Aber sehr lohnend war es nicht, nehme ich an.«

»Roskusch und Meerkatz erwarben einige Kleinigkeiten von mir. Große Schätze führte ich ohnehin nicht mit.«

»Hatte dieser Moore denn kein Gepäck?«

»Nicht, dass ich wüsste. Eine lederne Tasche für Papiere, in der er ein einzelnes Buch trug. Ich nehme an, er zählte zu denen, die sich ihre Hosen vor Ort anfertigen lassen. Das ist immerhin praktischer. Man reist unbeschwerter.«

»Ein Buchhändler, der nur ein einziges Buch anbietet? Ist das nicht eigentümlich?«

»Wenn es ein sehr wertvoller Band ist, halte ich das für sehr bequem.«

»Nach all den Versionen über diesen Tag, die ich bislang hörte, war ich auf die Ihre gespannt. In Rheinsberg hatte ich die meisten der genannten Herren an einer kleinen Tafel versammelt. Doch es war eigenartig, wie sich die Stimmung wandelte, als die Sprache auf den Toten kam.«

»Ich finde das nicht verwunderlich. Ein unbekannter Toter ist in der Provinz ein heißes Eisen: Niemand will daran rühren. Er könnte sich die Finger verbrennen. Üble Nachrede lauert in jedem Winkel. Der Neid und die Bosheit arbeiten vortrefflich zusammen, wenn es darum geht, einen ungeliebten Nachbarn aus dem Weg zu räumen. Da ist man gut beraten, um solche Leichen einen Bogen zu machen, wenn man nicht selbst die Nächste sein oder in der Spandauer Veste enden will.«

»Einen der Rheinsberger könnte dieses Schicksal bald schon ereilen …«

»Getötet zu werden? Mon dieu, wie kommen Sie …«

»O nein, in der Festung zu schmoren – der König lässt bei Tristwitz in Schlaborn Haussuchung halten.«

»Ach. Bei dem dicken Unflat? Glauben Sie, dass er der Mörder sein könnte?«

»Ich bin mir nicht sicher. In den Augen des Königs spricht jedoch einiges dafür, und Seine Königliche Majestät haben ihre eigene Auffassung von Gerichtsbarkeit. Das Allgemeine Landrecht muss erst noch geschrieben und verabschiedet werden. Welchen Eindruck hatten Sie, als Tristwitz mit Moore die Gesellschaft verließ? Sah das nach irgendwelchen Spannungen aus?«

»Die beiden schienen sich zuvor gut verstanden zu haben.«

»Sie hingegen sollen mit einem Herrn an diesem Abend gar nicht gut ausgekommen sein.«

»Wen meinen Sie? Tristwitz? Den hätten alle am liebsten in eine geladene fünfzigpfündige Kanone gesteckt und abgefeuert.«

»Nein, ich meine Brädow.«
De la Vallés Gesicht verschattete sich, als er den Kopf wendete. Es war sonnig und sie standen im hellsten Licht auf der Langen Brücke. Die Schlosswache in ihrem Häuschen musste elendiglich frieren.
»Pfff. Aufgeblasener Fatzke.«
»Es gibt Gerüchte, dass Sie sich einmal mit Brädow geschossen haben. Im Tiergarten.«
»Davon ist mir nichts bekannt. Weshalb hätte ich mich mit diesem Herrn duellieren sollen?«
»Da gibt es tausend Gründe. Eine Beleidigung, eine schöne Frau …«
»Unfug.«
De la Vallé wollte das ihm unbequeme Gespräch schroff beenden. Langustier beeilte sich zu sagen:
»Eine Frage noch, wenn ich Sie freundlichst bitten dürfte – was geschah auf dem nächtlichen Spaziergang, den Sie mit den beiden männlichen Prusskows und dem Botschafter Groß unternahmen?«
De la Vallé kramte in seinem Gedächtnis.
»Nicht viel. Der junge Prusskow führte uns vor, wie man ein Eisloch zum Eisfischen schlägt. Das Eisfischen war nämlich ein Thema, das uns in dieser Nacht sehr beschäftigte.«
»Wo und wann schlug er das Loch?«
»Vor der Remus-Insel. Es mag halb eins in der Nacht gewesen sein.«
»Ach, was Sie nicht sagen … führte er das Loch ganz aus? Dann wären Sie bis gegen halb zwei dort gewesen?«
»O nein, wir froren ganz fürchterlich. Er deutete es nur an. Vor der Remus-Insel sei ohnehin kein gutes Fischen, erklärte sein Vater, wiewohl Pjotr anderer Meinung war. Gegen eins waren wir auf dem Heimweg.«
»Ist ihrer Gruppe jemand begegnet?«

»Wir sahen in der Tat im Dunkeln eine Gestalt.«

De la Vallé fröstelte, als er sich daran erinnerte.

»Es war gespenstisch. Ich kann nicht sagen, wer es war. Er huschte in der Weite vorüber wie ein ... Geist. Einen schwachen Aufklärling hätte es glatt in die Apostasie treiben können. Der Huschende trug Kufen-Schuhe. Auf unser Rufen gab der späte Eisläufer keine Antwort.«

»War das auf ihrem Weg in Richtung Schlaborn? Beim Schlagen des Eisloches? Oder während der Rückkehr nach Warenthin?«

»Nachdem wir ein Stück auf Schlaborn zugelaufen waren, hatten wir eben wieder kehrtgemacht und steuerten die Remus-Insel an. Der Geist auf Schlittschuhen hielt sich am Ufer und schien den See ganz umrunden zu wollen. Wir sahen ihn nur als einen Schatten. Der Mond war noch nicht voll und kam nur hin und wieder in Wolkenlücken hervor. Später schneite es sogar ein wenig. Wir waren gegen eins wieder in Warenthin. Ich begab mich umgehend zu Bett. Wie es Groß, Prusskow senior und der gute Pjotr hielten, weiß ich nicht. Die Dame des Hauses und Madame Courtoise hatten sich schon dem Schlummer ergeben, als wir zurückkamen.«

»Ich danke Ihnen, Monsieur.«

»Ergebenster Diener, Monsieur.«

Im Munde de la Vallés klang diese Formel wie blanker eisiger Hohn.

Sonntag, 27. März 1746

Die Königinmutter saß in ihrem Lehnstuhl und blickte von den Karten auf. Um sie her im Weißen Saal des Berliner Schlosses tobte seit Stunden der Ball. Vorher war im Rittersaal das Singspiel *Der Traum des Scipio* nach Ciceros Idee aufgeführt worden, in der artigen Bearbeitung eines Anonymus, in dem sie jedoch ihren Sohn vermutete. Ihre Tochter Amalie hatte darin eine durchaus achtbare Nebenrolle mit hübschem Sentiment verkörpert. Da drüben drehte sie sich mit Verve bei Gavotte, Chaconne, Sarabande, Gaillarde oder Menuett, was immer es auch gerade sein mochte. Mit Wehmut dachte die Jubilarin an ihr unruhiges Leben als Königin zurück. Ihr Körper war frisch und gelenkig gewesen. Unruhig rückte sie ihre Pfunde im Lehnstuhl. Ihr unförmiger Leib schmerzte. Seit dem zweiten Schlesienkrieg war sie ein ständiges Bild der Besorgnis, der Pein und Verzweiflung. Vergessen die Zeit, da sie als ein leuchtendes Beispiel der Lebhaftigkeit gegolten hatte. Sophie Dorothea versuchte sich wieder auf die Karten zu konzentrieren, doch es kam sie schwer an. Sie musste über Friedrichs Verhältnis zu seinen Geschwistern nachdenken und über die eigenartigen Gerichte, die Langustier heute aufgetischt hatte. Hätte sie doch nur ihre eigene Köchin, die Meierin, diesen Abend bestreiten lassen. Wie hatte sie sich auf Wildbraten, Eisbein oder Kapaun gefreut, den Segnungen der Sülzen und Terrinen entgegengefiebert! Eine Folge von Gemüse-Niäsierien hatte sie dagegen vorgesetzt bekommen und nur aus der Not des Hungers das eine oder andere versucht. Es war so arm, so bäuerisch gewesen. Und das an ihrem Jubeltag – ein regelrechter Tort für ihren verwöhnten Gaumen. Ihre Hofdamen hatten sofort einen üblen Scherz des Königs gewittert und sich mit dem Küchenmeister ins Benehmen gesetzt. So würde sie vielleicht später ihren Hunger noch zu stillen wissen. Dieser Gedanke, der nichts weniger als einen Triumph über die Bosheit des Sohnes bedeutete, stimmte sie für den Moment wieder heiterer. Seit sechs Jahren war er jetzt König. Anfangs hatte sie gehofft, dass er sie an den Regierungsgeschäften beteiligte – eine törichte Hoffnung, wie sich schon im ersten Jahr seiner Regentschaft zeigte. Die Königinmutter richtete sich kurz in ihrem Lehnstuhl auf, um das Ballgeschehen zu beobachten. Friedrichs Brüder amüsierten sich nicht übel an diesem Abend. War das nicht ihre schöne Buchholtz, die beim Menuett jetzt August Wilhelm die Hand reichte? Kein Zweifel. Durch den Titel »Prinz von Preußen« war er als Thronfolger benannt und Schlossherr in Oranienburg geworden. Heinrich hatte Rheinsberg erhalten. Aber die sechs Schwestern des Königs warteten noch immer vergeblich auf ihr rechtmäßiges Erbteil. Jeder von ihnen standen dreißigtausend Taler aus dem väterlichen Vermächtnis zu, doch ihr regierender Bruder enthielt ihnen diese Gelder vor. Man musste blind sein, darin keinen Affront gegen alles Weibliche, Schwache zu sehen, gepaart mit einem ungehörigen Egoismus. Für seine eigene Belustigung und Zerstreuung hatte Friedrich Charlottenburg erweitern lassen, eine Oper gebaut, teure Tänzerinnen, Sängerinnen und Schauspielerinnen engagiert und jetzt ein Weinbergsschloss in Potsdam errichtet, das kurz vor der Fertigstellung stand – und das alles von den Talern der Schwestern. Wut begann in ihr zu köcheln.

»Mögen Eure Majestät ein weiteres Blatt ablegen?«, fragte Pöllnitz, der ihre mangelnde Geistesgegenwart gewittert hatte und nun begierig war, sie zu seinen Gunsten verlieren zu sehen. Sie tat ihm den Gefallen. Die Hand, mit der sie ein unpassendes Blatt ablegte, zitterte. Während Pöllnitz siegesgewiss seine Karten besah, blickte sie zu der vernachlässigten Gemahlin des Königs hinüber, die etwas linkisch, den Mund kaum öffnend wegen ihrer in Auflösung begriffenen Zähne, mit Lehndorff in einen eher gestischen als verbalen Dialog verstrickt war. Ihre Angelegenheiten waren noch verworrener geworden, seit sie als Geduldete einen bedeutenden Teil des Jahres in dem reiz- und schmucklosen Schloss Schönhausen an der Panke verbringen musste. Kurzerhand erklärte die Königinmutter, müde zu sein und sich zu Bette begeben zu wollen. Der König verabschiedete sie mit der aufgeräumtesten Miene, dann zog er sich ebenfalls zurück.

Fräulein von Buchholtz hatte Langustier gleich nach Beendigung des Soupers den Wunsch der Königinmutter übermittelt, später noch etwas Richtiges zu essen. Er konnte diesen Wunsch nur allzu gut verstehen und machte sich sogleich daran, ihn zu erfüllen.

»Mademoiselle, dürfte ich Ihnen bei dieser Gelegenheit eine Frage stellen?«

Sophie-Marie von Buchholtz nickte. Ihr Herz klopfte. Sie hatte den Hofküchenmeister vom ersten Tage an, da sie seiner ansichtig geworden, in ihr Herz geschlossen und nach einer Gelegenheit gesucht, ihm näherzukommen. Ging es dem Herrn etwa ähnlich?

»Sie waren Mitte Februar in Rheinsberg?«

Was wollte er jetzt damit?

»Ja, Monsieur, das stimmt. Am 16., bei der Prusskow'schen Soirée an Hamiltons Geburtstag.«

»Kannten Sie auch Mister Moore?«

Sie war verwirrt. Wen meinte er? Sie erinnerte sich nur höchst verschwommen an jene Februar-Gesellschaft. Es war ein unerquicklicher Abend in einer Folge ebensolcher Abende gewesen. Sie hatte so sehr gehofft, dass ihr der kleine Ausflug gut tun und eine Zerstreuung bescheren würde, allein alles war trist verlaufen. Sie hatte mit der langweiligen Blasspiel und der verrückten Hausherrin plaudern müssen. Das war schlimmer gewesen, als wenn sie in Berlin geblieben wäre, wo sie sich beim Kartenspiel mit der Königinmutter und Pöllnitz immerhin hätte wort- und gedankenlos entspannen können. An den Engländer erinnerte sie sich deutlich, denn er hatte ihr Interesse erregt. Doch sie war nicht weit bei ihm gekommen.

»Ich weiß gar nicht, von wem Sie sprechen.«

Sie wollte Langustier für die Nichtbeachtung ihrer Person schon ein wenig zappeln sehen.

»Der überraschende Gast, den der Gewürzhändler Roskusch mitbrachte. Ein englischer Gentleman, der nach unbestätigter Quelle mit Büchern handelte.«

»Ach, was Sie nicht sagen, Monsieur – nach unbestätigter Quelle? Mit Büchern?«

»Mademoiselle, Sie nehmen mich nicht ernst – dabei ist es eine Frage, die ich Ihnen sozusagen im königlichen Auftrag stellen muss.«

Er zeigte ihr sein Permiss-Schreiben.

»Ich bin enttäuscht, Monsieur. Ich hatte gehofft, dass Sie mich einmal aus ganz eigenem Antrieb etwas fragten. Diesen Buchkrämer sprach ich nicht. Ich habe ihn keines Blickes gewürdigt und daher – bitte sehr um Vergebung – auch gar nicht gesehen.«

Alle Künste und Kräfte waren aufgeboten worden. Kurz nachdem die hohe Dame das Fest verlassen hatte, ging ihr ein duftender Korb mit Entrées zu, kleine Fingerübungen freilich nur, die in kurzer Zeit aus dem Ärmel geschüttelt werden konnten. Der Maitre hatte ein Billet zwischen die sorgsam verstauten Schüsselchen im Weidenholzkorb gesteckt:

»Nehmen Sie Beiliegendes als meine private Entschuldigung an. Ich habe entsprechend den Vorgaben Seiner Königlichen Majestät handeln müssen. Ewr. Königlicher Majestät untertänigster Diener – H. Langustier.«

Als Beiliegendes waren zu verstehen:

Spanische Pasteten, Hammelkoteletts vom Rost, Poulardenflügel à la Marechal, Truthahnklein in Consommé, gespickte Hammelbrust mit Zichorie, Kalbsröschen en papillotte, junge Rouen-Enten mit Orangen, kaltes Huhn.

Die Königinmutter konnte sich noch immer nicht entschließen, den Tragstuhl mit dem Bett zu vertauschen. Sie hatte Langustier ein Billet zugestellt, des Inhalts, dass er sich umgehend zu ihr verfügen möge, da sie vor dem Schlafengehen noch ein Vergnügen daran zu finden hoffe, ihm für seine rettende Sendung Dank zu sagen.

»Wer kann das nur gewesen sein?«

Jeanne de Fourmont, die in den letzten Tagen eine stets wachsende Aufmerksamkeit von der Königinwitwe genossen hatte, hob bedauernd ihre zierlichen Achseln. Auch das Fräulein von Buchholtz und Madame von Blasspiel wussten nichts zu erwidern. Die ältere Dame fuhr in ihrem Selbstgespräch fort.

»Denken Sie sich, meine Teuersten, dass ich mich umso deutlicher für diese Geschichte interessiere, je mehr Zeit darüber ins Land verstreicht. Es scheint mir beinahe, als ob ich die einzige Person bin, die an jenem Unglücklichen, diesem Menschen im Eis, noch Interesse hat. Was mir so seltsam erscheint und nicht aus dem Kopf gehen will, ist der denkwürdige Umstand, dass die traurige Anne Gregor, eine natürliche Tochter meines Bruders Ernst August, ganz in der Nähe jener Stelle, wo man den Eismann fand, in einer Fischerhütte haust.«

Jeanne merkte auf.

»Wie das?«

»Nun ja, ich übertreibe etwas. Eine Beinahe-Prinzessin von Hannover, die einen uckermärkischen Baron ehelicht, hat doch ein hübsches Los gezogen. Angeblich geht es ihnen in ihrem Gutshaus auch ganz wohl, und sie empfangen sogar diplomatischen Besuch, wenn die Gerüchte stimmen.«
Die Tür ging auf, und eine Gesprächspause trat ein – gefolgt von einem beleibten Herrn. Nachdem Langustier den Damen seine Referenz erwiesen hatte, sagte die Königinmutter generös:
»Sie haben vorzüglich gekocht, Monsieur.«
»Untertänigster Diener, Majestät. Ich schätze mich glückselig, dass Sie mit mir und meiner Handwerkskunst zufrieden waren.«
Sie rückte in ihrem Lehnstuhl und lächelte.
»Ich dachte dabei vor allem an die eben verzehrte Sendung.«
Nach einer kleinen Pause fügte sie hinzu:
»Es ist nicht diese bescheidene Danksagung allein, die mich bewogen hat, Ihnen die wohlverdiente Nachtruhe noch einige Momente vorzuenthalten.«
Das Fräulein von Buchholtz konnte nicht umhin, der Königinmutter beizuspringen und spitz zu bemerken:
»Majestät geruhen sich für Ihre gelegentlichen Ausflüge ins Metier der Polizeiarbeit zu interessieren …«
Die alte Dame war dankbar für diese Schützenhilfe.
»Überaus, überaus. Ich finde das äußerst pikant. Indes – bei Ihrem letzten Fall scheinen Ihre Bemühungen vergeblich geblieben zu sein, oder irre ich?«
So mochte er das nicht stehen lassen.
»Meine bescheidenen Einmischungen führten bislang noch nicht zum Erfolg. Es sind der Spuren sehr viele, und sie verlaufen sich alle im Schnee auf dem zugefrorenen Großen Rheinsberger See in der Nähe der sagenumwobenen Remus-Insel.«
»Oh, messen Sie dem Geschwätz einer alten Frau nicht zu viel Gewicht bei, Maitre. Wie töricht von mir zu unterstellen, Sie hätten Anteil am Misslingen. Nun, wie auch immer. Man sagte mir,

das bis auf den heutigen Tag unbekannte Opfer sei ein vornehmer Mann, eventuell ein Engländer gewesen. Sie mögen ermessen, Monsieur, wie sehr mich diese Nachricht bestürzte. Aufgrund der verwandtschaftlichen Bande mit dem englischen Königshaus erschüttert mich die Vorstellung, dass man in den Landen meines Sohnes angesehene englische Reisende meuchlings um ihr Leben bringt. Sagen Sie, können Sie mir den Herrn beschreiben, den man gefunden hat? Ich habe so viele Bekannte in England und erschauere bei dem freilich sicher grundlosen Gedanken, der Getötete könnte jemand mir Vertrautes sein.«

»Tatsächlich sind sich alle Beteiligten einig, dass er Engländer war. Ihre beiden reizenden Hofdamen hier waren übrigens auch vor Ort. Ich hoffe sehr, Mesdames, sie durch diese Offenbarung nicht zu kompromittieren.«

Er blickte die schöne Sophie-Marie an, die plötzlich sagte:

»Eine Kleinigkeit, den Engländer betreffend, ist mir doch noch eingefallen. Wenn es der war, den Sie meinten, glaube ich mich zu erinnern, dass er sich länger und sehr freundlich mit dem jungen Prusskow unterhielt!«

»Unserm Ganymed!«, lachte die Königinmutter, und Sophie-Marie lächelte wissend.

Frau von Blasspiel bemerkte:

»Er hat sich auch mit mir unterhalten.«

»Ja, meine Güte, worüber denn, mein Kind?«, fragte die Königinmutter.

»Es war so profan, dass ich es erst jetzt erwähne. Es ging um seinen Reisesack, der ihm nicht nachgeschickt worden war, wie von ihm verlangt.«

»Wo ist er geblieben?«, fragte Langustier.

»In Perleberg, so weit ich mich entsinne. Weil seine Postchaise voll war, sollte sein Gepäck mit der nächsten Fuhre nachgeschickt werden. Das ist aber offenbar unterblieben. Er hegte die Absicht, im *Ratskeller* abzusteigen, hatte dort aber kein Zimmer reser-

viert. Er schien mir in seinen Affären nicht sehr vorausschauend zu agieren und vertraute sehr der Gunst des Augenblickes.«
Am liebsten wäre Langustier aufgesprungen und zu Fuß sofort nach Perleberg gelaufen, um nach der verlorenen Bagage des Moore zu suchen, doch die Königinmutter ließ keine Ausrede gelten. Sie erheischte eine genaue Beschreibung des Engländers. Langustier sah keine Möglichkeit auszuweichen. So beschrieb er der würdigen Dame den Mann auf dem Seziertisch in der Charité, sorgfältig bemüht, so viele Einzelheiten wie möglich zu erwähnen – auch die bedauerliche, für die gewesene Königin ganz unvorstellbare Tatsache nicht verschweigend, dass man den Edlen in garstig-profane Lumpen gekleidet hatte, und es kam ihm sogar noch ein äußerst markantes Detail in den Sinn:
»Zwischen den Fingern trug er sehr auffällige Häute, fast wie die Schwimmhäute bei einem Wasservogel.«
»Nein. Sagen Sie nur.«
Jeanne de Fourmont aber sank in eine Ohnmacht – mit jenem edlen Knistern, das nur echte Seide hervorbringt.

Montag, 28. März 1746

Langustier redete mit Engelszungen, doch der Monarch wollte ihn während seiner Kurreise nicht entbehren. In Potsdam angekommen, wurde sogleich alles für die Weiterfahrt gerüstet. Über Salzthal würde es nach Pyrmont gehen, wo das Wasser aus der Erde quoll, das den Regenten erklärtermaßen mehr als alle anderen Wasser erquickte. Mit von der Partie wären der Prinz Heinrich, die Generale von Rothenburg und von der Goltz, Darget, Pöllnitz, Quanz, die Gebrüder Benda und der Sänger Salimbeni sowie der Kunstsachverständige Meerkatz.

»Und wenn Sie mir nur den Lattich oder den Löwenzahn zubereiten – von Ihnen schmecket mir die derbste Medizin besser.«

»Aber ich ... die Moore'sche Angelegenheit ... die neuen Erkenntnisse ...«

Der Monarch schüttelte den Kopf und legte ihm die Hand auf die Schulter. Aus nächster Nähe sah Langustier es überdeutlich – der Mann hätte eine Kur von mindestens ein, zwei Jahren nötig.

»Aus Remusberg seindt mich Vollzug gemeldet. Bei Tristwitz fand sich eine leere Ledertasche. Es wird die von Moore sein, denn der Offizier hielt sehr dafür, dass es ein englischer Schnitt sei. Es passt doch alles. Die Kleidung des Toten wurde in Tristwitzens Kamin praktisch vor Ihren Augen eingeäschert. Was der Bediente über ihre Herkunft sagt, ist dagegen ebenso bedeutungslos wie die Verlautbarungen des Tristwitz über den Verlauf des Abends mit dem kurz darauf Ermordeten in seinen verfallenden Mauern. Der Mann seindt vom Fusel aufgezehrt und krank im Hirn. Was soll man daher auf das geben, was seinem Munde entweicht? Nicht das Geringste. Er war der Letzte, der mit Moore gesehen wurde. Wer soll es somit getan haben, wenn nicht er? Er wollte das Buch, denn er ist krank nach Büchern. Ich kann das verstehen, denn es berührt eine verwandte Fiber in mir. Doch im Gegensatz zu buchkranken Individua sorge ich mich darum, in allem die Form zu wahren, und lasse mich von meinem Verlangen nicht aufzehren. Er schlug Moore tot und hatte das Buch. Es befindet sich ja in seinem Besitz? Das ist der klarste Beweis. Punktum: Der Bastard ist nach Spandau überstellt, wo er nun nüchtern werden kann bis aufs bleiche Gebein, wie auch sein rostiger Kumpan von Lakai. Der Fall seindt damit für mich erledigt, wir haben jetzt andere Sorgen. Ein Sommer voller Feste – da muss man gehörig Kräfte tanken und Brunnenwasser trinken.«

»Aber die eventuell noch auffindbare Bagage des Mister Moore in Perleberg? Sollte ich nicht wenigstens abwarten, Sire, bis die Sachen des Moore gefunden und hier in Potsdam eingetroffen sind, damit ich sie noch untersuchen kann? Man könnte den Tristwitz zu früh einbuchten, so dass er später Rekompens zu fordern berechtigt wäre. Man weiß nicht, wer dieser Mann war. Seinen Namen sollte man wenigstens mit einer Vorgeschichte zusammenbringen.«

Der König machte eine ungeduldige Geste mit der freien Hand, während er mit der anderen seine Krücke Unheil dräuend in die fade Schlossluft reckte. Fast hätte er eine kleine Figur, die auf einem Tische stand, en passant in Stückchen geschlagen.

»Rekompens? Die Canaille soll mir nur kommen. Wenn nicht für den Mord, dann sitzt er mir für sein loses Mundwerk, für seinen mangelnden Esprit, für die Ungebildetheit, für seine Grobschlächtigkeit, für sein fehlendes ästhetisches Empfinden, für seine allgemeine grauenhafte Existenz. Dafür, dass er ein widerliches, stinkendes Schandsubjekt seindt. Meinem Land keine Zierde, ein Aufrührer, ein Stück Teufels-Kropp.«

»Aber ...«

»Kein aber. Wer dieser Moore war, ob ein Agent oder ein Mörder – das mag alles schön sein zu wissen, doch es genügt mir, dies völlig zu erfahren, wenn ich wieder da bin. Bis dahin wird kein Todesurteil vollstreckt. Anschließend wollen wir die Sache noch einmal gründlich prüfen. Auf dass wir nicht etwa ein Unrecht auf uns laden, falls Ihnen das beruhigt.«

Der König lachte so herzerfrischend, dass Langustier nicht umhin konnte einzustimmen, obwohl er innerlich ganz und gar anderer Meinung war, die Inhaftierung Tristwitzens und Rosts betreffend.

Mit den ersten Reisetagen verschwand die Nebelwolke der unergiebigen Ermittlungen, allmählich zerfielen alle jene schier end- und fruchtlosen Gespräche in Langustiers Gedächtnis in einzelne Worte, Silben, Laute. Nach drei Wochen schien alles verschwunden wie ein Spuk. Die Sonne brannte auf die kleine Kurstadt, die sich glücklich schätzte, den großen König mit ihrem Wasser angelockt zu haben. Für eine denkwürdige Begebenheit sorgte des Königs Begleiter und Freund, General Friedrich Rudolph Graf von Rothenburg. Seit seiner Konversion 1733 war er glühender Katholik und eifriger Förderer des Baus der Hedwigskirche in Berlin. Als nun der König dreier Kardinäle vom Heiligen Stuhle ansichtig ward, die zu Gast beim Fürsten von Waldeck-Pyrmont weilten, lud er die Herren zu einem Gespräch auf der Promenade. Der König, eine außerordentlich vornehme kleine Gestalt, in fliederfarbene und blassrosa Seide gekleidet, seinen blauen Dreispitz auf der Promenade unentwegt lupfend und wieder aufsetzend, stand somit urplötzlich mit drei vatikanischen Prälaten in einem sehr angeregten öffentlichen Disput auf der berühmten Brunnenallee. Aus ihrem erst unverbindlichen Geplauder über die Förderung des Katholizismus in Preußen wurde eine angeregte Debatte über die Beziehung der Kirche zu den antiken Göttern. Eine Menge Publikum sammelte sich um die Gruppe, und es schien, als sei die Philosophenschule von Athen wieder lebendig geworden. Jeder, der an diesem denkwürdigen Tage aus Neugier lauschend auf und ab flaniert oder eben stehen geblieben war, erzählte am folgenden Tag, der gottlos-aufgeklärte Herrscher sei zum Katholizismus bekehrt worden. In Wahrheit hatte der König die Kirchenmänner lang und breit über die Rheinsberger Prolongation der Remus-Legende ins Bild gesetzt. Amüsiert hatte er sich gegen die Unterstellung verwahrt, er fördere die kultische Verehrung des Romulusbruders in Form sogenannter Remurien- oder Lemurien-Feste, mit denen angeblich die alten Germanen – nach des Tacitus Erzählung – die Geister ihrer Toten beschwörten. Langustier musste lächeln, wenn er daran dachte, dass für den Juli in Rheinsberg tatsächlich ein Fest »nommé Remurie« geplant war …

Noch in derselben Nacht hatte der Monarch eine Kabinettsordre »wegen gänzlicher Abschaffung der Kirchenbuße« erlassen. Die Kardinäle ahnten nicht, dass sie mit ihrem römischen Hochmut den Auslöser dazu gegeben hatten.

Sonntag, 26. Juni 1746

Es war drückend schwül. Der König, am Vortag aus Pyrmont zurückgekehrt, hatte ohne Rücksicht auf die Witterung in Potsdam Musterung gehalten, wobei viele Soldaten in der Sonne umgefallen und bewusstlos auf dem Exerzierplatz liegen geblieben waren. Jetzt war er nach Charlottenburg gefahren, ein Heer aus Küchensklaven und Köchen im Schlepptau, die sich nun scheppernd in der kleinen Küche zu schaffen machten. Langustier war ganz in seinem Element. Morgen würde die Königinmutter aus ihrem Sommerschlösschen Monbijou anreisen, und ihr Sohn hatte sich für diesen Besuch eine Reihe von Überraschungen einfallen lassen. Außer den Mittags- und Abendtafeln sollten Konzerte, Komödien, eine festliche Erleuchtung des Schlosses und ein Feuerwerk stattfinden. Zum Glück bestimmten das Bild der ersten geplanten Tafel zu Ehren Sophie Dorotheas keine schnöden Vegetabilien, sondern handfeste Erinnerungen an Preußens barocke Anfänge und an die Zeit des Soldatenkönigs:

> Pastetchen mit Geflügelragoutfüllung, Wachtelbrüstchen, Fasan mit Orangensauce und Sellerie, Lammbrust mit Krebsfarce und Spinat, gebratener Kapaun, Apfelspeise auf Konstantinopeler Art, Coupe nach Art der Königin Charlotte.

Langustier war es für den Augenblick zufrieden. Er ging mit Baron Pöllnitz die Sitzordnung für das erste Festbankett durch. Nach den Listen, die er angefertigt, schrieb man die Tisch-

kärtchen. Die Fistelstimme des Küchenjungen Becker wurde hörbar:
»Monsieur Langustier, sollen wir mit dem Manirieren der Pfirsiche heute schon beginnen? Und vielleicht schon die Apfelgelatine herstellen für die Apfelspeise nach Konstantinopeler Art?«
»Das Erste wäre gar nicht gut, mein Lieber«, antwortete er mit einem Zwinkern. »Manieren brauchen wir den Pfirsichen keine beizubringen, und manieristisch verdrehen wäre zwar barock, aber geschmacklich ganz unnötig. In der Marinade, worin wir sie marinieren – merke: ma-ri-nieren –, nehmen sie nur noch etwas zusätzlichen Geschmack an. Ja, rein mit ihnen ins Bad schon heute. Aber mit den Äpfeln warten wir bis morgen früh.«
»Monsieur – die Fischlieferung meines Vaters ist eingetroffen«, meldete Pjotr Prusskow, der den Transport höchstselbst begleitet hatte.
»Hervorragend. Wir wollen uns den Fang gleich einmal ansehen.«
Und so ging es den ganzen Vormittag – Langustier kam nicht zur Ruhe. Unvermittelt stand Claude Etienne Darget, der Vorleser des Königs, an seinem Arbeitstisch und wedelte mit einem Brief.
»Hier ist eine Nachricht, die Sie interessieren wird.«
Langustier blickte ihn an, als sei er der erste aufgeklärte Mensch.
»Die Anfrage in London, Sie erinnern sich – wegen des Buchhändlers.«
»O ja. Jetzt dämmert es mir. Es ist schon so lange her. Was hat Ihr Mann geschrieben?«
»Es gab einen Buchhändler namens Richard Moore«, beschied ihn Darget, »doch der lebte vor einem Jahrhundert!«
Langustier nickte. Er hatte so etwas vermutet.
»Das kommt spät, aber noch nicht zu spät. Es könnte helfen, Tristwitz zu einer wahrheitsgetreuen Aussage zu bewegen. Man wird ihn jetzt anklagen, da der König wieder hier ist. Er wird

vielleicht endlich auspacken und uns verraten, wer Moore wirklich war. Da fällt mir ein, dass man in Perleberg das Gepäck des Engländers noch existent vermutete, welches diesem aus Unachtsamkeit nicht nach Rheinsberg nachgeschickt worden war. Wissen Sie darüber etwas?«

»Nein. Die Sache ist erledigt, und es hätte fast etwas Akademisches, Genaueres über Moore zu wissen. Das wäre ein Nachtrag für die Akten, sozusagen.«

»Weshalb? Bitte erklären Sie mir das.«

»Tristwitz ist tot. Und sein Diener auch.«

»Wie bitte? Wie ist das passiert? Hat man sich über die königliche Ordre hinweggesetzt, Todesurteile erst nach seiner Rückkunft auszusprechen oder zu vollstrecken?«

»Mitnichten, Monsieur. Sie soffen sich buchstäblich tot.«

»Wie das?«

»So genau bin ich nicht im Bilde. Das könnte Ihnen der Festungskommandant Spengler erklären, der eben hier ist! Wenn Sie wollen, halte ich ihn für Sie fest ...«

»Haben Sie vielen Dank.«

»Ergebenster Diener, Monsieur.«

»Herr Festungskommandant?«

»Herr Küchenmeister – welch eine Ehre. Womit kann ich Ihnen dienen?«

Langustier zeigte ihm seinen königlichen Freibrief zum ungehemmten Fragenstellen und fragte:

»Weiß man, wie die Rheinsberger Gefangenen in Ihrer festen Burg an das tödliche Quantum Fusel gelangten?«

Spengler seufzte.

»Diese Frage stelle ich mir, seit das Unheil geschehen ist. Manchmal halten meine Leute dem Gejammer nicht stand und willfahren den unausgesetzten Betteleien der Eingesperrten, ihnen doch die eine oder andere Speise nebst etwas Wein aus der Stadt zu beschaffen. Die Häftlinge haben zum Teil Geld oder Wertsachen, die sie zum Tausch verwenden können. So manches kleine Fest wird auf diese Weise bei uns in den Zellen gefeiert. Für gewöhnlich ist das nicht bedrohlich und wird von mir auch toleriert. Doch im Falle von Tristwitz und Rost verlief es anders. Die Kiste mit den Flaschen kam ohne Bestellung von außerhalb, als besondere Bescherung.«

»Von wem?«

»Wenn wir das wüssten. Der Wachhabende, der sie entgegennahm – gegen eine ungebührlich hohe Naturalabgabe eben desselben Getränkes, nämlich einer zweiten Kiste, kann sich an nichts erinnern, was weiterführt. Es sei dunkel gewesen, und der Fuhrmann, der im Auftrag handelte, habe ein Allerweltsgesicht gehabt, hieß es. Fehlanzeige.«

»Ließen Tristwitz oder Rost in den vergangenen Wochen, während ihrer Haft, etwas zu den Beschuldigungen verlauten, die gegen sie erhoben wurden? Am Ende werden sie ja ausgenüchtert genug gewesen sein, um erkannt zu haben, dass es ihnen an den Kragen gegangen wäre, wenn sie den Mund nicht aufgemacht hätten.«

»Wahrlich, mit zunehmender Klarheit leugneten sie immer klarer. An den Aussagen über die besagte Nacht änderte das aber nichts. Rost blieb bei seiner Version, dass er die Kleider gefunden habe, in der Nacht sei er zu betrunken gewesen, um mehr als schemenhafte Gestalten auf dem Eis zu sehen. Dass zweie auf der Insel gekämpft hätten, wie er meint wahrgenommen zu haben, halte ich aber für einen ausgemachten Blödsinn.«

»Ist nach Auffindung der Eisleiche die Insel gründlich untersucht worden?«

»Ich glaube nicht. Es wäre auch wenig sinnvoll gewesen, denn es war alles tief verschneit und vereist.«

»Aufrichtigen Dank für Ihre Erläuterungen, Monsieur!«, verabschiedete sich Langustier und eilte zurück in die Küche. Seine

Konzentration war deutlich eingeschränkt. Die Geschäftigkeit seiner Untergebenen drang wie durch Watte zu ihm. All die ungelösten Fragen, die ihm nach der Verhaftung von Tristwitz noch tagelang im Kopf herumspukten und die er schließlich, da der König sein Machtwort gesprochen hatte, glaubte dauerhaft der Vergessenheit überantwortet zu haben, meldeten sich mit Verve zurück. Was hatte dieser Moore in Preußen gesucht? Was hatten Roskusch und die anderen wirklich mit ihm zu schaffen gehabt, wenn der Buchverkauf nur ein Vorwand oder gar eine gemeinschaftliche, tarnende Erfindung der Gruppe gewesen war? War es also doch eine Verschwörung gewesen, wie der König vermutet hatte? Der Brief fiel ihm ein, der an einen James adressiert war. Wenn Moore kein Buchhändler gewesen war, bekam die Passage des Briefes ein ganz anderes Gewicht: *Mit getrennter Post schicke ich Dir etwas, das unseren Absichten dienlich sein könnte. Ich weiß aus einem Gespräch mit dem Abbé, d.i. vom Thal, dass er ein eifriger Leser ist. Wenn es irgend geht, verkaufe es nicht, sondern überreiche es als Zeichen meiner Wertschätzung für jene Haltung, die mir in allem Vorbild ist. Doch gleichviel – ein paar hundert Taler, die Dich weiter am Leben erhalten und für uns auch künftighin wirken lassen, sind allemal besser als die schönste folgenlose Aufmerksamkeit.*

Wenn *Richard Moore* ein Pseudonym, ein Inkognito gewesen war, war James vielleicht der richtige Vorname des Mannes? Er hatte Geschäfte für einen Freund erledigt, sollte das Buch einem Dritten übergeben, als eine Art Aufmerksamkeit. Es mochte dann aus Geldgründen verkauft worden sein. Langustier kontrollierte die Bereitung einer Geflügelragoutfüllung, konnte seine Gedanken jedoch nicht daran hindern, darüber zu spekulieren, wer den beiden Gefangenen ihre todbringende Füllung verabreicht hatte. Eine Mehlschwitze, mit Geflügelfond und Tomatenpüree verdünnt, siedete seit einer Viertelstunde, um nun noch einmal erhitzt und mit Madeira versetzt zu werden. Wenn es der Mörder

gewesen war, warum hatte er dann die beiden beseitigt? Fürchtete er, sie könnten etwas verraten, das auf seine Spur führte? Etwas, das sie gesehen hatten? Von dem er gar nicht wusste, ob sie es gesehen hatten? Verflixt, er drehte sich im Kreis.
»Sind die Schalotten schon gewürfelt?«
Die Frage des Bratenmeisters Spick galt dem Küchenjungen Becker, erinnerte Langustier indes an die Wirklichkeit. Sein königlicher Freibrief zum Einholen von sachdienlichen Auskünften war weiterhin gültig. Daher beschloss er, sich zur Wache der Gens d'Armes zu begeben, um herauszufinden, ob die Gepäckstücke von Moore, Richard oder James, gefunden worden waren. Andererseits interessierte ihn brennend, wie der Branntwein für die Zwangsentwöhnten in Spandau angelangt war. Das roch verdächtig nach – angebrannten Schalotten.

Durch den abendlich duftenden Tiergarten ritt er gen Berlin, gedachte auf Höhe der Bergischen Eiche seiner Ankunft in Preußens Hauptstadt – und verkniff es sich, an den Zelten eine Kaffee-und-Kuchen-Pause einzulegen. Auf der Wache der Gens d'Armes zeigte man ihm einen Kleidersack.
»Das ist der Sack, der in Perleberg vergessen stand, Monsieur. Nachdem Sie den Hinweis gaben, nach dem verloren gegangenen Gepäck zu suchen, war dies alles, was man fand. Der Inhalt ist kostbar, und vielleicht können Sie auf eine Entscheidung drängen, was damit geschehen soll. Im Falle einer Versteigerung würde man gut und gern 300 Taler allein für die Knöpfe und Goldborten erlösen. Für den Rest bestimmt ein Gleiches.«
Langustier besah sich die Kleidungsstücke, die der Wachhabende vor ihm ausbreitete: Ein Anzug aus feinem Kammgarn mit Goldknöpfen, aber ohne Spitzenbesatz; eine komplette Wintergarnitur aus geblümtem Samt sowie vier Paar Spitzenschuhe; ein scharlachroter Rock mit Goldborte, eine Weste und Hosen aus Buckskin und Stiefel, ein Überrock aus grünem Kamlot, gefüttert mit

Fuchspelz, Kragen und Ärmelaufschläge ebenfalls aus Pelzbesatz; ein Hut mit massiver Goldtresse. Sorgfältig durchsuchte Langustier sämtliche Stücke nach auffälligen Details, die etwas über den Besitzer verraten konnten.

»Wir haben alles gründlich durchsucht, Monsieur«, beteuerte der Offizier. »Nicht einmal Wappenknöpfe.«

»Dann haben Sie dies hier übersehen«, beschied ihn Langustier und hielt ihm einen der pelzbesetzten Ärmel hin. »Fühlen Sie.«

Eine deutliche Erhöhung war zu ertasten. Langustier trennte mit einer feinen Schere die Naht auf. Vorsichtig zog er ein flaches, schmales, längliches Lederfutteral aus der Manschette. Auf der Lederinnenseite stand mit Tusche der Name »J. Harris« geschrieben. J = James! Den Polizei-Offizieren standen die Münder offen. In der Lederhülle fand sich ein zusammengefalteter Brief, der ein flaches ovales Medaillon aus Gold umschloss, welches aufzuklappen war. »For James with love« war auf einer Innenseite eingeritzt; eine filigrane Gravur auf der anderen zeigte eine weibliche Silhouette. Außen waren ein Familienwappen und die Jahreszahl 1744 zu erkennen. Aufschlussreicher mochte der Brief sein. Taubenblaue Tinte und die feinen Schriftzüge – fast so dünn wie Spinnweben – verrieten eine empfindsame weibliche Hand. Aber dieses verflixte Englisch … Langustier zog in gespieltem Verstehen die Brauen hoch. Sich nur keine Blöße geben vor Subalternen.

»Ich werde Ihnen diese beiden Gegenstände zur Besprechung mit seiner Majestät entführen, meine Herren. Gegen eine Quittung, versteht sich. Von der Kleidung sollten detaillierte Beschreibungen aufgesetzt und Kopien davon nach London geschickt werden. Vielleicht kann man den Schneider des Herrn ermitteln. Ich habe da allerdings wenig Hoffnung – die Sachen könnten auch von woanders stammen.«

Langustier dachte nicht daran, sich mit dem Medaillon und dem Brief zum König zu begeben. Er würde ihn erst wieder mit dem Fall Moore/Harris behelligen, wenn er mehr wusste und klarer sah.

»Da wäre noch eine kleine Sache unbedingt und mit absoluter Priorité zu eruieren, Messieurs!«, sagte er fast schon im Enteilen. »In Spandau kamen zwei Arrestanten zu Tode – eben jene beiden, die für die in Kauf genommene Tötung des Besitzers dieser Kleider einsaßen. Man ließ ihnen durch einen Mietfuhrmann Branntwein bringen. Zwei Kisten, wovon eine zur Bestechung der Wachen draufging. Nun muss der Kutscher gefunden werden, von dem freilich nichts bekannt ist. Der Auftraggeber dieser tödlichen Zuwendung ist zu ermitteln! Meine Herren – es soll ihr Schaden nicht sein: Der König wird ihnen eine Sondergratifikation in Alkohol oder Edelmetall zukommen lassen. Und wenn er es nicht tut, werde ich das übernehmen!«

Die Begeisterung über diesen Auftrag, die sich zuerst in Grenzen gehalten hatte, floss nun förmlich über. Als Langustier vor der Wache auf sein Pferd steigen wollte, sah er Eller um die Ecke des Gebäudes kommen.

»Ergebenster Diener, Monsieur – was machen Ihre Geschäfte?«, fragte der Arzt.

»Comme ci – comme ça. Ich muss wieder verstärkt an unseren gemeinsamen Unbekannten aus dem Eis denken.«

»Das inzwischen längst geschmolzen ist. Ich dachte, Tristwitz, der triste Kerl, hätte ihn auf seinem Kerbholz, mit welchem er ihm vorher eins übergezogen? Kommen Sie doch mit auf einen Schluck in die Charité.«

»Aber gerne. Trinken unter ärztlicher Aufsicht; da kann mir schwerlich etwas zustoßen.«

In Ellers Studierzimmer herrschte das übliche genialische Chaos. Gläser voller Gedärm verstopften den Weg zum Schreibtisch.

»Der zweite schlesische Krieg hat reiche Beute gebracht«, erklärte der Pathologe. »Insbesondere bei den Knochengerüsten haben wir tüchtig aufgerüstet, und wenn Sie erst meine Samm-

lung innerer Organe sehen würden: Das Herz würde Ihnen übergehen.«
Daran hatte Langustier keinen Zweifel.
»Haben Sie auch Trinkerlebern?«
Eller schaute ihn schalkhaft an, während er ihm ein Riesenglas mit klarem Obstbrand eingoss.
»Nur eine, Monsieur. Ich persönlich habe nur eine. Wie es bei Ihnen aussieht, das müsste sich erst noch herausschälen ...«
»Monsieur. Unterstehen Sie sich, mir etwas herauszuschneiden.«
Sie sprachen tapfer dem Klaren zu, und Langustier musste in Anbetracht der Kürze seiner Zeit Klartext reden:
»Ist Ihnen bekannt, ob es Fälle von Schwimmhäuten in englischen Adelsfamilien gab?«
»Durchaus denkbar. Ich habe irgendwo eine kleine Kartei zu einer leider nie veröffentlichten Arbeit meines Doktorvaters aus Leyden über dieses und vergleichbare Phänomene. Wenn ich sie finde, könnten Sie rasch Antwort haben.«
»Suchen Sie express. Es ist äußerst dringlich und wichtig. Ich weiß nicht, warum mir diese Idee erst jetzt kommt.«
»Besser spät als nie«, sagte Eller trocken.
Sie tranken. Langustier setzte sein Glas ab und nahm wieder das Wort:
»Wäre es möglich, einen Menschen, der sich nach jahrelangem Alkoholabusus notgedrungen, etwa während einer längeren Arrestzeit, des Trunkes zu enthalten gezwungen ist ...«
»Kalter Entzug ...«, warf Eller ein.
»Ja genau, also, ob man diesen frisch Entwöhnten mittels Alkoholzufuhr zu Tode bringen könnte?«
»Durchaus, nichts leichter als das. Geben Sie ihm einen Liter Branntwein und er wird an Herzversagen oder Kreislaufschwäche sterben.«
Langustier trank schweigend und betroffen.

»Ebendies ist, so glaube ich, bei Tristwitz und seinem Diener der Fall gewesen.«
»Prost Mahlzeit.«

Der Prinz von Preußen und der frisch ernannte Praeses Perpetuus der Königlichen Akademie, Pierre Louis Maupertuis, schritten durch den abendlichen Park von Charlottenburg.
»Sie finden also alle Dinge schädlich, welche die Leidenschaften erregen? Nun, meine Philosophie ist nicht so streng, denn ich glaube, man muss zwischen lasterhaften und wollüstigen Leidenschaften unterscheiden. Die ersten sollten auf dem Theater so dargestellt werden, dass sie den Zuschauern Abscheu einflößen. Ein Stück, in dem das Laster triumphiert, muss verboten werden. Aber Stücke, welche die Wollust reizen, würde ich nicht ablehnen. Die Lust und der Genuss sind das wahre Glück des Lebens. Es scheint mir, jeder Mensch sollte frei genießen dürfen, und es entsteht der Gesellschaft dadurch kein Schaden. Ich für meinen Teil empfinde Dankbarkeit gegenüber allen, die mir lustvolle Empfindungen geschenkt haben. Die Liebe, sagte meine Großmutter einmal, macht den Geist freundlicher. Ist es nicht jedem schon einmal spürbar gewesen?«
Der schmale, wie vertrocknet wirkende Maupertuis, der sich auch im Sommer bei sengender Sonne des Tragens seiner Eisbärenfellkappe nicht enthalten konnte, die ihn vormals zum nördlichen Erdpol begleitet hatte, erweckte nicht den Eindruck, dass er diese Erfahrung bereits kannte. Der Prinz erläuterte weiter:
»Ich bin kein extremer Epikureer. Um es noch einmal deutlich zu sagen: Ich unterscheide zwischen lasterhafter und wahrer Lust, welche die Seele berührt.«
Maupertuis gab kühl zu bedenken:
»Mit Hilfe der Vernunft, Königliche Hoheit, müssen wir versuchen, unsere Triebe zu zähmen und im Zaum zu halten. Durch

ihr zügelloses Ausleben verkürzen wir unser Leben und gehen vorzeitig zu Grunde.«

»Ich ziehe ganz entschieden ein kurzes, genussvolles Leben einem langen, trieblosen vor. Denken Sie denn nicht, dass wir unserer Natur im Grunde machtlos ausgeliefert sind und uns gegen etwas sträuben, das, um mit unserem Vorbilde Rousseau zu reden, niemals schimpflich sein kann? Müssten wir etwa die Wollust bezwingen und vermeiden, warum hätte Gott sie uns gegeben?«

Bei der Erwähnung Rousseaus, dessen Naturvergötterung ihm ein Gräuel war, schrumpelte Maupertuis' Gesicht zusammen.

»Sie ist der Makel an unserer Vollkommenheit vor den Tieren. Die Leidenschaften zu bezwingen, muss unsere lebenslange moralische Aufgabe sein. Sicher fällt uns die Selbstbeherrschung nicht immer leicht, und ich würde Ihnen zugestehen, dass man – so man sich vielleicht nicht auf die völlige Unterdrückung der Triebe versteht – mit ihnen doch diplomatisch umgehen und sie, wenn es gar nicht geht, durch die Ausbildung künstlerischer Sublimate mildern sollte. Es ist oft nicht ratsam, eine Begierde schießen zu lassen, denn die Erfüllung reicht bisweilen nicht an unsere Vorstellung heran und hinterlässt uns enttäuscht. Es gibt, mein Prinz, durchaus andere Freuden als die gewöhnliche Lustbefriedigung, zum Beispiel die Freude, anderen Gutes zu tun – eine Freude, durch die besonders hochgestellte oder reiche Personen glücklicher sein können als andere.«

Der Prinz lächelte.

»Und Sie trauen unserem schwachen Geist zu, sich so von der Begierde zu befreien? Es dünkt mich fast, Sie kennten deren Gewalt nicht. Ich zumindest sähe bei der Stärke, die sie in mir haben, keine Hoffnung, sie durch den Geist oder alle Künste hintan zu halten. Sie nicht ausleben zu können, würde mich in den Stand des Wahnsinns versetzen. Glauben Sie wahrhaftig, mich befriedigte das Malen eines Bildes auf eine auch nur annähernd

gleiche Weise wie das sinnenfrohe Spiel mit einer wunderschönen Frau, für die ich echte, ungespielte Zärtlichkeit empfinde? Ich werde Ihnen in Oranienburg eine Säule für den Priap zeigen können, die ich dort habe errichten lassen.«
»Nein!«
Maupertuis verzog das Gesicht, als sei er in das Exkrement eines königlichen Vierbeiners getreten.
»Hoheit, wie konnten Sie nur? Ich fürchte, Sie vergehen sich gegen den guten Geschmack und die sozialen Tugenden: Der Wollust einen Tempel zu errichten, kann kaum Ihrem Stand entsprechen.«
Der Prinz von Preußen prustete los.
»Stand ist gut, mein lieber Herr Präsident. Sie sehen das alles entschieden zu akademisch. Es gibt sicher Vernunftgründe, die dafür, und solche, die dagegen sprechen, die Wollust auszuleben. Kein Medikus wird es für geboten halten, die Triebe zu kasteien.«
»Und doch halte ich dafür, mit den Kräften, die der Schöpfer uns gab, hauszuhalten. Der Verschwender ist ein Tor, der Weise sublimiert. Mag der Genuss, den man beim Hören schöner Musik, bei der Lektüre oder bei interessanten Gesprächen empfindet, auch vielleicht geringer sein als die Lust, die man in den Armen einer Geliebten spürt – was ich nicht glaube, er ist doch viel sublimer –, so schwächt er zumindest nicht den Körper, beunruhigt nicht die Seele und behindert uns nicht in der Ausübung unserer täglichen Aufgaben.«
Der Prinz lächelte süffisant.
»Monsieur, Sie glauben gar nicht, wie schwach ich mich nach einem meiner Landschaftsgemälde fühle. Und wie sehr es meine Seele aufwühlt zu malen. Wenn ich male, bin ich für die Ausübung meiner täglichen Aufgaben überdies vollkommen ungeeignet.«
Ihr Weg kreuzte den einer kleinen Gruppe Damen, unter denen sich auch Madame de Fourmont befand, die zu fächeln begann,

als sie des Prinzen gewahr wurde. Der Prinz verstand und strahlte sie an. Maupertuis hatte eben, im vorsichtigen Ausschreiten, eine treffliche Erwiderung auf die letzte Bemerkung seines so gänzlich unfolgsamen Schülers ersonnen, doch sie erstarb im Zuge der Verlautbarung auf halbem Wege, denn als er aufblickte, fand er sich allein zwischen den Beeten.

»Aber sagen Sie mir, mein Prinz, der Sie so vieles mitbekommen in der Umgebung des Königs, haben Sie Ihren Bruder kürzlich in Gesellschaft eines Schotten gesehen?«
August Wilhelm zog den Arm zurück, mit dem er Jeanne de Fourmonts schlanken Leib umfassen wollte.
»Eines Schotten? Was begründet dieses plötzliche Interesse?«
»Ach, denken Sie sich nichts dabei. Man sagt, die Schotten seien übel beraten, dass sie sich nicht an den König in Preußen wendeten, der ihnen doch mit Macht zur Seite stehen könnte.«
Er war den politischen Diskurs auf der Lagerstatt nicht gewohnt und schwieg daher unschlüssig. Sie streichelte ihn und wiegelte ab:
»Ich bin so töricht, davon gerade jetzt anzufangen. Sie sehen, auch eine Dame hat ihre Schwächen. Ich verehre den geschlagenen Prinzen, müssen Sie wissen, ja ich gestehe es, ich liebe ihn, wie man eine ferne Götzenfigur liebt.«
Ein missmutiger Ausdruck stand ihm im Gesicht. Freilich konnte sie lieben, wen sie wollte. Nur war es stets misslich, während eines Genusses von einem anderen zu sprechen.
»Er hat so etwas Dunkles, Verwegenes, das mich stimuliert. Aber lassen wir das Thema fallen, denn ich bin viel versessener auf Ihre Hände.«
»Ja«, sagte der Prinz von Preußen nach einer Weile. »Ich sah den König mit einem Schotten. Es ist kaum ein Jahr her, es war der Lord Marischal Keith – übrigens auch ein Parteigänger Ihres fernen Prinzen.«

»Ich kenne ihn. Sonst war keiner beim König?«
»Nein. Aber ich bin jetzt da, und Sie dürfen keinen Schotten und keinen Prinzen haben neben mir.«
»Aber Sie entsinnen sich meiner kleinen Verlegenheit?«
Unwillig, da er sich seines Verlangens kaum noch zu bemächtigen wusste, antwortete er:
»Sie sollen alles über de la Vallé erfahren, was mir mein Bruder anvertraut. Lassen Sie uns morgen zu gleicher Zeit hier treffen. Sie werden erhalten, wonach Ihnen verlangt.«
Das Licht des Kerzenleuchters flackerte im lauen Luftzug, der durch die hohen Fenster drang. Ihrer beider Lust klang triumphierend in den schlafenden Park und durch die dünnen Wände in den angrenzenden Raum, wo Luise, die Prinzessin von Preußen, reglos, mit offenen Augen im Dunkeln auf ihrem Bette lag. Der kaum zweijährige Wilhelm schlummerte in seiner Wiege unter einem Mückennetz, ohne vom rhythmischen Lärm, den sein Erzeuger und dessen Konkubine im Nachbarraum machten, aufzuwachen. Endlich, nach über einer Stunde, wurde es drüben leiser. Das Stöhnen und Keuchen ging in Gekicher über. Dann fingen sie an zu flüstern. Luises Herz verkrampfte sich. Ihr Atem ging stockend. Es war nicht Eifersucht, die sie aufwühlte und zerriss, sondern das niederschmetternde Gefühl des eigenen Unvermögens. Alle Liebeskünste versuchte sie aufzubieten, doch sie genügte ihm nicht. Luise hatte sich in ihrer Not Madame de Maupertuis anvertraut, deren Mann mit dem Prinzen schon seit längerem in einen philosophischen Austausch über Himmel und Hölle eingetreten war. Ob er ihn bewegen könnte, die Schmach, die er ihr vor der Welt antat, einzusehen? Ob er ihn auf philosophischem Wege bessern könnte? Luise drehte sich weg und schützte die Ohren durch ein Kissen. Umsonst. Sie sehnte den Schlaf herbei, der sie von dieser Schmach erlösen würde. Während wieder die Seufzer von nebenan kamen, unendlich langsam und quälend einem fernen Höhepunkte zutendierend, rannen

ihr die Tränen über die Wangen und ihre Hände krallten sich in das Betttuch. Wie hasste sie ihn. Wie liebte sie ihn. Wie hasste sie diese Französin.

Montag, 27. Juni 1746

Die Bäume und Hecken standen noch im Grün des jungen Laubes, das den Mai und Juni so einzigartig macht, die weiten Rasenflächen dufteten in der Sonnenwärme und nur die Wege, die Alleen, die verschwiegenen künstlichen Grotten bewahrten den kühlenden Schatten. Schon von der Gicht befallen, dem alten Erbübel der Familie, blühte der König in den Sommerwochen auf. Lebhaft bedauerte er ihre Kürze, denn er fror leicht und trug stets die Sehnsucht nach der südlichen Sonne im Herzen, die er nie hatte sehen dürfen. Er war um vier aufgestanden und hatte bereits sämtliche laufenden Staatsgeschäfte abgetan – hatte bereits Flöte gespielt, komponiert, gegen Heinrich auf dem Papier in Flandern Krieg geführt, Briefe geschrieben, mit dem Baron Meerkatz über Bilderankäufe konferiert und den Baron Knobelsdorff wegen der unbedingt erforderlichen Erweiterung der Charlottenburger Anlage instruiert, die für die schickliche Unterbringung der momentanen Gäste nur unter Aufbietung aller Nonchalance und Improvisation hinreichte. Da erst, mitten am Vormittag, erhoben sich seine Gäste aus den Betten. Einer nach dem anderen kam in den Park hinunter, in dem der Monarch, wenn er in Charlottenburg war, um diese Zeit spazieren zu gehen pflegte. Kaum hatten die Kavaliere den König auf diese Weise begrüßt, da es die Zeremonie einer feierlichen Kur des Lever nicht gab, so kehrten sie ins Schloss zurück, um nun den Damen auf ihren Zimmern die morgendliche Aufwartung zu machen.

In der Küche war wie üblich vor wichtigen Ereignissen die Hölle los. Zu allem Überfluss an Arbeit schielte Meerkatz herein. Ihm den Liebesbrief zu zeigen und um eine Übersetzung zu bitten, schien Langustier nicht angebracht, war Meerkatz doch irgendwie in die Sache involviert. Auch wenn Hamilton zugegen gewesen wäre, hätte es nicht viel geholfen. Er gedachte sich diesbezüglich bei nächster Gelegenheit der Königinmutter anzuvertrauen.

»Sie haben gesehen, was Sie heute Mittag erwartet. Doch das ist noch nichts gegen das Souper ...«

Langustier hätte sich ohrfeigen können, was musste er jetzt die Sprache noch darauf bringen! Meerkatz verharrte erwartungsvoll.

»Oho, das Souper – welcher Genüsse dürfen wir denn gewärtig sein?«

Da half nur rückhaltlose Offenheit.

»Es ist noch geheim, doch Ihnen verrate ich es. Es ist die Menüfolge einer Abendtafel der Königinwitwe von 1735.«

Damhirschrücken, gebratenes Huhn auf Moskowitisch, farcierte Hammelkarbonade, gespickte Fricandeaux von Kalbfleisch mit Champignons, Pastete von sechs Nesttauben au naturell mit Peffer und Salz, Bauernkarpfen mit dicker Butter und Majoran, farcierte Semmeln mit Pflückhecht und Krebsschwänzen, gebratene Kälberbrösen, gedämpfte grüne Erbsen, Salat und frische Heringe.

Meerkatz verdrehte die Augen. Dann lächelte er und bemerkte:

»Gebratenes Huhn auf Moskowitisch dünkt mich subtil. Das erinnert mich an den Ganymed für den russischen Vizekanzler Woronzow, den ich in Pyrmont begutachten durfte. Man hat ihn übrigens im Zimmer der schönen Madame Fourmont aufgestellt, was mich sehr passend dünkt – gleich zu gleich, und so weiter. Seine Königliche Majestät hoffen, mit diesem Präsent den erwarteten Nachfolger des amtierenden russischen Großkanzlers

Bestushew für sich einzunehmen. Die Begutachtung stieß mir etwas übel auf, weil ich in Woronzow selbstredend den Feind Prinz Charlies, des Geschlagenen und Verfolgten, erblicken muss. Der Sieger Georg hängt an der Amme Elisabeth. Aber ich tröstete mich mit dem Gedanken, dass der Vertreter selbiger Feindesdame einen zwar vorzüglich kopierten, wiewohl falschen Jüngling erhält. Wissen Sie, wann Woronzow eintrifft?«

Langustier überlegte und ging im Geiste die endlose Liste der Tafeln durch, die in seinem Kopf bereits aufgebaut standen.

»Soweit ich gehört habe, erfreute er sich der Segnungen provencalischer Sonne und tritt dieser Tage seine Rückreise an, die ihn durch Preußen führt. Er wird aber erst in Rheinsberg zur Hofgesellschaft stoßen. Raten Sie, was für ihn vorgesehen ist: Barbenschnitten auf russische Art. Das ist ein Gelee mit Gurken, diversen Gemüse und Scheiben gebratener Barbenfilets.«

»Oh – sprechen Sie nicht weiter, Monsieur. Sie vergessen, dass der König die Folter in seinen Landen bereits vor Jahren reduziert hat.«

Schlag zwei Uhr erschien die Königinmutter mit Prinzessin Amalie und einigen Hofdamen im Charlottenburger Park. Friedrich überreichte ihr – in perfider Anspielung auf ihre hysterische Abasie – einen Spazierstock. Die Botschaft dieser Gabe war an Deutlichkeit schwerlich zu übertreffen, doch die Königinwitwe dankte mit vollendeter Noblesse. Im Knopf der Krücke befand sich ein geschnittener Stein aus Rheinsberg, von Brillanten eingefasst, eine Sphinx in Gestalt einer Vestalin darstellend. Langustier verfolgte von der Schlossküche aus, wie die Damen und Herren im Ehrenhof einherschritten. Die Königinmutter liebte mehr den Schatten; schon der kurze Weg von Berlin nach Charlottenburg hatte sie ermüdet. Der König geleitete sie auf die ihr zugewiesenen Zimmer im Parterre des Hauptgebäudes. Nachdem er eine Viertelstunde plaudernd bei der Mutter verbracht hatte, entfernte er sich, um ihr tunlichst die Zeit zu lassen, die zum Umkleiden erforderlich war. Der Regent ließ sich nichts anmerken, doch das Laisser faire der Weiberhöfe mutete ihn im eigenen Schlosse doch überaus inkonvenabel an. Langustier warf einen Blick auf den Fasan, den er gerade mit Speckscheiben umwickelt an seinen Bratspieß verwiesen hatte, überließ dem Küchenjungen Becker, der schon bei der Vorbereitung der Desserts gute Arbeit geleistet, die Bereitung der Orangensauce, und stahl sich hinaus. Er wandelte etwas abseits der Gesellschaft durch die Laubengänge, stets bemüht, dem König vom Schlosse aus unsichtbar zu bleiben, um nicht des Müßigganges bezichtigt zu werden. Durch die schütteren Buchenzweige sah er das Fräulein Buchholtz auf sich zukommen. Statt einfach vorüberzuschweben, sprach sie ihn an.

»Geruhen Sie mir zu verraten, verehrter Maitre, welches der Gerichte, die wir alle so flehentlich erwarten, Sie mir widmen werden?«

Er fühlte eine Hitzewallung aufsteigen. Seine Entgegnung fiel nicht allzu höfisch-elegant aus:

»Madame, Sie … Ich bin … Nun, wenn ich Sie … Ich – lassen Sie mich nachsinnen, welche –«

Doch ihr Lachen über seine Verlegenheit half ihm wieder auf. Er stimmte fröhlich ein und sagte:

»Sie haben mich schon mit der Gnade Ihrer ersten Worte zu einem völligen Narren gemacht. Wenn es sich so verhält, wie mir der welterfahrene Baron Pöllnitz erzählte, so werden Sie die Gesellschaft mit ihrem Schauspiel erfreuen?«

»Der großsprecherische und verräterische Baron. Nichts darüber sollte vorab verlauten. Freilich darf ich Ihnen nicht verraten, welches Stück zur Aufführung gelangt, denn es ist eine Überraschung für die alte Dame …«

Langustier schmolz mit jedem Wort von ihren vollen dunkelroten Lippen mehr dahin.

»Ich hoffe, Sie nicht zu beleidigen, wenn ich mich erdreiste …

(er war ihr über diesen Worten sehr nahe gekommen und senkte sowohl Blick als auch Stimme) ... Ihnen die Wachteln zu dedizieren. Sind die Wachteln doch – in Kulinaria zu sprechen – keineswegs plumpe kleine Vögel, sondern in ihrer wahrhaft königlichen Zartheit und Schönheit unübertrefflich ...«
Er hielt das Haupt gesenkt, denn er fürchtete, einen Schlag mit dem Tulpenfächer verabreicht zu bekommen, den die Zauberhafte locker in der Rechten schwang – ein von den Damen äußerst vielfältig einsetzbares Utensil, mit dem sich Rendezvous terminieren, Bereitschaft und Ablehnung signalisieren und allzu Vorwitzige abstrafen ließen. Wie hob sich sein Herz, als sie ihm stattdessen ermunternd zulächelte und enteilte.
Zurück in der Schlossküche, war es höchste Zeit, sich um die letzten Handreichungen für das Souper zu kümmern.
»Ziehen lassen und jetzt die Pastetchen backen«, verlangte Langustier, als wenn sich dies nicht von selbst verstanden hätte, bevor er sich beim Bratenmeister Wende nach der Lammbrust mit Krebsfarce und Spinat erkundigte. So ganz bei der Sache war er nicht. Der gute Wende brauchte keine Anleitung, genauso wenig wie Delaforce für die zu bratenden Kapaune. Kurzerhand betraute er Härteln mit der Vollendung des Fasans und übernahm stattdessen die Wachtelbrüstchen. Der Gedanke an das schöne Fräulein Buchholtz ließ sein Herz schneller schlagen. Hier war das Allerbeste zu geben. In Butter rundum angebraten fand er die Wachteln vor. Er nahm sie aus den Pfannen und ließ sie etwas abkühlen. Vorsichtig löste er das Fleisch ab und dünstete es mit Champignons in Rotwein einige Minuten gar. Er separierte die Pilze und das zarte Brustfleisch und stellte es warm. Das restliche Wachtelfleisch wurde fein geschnitten und im Mörser zu einer Farce zerrieben, welche er mit Rotwein aufkochte. Durch ein feines Sieb gestrichen, ließ er die Sauce zu püreeartiger Konsistenz eindicken. Inzwischen waren alle Schüsseln zum Auftragen bereit. Langustier strich mit Hilfe zweier Küchenjungen die Sauce

auf Brotscheiben, gab diese auf Teller, legte die warm gehaltenen Brüstchen obenauf und träufelte jeweils ein wenig von der Sauce darüber. Frische Kräuter noch, schon war es getan. Es konnte aufgetragen werden.

Das Mahl war wahrhaft königlich und zog sich dementsprechend in die Länge. Langustier, so die einhellige Meinung aller, hatte sich selbst übertroffen. Nach Aufhebung der Tafel begab sich die Königinmutter in ihre Räume. In ihrem Vorzimmer begrüßten sie zwei Affen und ein Papagei, Artigkeiten des Königs, der noch immer, wie zu Rheinsberger Zeiten, sich gerne mit Affen und Papageien umgab, denen er wie den Hunden Unarten geduldig und belustigt nachsah, sollten sie auch seine Briefe auffressen oder Tintenfässer darüber ausleeren. Pöllnitz, der exzellente Vorleser, musste der Königinwitwe am Nachmittag, während sie stickte und Goldfransen knotete, mit dem Vorlesen eines eben erschienenen französischen Romans die Zeit verkürzen. Der König begab sich mit einigen Herren auf seine Zimmer im neuen Flügel. Die übrige Gesellschaft ging in den Garten, einige angelten, andere sangen, und die barmherzigsten Seelen schließlich leisteten dem Prinzen Heinrich Gesellschaft, der unpässlich im Bett lag.
Die Gedanken eilten Langustier voraus in den Park, wo er nach einigen Minuten herzklopfenden Wartens Sophie-Marie von Buchholtz gegenüberstand. Er holte eine rote Rose hinter seinem Rücken hervor.
»Mademoiselle, sehen Sie es der armen Blume nach, dass sie errötet ist. Sie hat eingesehen, dass sie vor Ihrem Anblick verlieren muss …«
Sie lächelte, doch es zeigte sich nicht die Spur einer Röte auf ihren ungeschminkten Wangen, während sie die Rose nahm, um daran zu riechen. Sie hielt ihren Tulpenfächer in der rechten Hand, und das bedeutete: Du bist verwegen. Sie nahm ihn offen

in die Linke, und das hieß: Komm, unterhalte dich mit mir. Langustier hatte selbstredend das überall im Geheimen kursierende und gerade vor kurzem anonym beim Hofbuchdrucker Decker erschiene Werk des Prinzen von Preußen, betitelt *Fächer meiner Lebenslust*, mit Wonne studiert, in dem der vielseitig Begabte das Alphabet der koketten Fächersprache vorbuchstabierte. Zur Freude der Kavaliere, die sonst die Geheimsprache ihrer Angebeteten kaum richtig verstanden hätten, wäre sie doch geheim geblieben. So nun freilich wusste im Prinzip jeder, der eine Dame mit dem Fächer aufmerksam beobachtete, alles über sie. Man konnte sich fragen, was die Sache also noch sollte ... Nun ja, das ließ sich bei Gesellschaftsspielen freilich immer fragen.
»Sie duftet herrlich, Monsieur. Besser als alle Rosen, an denen ich bisher gerochen. Womit haben Sie Flora bestochen, damit sie Ihnen dieses Exemplar überließ?«
Er hatte, um der betörenden Wirkung ganz sicher sein zu können, mit einigen Spritzern Rosenöl nachgeholfen.
»Die Erwähnung Ihres Namens genügte. Schon zwinkerte mir die Göttin zu und gab mir diese Vertreterin ihrer Art, um sich nicht zu blamieren. Doch ich fürchte, dass auch in diesem Wettstreit Sie es sind, Mademoiselle, die den Preis davontragen.«
Jetzt wenigstens hoffte er, einen kurzen Anflug von Verfärbung in ihrem Gesicht wahrzunehmen. Sie tat ihm den Gefallen nicht, senkte nur die Augen, wenngleich dies vollkommen natürlich wirkte, da sie sich dem Duft widmete, der aus der Blüte aufstieg. Er sah das feine Oval ihres zarten Gesichts, umrahmt von braunem Haar, und musste sich beim Anblick ihres schneeweißen Decolletés bezwingen, sie nicht auf der Stelle in die Arme zu schließen.
»Ihre Wachtelbrüstchen haben meine Lippen liebkost, meinen Gaumen, meine Nase. Sie waren göttlich«, sagte sie, während sie ihm den Fächer geschlossen zeigte und auf diese Weise die Frage stellte: Liebst du mich?

Da er keinen Fächer trug, musste er mit Worten reagieren: »Mademoiselle, ich bete Sie an.«
Sie legte den Fächer auf ihre kirschroten Lippen, was absolutes Einverständnis signalisierte.
»Heute Nacht?«
»Ich werde Sie besuchen kommen, Monsieur, sobald die Königinmutter schläft.«
Langustier wollte sie auf der Stelle umfangen und küssen. Scherzhaft wehrte sie ab und legte den Finger an die Lippen. Hinter einer Hecke vernahm man Stimmen.
»Psst. Hören Sie nur!«
»Schämen Sie sich nicht, andere zu belauschen?«
»Nicht, wenn es de la Vallé und die Fourmont sind!«
Er kicherte.
»Madame, ohne Sie wäre dieser Garten nur eine leblose Ansammlung von Gehölz und Blattwerk.« Die Stimme de la Vallés war jetzt auch für Langustier deutlich zu verstehen. »Sie erst erwecken die Landschaft zur Blüte. Ja, ich übertreibe nicht, wenn ich behaupte, dass Sie höchstselbst in ihrer vollendeten Natur die Blüte dieser Landschaft verkörpern.«
Durch eine Lücke im Blattwerk, die Sophie-Marie von Buchholtz gefunden hatte, spähten sie hinüber. De la Vallé war vor Madame de Fourmont auf ein Knie gesunken und ertrug scheinbar mannhaft den stechenden Schmerz, den ihm der harte Kies des Parkweges im Fleisch unterm Perlstrumpf verursachen musste.
»Sie sind die Blüte der Jugend, das Gute, Schöne, Edle. Wollen Sie dies alles auf dem Altar der Keuschheit zum Dörren ausbreiten?«
»Monsieur, ich muss Sie bitten, nicht so mit mir zu sprechen.«
Sie suchte dem kleinen Rondell zu entfliehen und in das Parterre vor dem Schloss hinüberzuwechseln.
»Oh – wie bete ich Sie an.«
»Monsieur, Sie vergessen sich.«

»Madame, warum zieren Sie sich so?«
»Für einen Buchhändler sind Sie mir zu ungestüm, Monsieur. Sie brauchen es nicht zu dementieren und nicht zu bestätigen: Sie sind nicht der, für den Sie sich ausgeben.«
»Wie kommen Sie nur auf die Idee, Madame? »
»Ein Vertrauter des Königs, der dicke Koch, ermittelt in einem Mordfall. Sie waren unter denen, die man verhörte, und einer der Letzten, die man mit dem späteren Opfer sah.«
»Was bringt Sie jetzt darauf?«
»Nennen Sie es weibliche Neugier. Oder einen natürlichen Instinkt. Ich will wissen, mit wem ich es zu tun habe.«
»Manchmal ist es gefährlich, zu viel wissen zu wollen. Man verbrennt sich leicht die Finger.«
Er suchte sie an sich zu ziehen.
»Monsieur, ich schreie.«
Sie gerieten aus Langustiers Blickfeld. Es war der Fourmont offensichtlich gelungen, genügend Abstand zu gewinnen, um ihm mit dem geschlossenen Perlmuttfächer einen Hieb auf den Kopf zu versetzen, dass es nunmehr de la Vallé war, der einen kehligen Schrei ausstieß.
»Der dicke Koch«, flüsterte Langustier. »Dreiste Unverschämtheit!

Gegen halb acht gesellten sich der König und sein Gefolge wieder zu den übrigen Gästen. Der Regent fragte seine Mutter, ob sie nicht ein Weilchen mit ihm in den Garten zu gehen wünsche? Sie schloss ihre Spielpartie ab, erhob sich und begann zur allgemeinen Verwunderung, mit ihrem neuen Spazierstock zu laufen. Ihr Sohn führte sie zur Orangerie. Kaum waren sie eingetreten, erklang eine sanfte wohltönende Musik. Vorwärtsschreitend erblickte sie eine Bühne. Der berühmte Quanz ließ sich vor den Gästen als Solist auf der Flöte hören, und sein Lohn war stürmischer Applaus. Dann führten Hofschauspieler eine Szene aus

dem Stück *Der Modeaffe* auf, das bekanntermaßen vom König selbst stammte. Pöllnitz, der neben Langustier stand, welcher nach beendeten Vorbereitungen für das Abendessen sich einen Moment der Zerstreuung gönnte, deutete auf de la Vallé, dem der Monarch gerade mit viel Augenzwinkern zu verstehen gab, dass dieses Spiel besonders ihm gewidmet sei, und sagte:
»Diese Dedikation ist spaßig, wenn man weiß, dass die Familie de la Vallé sich stets den Büchern verschrieb. Ein Urahn war Bibliothekar bei der Familie Carrara in Padua, ein Großvater Buchhändler in Venedig, und der Vater des Abbés zählte bis zu seinem Tod vor wenigen Jahren zu den bedeutendsten Bibliophilen seit dem Urahn dieser Geistesbewegung, Richard Aungerville de Bury, dem Lordkanzler Edwards III. von England.«
»Wie haben Sie ihn gerade genannt? Den Abbé? Was hat es damit auf sich?«
»Nun ja, er hat eine schwierige Phase in seinem Leben dadurch überwunden, dass er sich in ein Kloster begab, um in der Teilnahme am geordneten Leben der Mönche wieder selbst zur Ordnung zurückzugelangen. Seither heißt er bei denen, die darum wissen, der Abbé.«
»Eine Phase des Chaos? Davon ist wahrlich nichts zu bemerken.«
»Und doch ist es wahr. Monsieur de la Vallé, der uns hier so aufgeräumt erscheint, war ein Bibliomane, der sich zeitweilig mehr um seinen wild wuchernden Hort von Druckwerken sorgte als um seine Familie, die ihn darüber verließ. Es soll Zeiten gegeben haben, wo dieser Unglückselige völlig die Kontrolle über sein Leben verlor. Sein Schlaf dauerte nur drei bis vier Stunden, und er nächtigte auf oder zwischen seinen Büchern. Seine Verwahrlosung wurde durch den exzessiven Gebrauch von Schnupftabak noch vermehrt …«
Sie blickten einander an und dachten beide an die gleiche hochgestellte Person, denn sie mussten unwillkürlich lächeln.

»Nun, das zu hören wird Seine Königliche Majestät zweifelsohne erheitert haben«, sagte Langustier.
Pöllnitz bemerkte lachend: »Er steht nicht in direkter Linie mit diesem Bücherkranken, denn dessen Speiseplan enthielt fast ausschließlich Eier.«

MARQUIS *(zum Buchhändler): Noch auf ein Wort, mein Freund. Nachdem ich die Fächer meiner Schränke habe messen lassen, hat sich herausgestellt, dass sie 36 Ellen lang sind. Ihr habt mir für 30 Ellen Bücher versprochen; Ihr müsst mir also für weitere sechs noch welche verschaffen.*
BUCHHÄNDLER: *Gnädiger Herr, ich habe Sie wahrhaftig nach bestem Vermögen bedient; wir haben Sie mit alledem versehen, was wir an meistgeschätzter Ware auf unserm Lager hatten. Es bleiben nur noch 30 Exemplare von Marivaux' Werken, etwa 100 Stück von den Schriften des Abbé de St.-Pierre – Sie wissen, ich meine von jenem Manne, der dem Antimachiavel des Königs Friedrich II. von Preußen so gründlich zu Leibe geht – und auch etwa 100 von der Philosophie des Monsieur des Champs, der Herrn von Voltaire so schlecht behandelt. Aber, gnädiger Herr, diese Bücher hüten schon so lange unsern Laden, dass wir, im Vertrauen gesagt, wirklich nicht gewagt haben, diese verstaubten Schwarten Ihnen anzubieten.*
MARQUIS: *Lasst diese Umstände und bindet sie mir so schnell als möglich. Der alte Marivaux und der Abbé de St.-Pierre, in Saffian gebunden, werden sich sehr schön machen und meine Bibliothek aufs beste zieren. Kann ich sie in sechs Tagen haben?*
BUCHHÄNDLER: *Ich werde selbst das Unmögliche möglich machen, um Sie zu befriedigen. Ihr ergebenster Diener, gnädiger Herr.*

Drei lange Tafeln waren in der Orangerie gedeckt worden, an denen man speiste. Die Königinmutter, bereits durch die Theaterüberraschung heiter gestimmt, entsann sich bei Damhirschrücken und gebratenem Huhn lebhaft jenes Jahres, das mit diesem Souper zitiert wurde. Die Stunde war bereits vorgeschritten, und es ging bei Tische sehr heiter zu. Niemand wurde müde, den wunderschönen Tag zu loben. Langustier überlegte angestrengt, während er selbstkritisch die Reste von farcierter Hammelkarbonade auf ihren Wohlgeschmack hin untersuchte, wo ihm der Titel *Abbé* schon einmal begegnet war. Er kam und kam nicht darauf ... Die seltsame Szene, die er im Park mitbekommen hatte, ging ihm nicht aus dem Kopf. Ein Ruf der Königinmutter, überbracht von der zauberhaften Sophie-Marie, die sein Denken seit Stunden ohnehin in eine ganz andere Richtung dirigierte, beendete das fruchtlose Bemühen.

»Leider ist Ihre Königliche Majestät noch sehr wach und verlangt, Sie zu sprechen.«

»Wie schrecklich! Ob ich ihr etwas Einschläferndes mitbringe? Trüffeln haben, insonderheit von älteren, übersättigten Damen spät am Abend genossen, eine überaus einschläfernde Wirkung. Bei jungen ist es dagegen umgekehrt ...«

Ihre Augen leuchteten. Sie entschwand zu ihrer Gebieterin mit der Nachricht, dass er umgehend folgen werde.

Die Königinmutter saß bereits im Bett, als er erschien, was Langustier Hoffnung machte, dass es nicht allzu lange dauern würde, bis sie ihn und ihre Hofdamen entließ. Außer Sophie-Marie von Buchholtz waren auch Madame Blasspiel und Jeanne de Fourmont anwesend. Die alte Dame begann in ihrem wohltönenden Bass:

»Monsieur, ich will Ihnen danken. Wären Sie 1735 in Preußen gewesen, so hätte es mir damals besser geschmeckt. Was für eine zauberhafte Idee meines lieben Sohnes. Doch der beste Einfall, der schönste Plan, muss fallieren – ohne einen fähigen Handwerker und Künstler, der ihn in die Tat umsetzt.«

Langustier dankte lächelnd.

»Das ist zu viel der Ehre, Madame! Ich freue mich außerordentlich, Ihren königlichen Geschmackssinn nicht verletzt zu haben. Wie gern wäre ich schon fünf oder mehr Jahre früher in Ihren Landen gewesen, denn ich hätte zweifelsohne die Philosophen an Ihrem Hofe bekochen dürfen. Ich hätte auch die Herren Gundling und Faßmann kennen gelernt, über die mir Baron Pöllnitz so viel berichtet.«

»Ja. Sie hätten auch die stinkenden Tabakexzesse meines philosophisch unbedarften Grobians von Ehemann ertragen und für ihn und seine Saufkumpane Biersuppe kochen müssen.«

Langustier schüttelte sich.

»Man muss zufrieden sein mit dem Schicksal, das einem zuteil wurde ...«

»Sie sagen es. Wenn man nicht gerade bewusstlos geschlagen in einem Eisloch landet. Was halten Sie von den Toten in Spandau?«

Sie war gut informiert, musste Langustier zugestehen.

»Tristwitz wurde als Letzter mit dem Engländer gesehen. Angeblich spazierte dieser später noch mit Tristwitz' Diener Rost übers Eis. Dies ist aber von keinem Dritten bezeugt. Der Tod von Herr und Knecht gibt Rätsel auf. Es sieht alles danach aus, als habe ein Übelwollender den beiden ein Quantum Branntwein verehrt, von dem er wissen musste, dass es tödlich wäre.«

»Meine Güte – wer kann so perfid sein? Einer, der Dreck am Stecken hat, zweifelsohne. Viele kommen wohl nicht in Betracht?«

»Leider doch. In Warenthin waren eine Reihe von Herren an besagtem Abend anwesend. Trotzdem ist die Möglichkeit nicht auszuschließen, dass die Tat von einem ganz Fremden begangen wurde, der an der Soiree gar nicht teilgenommen hat.«

»Eine doch akademische Möglichkeit, nicht wahr?«

»Akademisch, also möglich.«

»Akademisch ist ein hübsches Synonym für möglich, finden Sie nicht?«

Sie lachten.
»Gibt es ansonsten etwas Neues, das Sie mir berichten können?«
»In der Tat, es gibt etwas. Ich konnte die Bagage des Herrn besichtigen, die man tatsächlich, wie Sie, Madame Blasspiel, angegeben haben, in Perleberg fand.«
»Dachten Sie, ich scherzte?«
»Mitnichten, Madame.«
»Nun denn.«
»Und was fanden Sie? Hinweise auf die Identität des Gentleman?«
»Indirekte, durchaus – ein Medaillon und einen Brief, dessen Inhalt mir leider aufgrund des mir nicht geläufigen englischen Idioms bislang verschlossen blieb. Ich erlaube mir, beides Eurer Majestät zu überreichen, in der Hoffnung, dass Sie mir bei der Translation behilflich sein können.«
Wäre Neugier hörbar gewesen, der Raum hätte vor Lärm vibriert. Die Königinmutter besah sich den Anhänger und den Brief, doch das Alter forderte seinen Tribut.
»Meine Augen sind nicht mehr die allerjüngsten, Monsieur. Diese Hand dünkt mich sehr edel, doch ich fürchte – nein, auch die Silhouette will mir nichts sagen … Ich werde mich Ihrer Unterstützung bedienen müssen, meine Liebe.«
Sie wandte sich an Madame de Fourmont und reichte ihr Brief und Medaillon. Die Blässe, welche die Französin daraufhin anwandelte, mochte der Aufgabe zuzuschreiben sein, die ihr auferlegt worden war.
»Ich werde etwas Muße benötigen, weil mir die Schrift arg gewöhnungsbedürftig erscheint …«
Langustier bedankte sich bei den Damen für die gütige Mithilfe und überreichte ihnen die Trüffeln in der Serviette, die er vorbereitet hatte. Frau von Blasspiel sagte:
»Trüffeln in der Serviette, dergleichen bin ich selten begegnet: Ich sah, dass man sich diese Knollen in die Tasche steckt …«

Langustier erläuterte lächelnd:
»Man kocht sie in einer ausgezeichneten kurzen Brühe mit Weißwein und serviert sie wie gekochte Eier oder Lyoner Kastanien in einer zusammengefalteten Serviette. Sie müssen sehr voluminös und duftend sein, so wie diese hier.«
Die Königinmutter kicherte, denn sie wusste um den aphrodisischen Nutzen dieser Pilze. »Kommen Sie, Monsieur, bleiben Sie sitzen. Wir rufen Pöllnitz und spielen noch eine Partie L'hombre.«
Langustier und Sophie-Marie von Buchholtz sahen für diesen Abend ihre Felle davonschwimmen und wechselten einen verzweifelten Blick. Langustier aber sagte mannhaft:
»Eure Königliche Majestät mögen entschuldigen, aber ich fühle mich nicht mehr in der Lage, auch nur eine Karte noch zu bewegen. Ich wäre Ihnen sehr verbunden, wenn Sie mich entschuldigten. Ich bin des Todes, wenn ich morgen verschlafe und Ihrem werten Herrn Sohn nicht um vier den Speiseplan offeriere …«
Die Notlüge zog. Madame de Fourmont und das Fräulein von Buchholtz ließen ihre Servietten samt Trüffeln im Gewand verschwinden. Frau von Blasspiel und die Königinmutter aßen ihre Knollen sofort. Ihre Majestät gähnte und sah überanstrengt und müde aus.
»Wir wollen zu Bett gehen. Es ist in der Tat schon spät. Gute Nacht, Monsieur.«

Dienstag, 28. Juni 1746

Die hohe Mitternachtsstunde war vorüber. Die regierende Königin, deren viel zu kurzer Besuch beim Beginn der Hoffeste eine schmerzliche Trauer bei ihr hinterlassen hatte, hatte sich nach Berlin ins Schloss zurückgezogen. Vom weiteren Festverlauf war sie ausgeschlossen. Die Charlottenburger Gesellschaft hatte längst ihre Privatgemächer aufgesucht, als gegen drei Uhr morgens Trompetenstöße der Garde du Corps erschallten. Langustier und Sophie-Marie von Buchholtz schreckten von ihrem Lager auf.

»Hör doch!«, sagte sie. »Oh – Liebster, ich fürchte, wir haben das Schloss mit unserer Liebe entflammt! Was sollen wir tun?«

»Ich gehe hinaus und klopfe, wenn die Luft rein ist.«

»So brandig wie es schon hier riecht, wird das wenig Zweck haben …«

Ihm war nicht recht nach Scherzen zumute. Sie sagte:

»Ich werde mich zur Königinmutter begeben. Sie werden nach Ihren Vorräten sehen wollen …«

Langustier und seine Geliebte kleideten sich an und begaben sich nach draußen in die schwach erleuchteten Gänge. Nichts vermittelte eine bessere Vorstellung vom Tage des Jüngsten Gerichts als diese Fanfaren. Rang und Stand waren gänzlich durcheinander geraten: Ein Diener führte eine Prinzessin am Arm, eine Kammerzofe flatterte zwischen den Kavalieren herum, der Prinz von Preußen trug ein Kunstwerk in den Armen, das offenbar vor den Flammen gerettet werden musste. Neben ihm tat ein Lakai, es war der junge Prusskow, ein Gleiches. In dieses groteske Schauspiel mengten sich wirre Schreie, Krach und Getöse, Rauchschwaden des Feuers und alles Übrige, was dereinst den Tag des Weltunterganges einleiten wird. Der Gedanke daran verschwand aber, nachdem man zuletzt die wirkliche Ursache dieses Alarms entdeckte, dass nämlich ein ganzer Trakt des Schlosses in Flammen stand! Die oberste Sorge und auch die natürlichste galt den Majestäten und der königlichen Familie. Herr von der Schulenburg, der die Wache hatte, sowie die Herren von Pöllnitz und von Knobelsdorff waren als Erste durch Herrn von Wylich benachrichtigt worden, der über dem Raum, in dem das Feuer ausgebrochen war, wohnte. Sie waren schleunigst aus ihren Betten gesprungen und zur Prinzessin Amalie gerannt, die ihnen die am meisten Gefährdete erschien, um sie zu warnen. Im Vorbeistürmen weckten sie Frau von Blasspiel, deren Zimmer bereits verqualmt war, dann eilten sie ins Erdgeschoss hinunter, wo die Königinmutter wohnte. Auch dort brannte es bereits. Zunächst begaben sich die Retter in die Zimmer Ihrer Majestät Kammerfrau, Madame Ramm. Auf den Lärm, den sie machten, öffnete ihnen niemand. Daher eilten sie von draußen vor die Fenster des Schlafgemachs Ihrer Majestät der Königinmutter und schlugen die Scheiben ein. Sofort fuhr ihnen ein dichter Rauch ins Gesicht und ließ sie zurückprallen. Das Schlimmste befürchtend, drangen sie nun in den Raum ein, doch die Königinmutter schlief inmitten der Vorhölle, die sie umgab. Sie weckten sie auf, und sie bemeisterte sich ihrer Irritation angesichts der höchst prekären Lage auf eine souveräne Art, zu der nur die wahren Fürstinnen befähigt sind. Frau Ramm trat, nichts als das Hemd auf dem Leibe, ins Zimmer und verlangte von der Königinmutter, dass sie mit bloßen Füßen aus dem Bett steige. Doch die Herren von Wylich, von Pöllnitz und von Knobelsdorff sowie der Chevalier Chasot widersetzten sich diesem Ansinnen, da der Boden nach dem Zertrümmern der Fensterscheiben übersät war von Glasscherben. So wurden der hohen Dame zunächst einmal Schuhe übergezogen, dann wurde ein Tragsessel herangeschafft, in den

man sie hob. Zwei Jäger trugen sie ins Vestibül des neuen Flügels hinüber. Die Königinmutter bewahrte bei alledem eine Ruhe und Gelassenheit und bewundernswürdige Geistesgegenwart, die sie auch in Situationen niemals verließen, wo andere sie längst verloren. Baron von Pöllnitz und der Chevalier Chasot begleiteten sie und dienten ihr gleichsam als Vorläufer und Lakaien. Der Erste im Hausrock mit der Nachtmütze und Pantoffeln, der andere dagegen in voller Majorsuniform, sogar die Sporen hatte er nicht vergessen. Herr von Wylich, der die Kassette mit den Schmuckstücken der Königinwitwe an sich genommen hatte, folgte ihnen auf dem Fuße. Als die Königinmutter zu guter Letzt im Vestibül abgestellt war, kamen auch ihre Damen dazu. Sie boten ein höchst skurriles Bild: Eine trug Schuhe, aber keine Strümpfe, eine andere hatte ein halbes Dutzend Strümpfe übergezogen, aber keine Stiefeletten, wieder eine andere trug einen Unterrock und gleich eine ganze Garnitur Hemden übereinander. Dieses spärliche Habit war nicht allen Damen gleichermaßen kleidsam. Die arme Königinmutter, die man in ihren Tragsessel gezwängt und dann im Nachthemd einfach im Treppengang des neuen Flügels niedergesetzt hatte, begann zu frieren, doch es fand sich lange niemand, der den Mut gehabt hätte, sie in das erste Stockwerk in eine sichere Wohnung hinaufzutragen. Wer immer dazu in Frage kam, erklärte, er hätte Furcht, sie fallen zu lassen. Ein leicht gebauter, wegen seiner ungewöhnlichen Breite schlecht zu handhabender Tragsessel war nicht geeignet, eine Dame vom Körpergewicht der Königinwitwe die Stiegen hinaufzuschaffen. Der König erschien, in Begleitung von Monsieur de la Vallé, und befahl, sofort eine Sänfte herbeizuholen und die Mutter in seine Gemächer zu tragen, wo sie in Sicherheit wäre.
Wenig später sah man Langustier durch die Schlossgänge eilen, in denen ein herrliches Tohuwabohu herrschte. Er traf auf Baron Meerkatz und fragte ihn:
»Wissen Sie, in welchem Raum das Feuer wütet?«

»In dem Zimmer, in dem Madame de Fourmont schlief«, entgegnete Meerkatz.
»Oh! Was ist mit ihr geschehen?«
Der Baron wusste es nicht und sie eilten weiter in Richtung Brandherd. Der Raum war grauenvoll anzuschauen. Eben erst hatte die Feuerwehr die letzten sichtbaren Flammen erstickt und konzentrierte ihre Anstrengungen auf das angrenzende Treppenhaus, wo Gefahr bestand, dass sich das Feuer im Schlosse nach oben fraß – ein naturgemäßes Bestreben des heißen Elements, das es mit allen Mitteln zu vereiteln galt. Langustier war in das rußgeschwärzte Zimmer getreten, dessen Boden eine Schicht schwarzen Schlammes bedeckte. Die Katarakte von Löschwasser hatten aus verbrannten Vorhängen und Gemälden, abgeplatztem Stuck, löslichen Wandmalereien und der Asche des Mobiliars – vornehmlich der des völlig verschwundenen Bettes, von dem nur einige Eisenteile übrig geblieben schienen – einen makabren Bodensatz zusammengespült. Langustier stand vor der ehemaligen Bettstelle und bemerkte eine unregelmäßige Erhebung in dem Aschefladen. Er schabte mit der Schuhsohle über die Stelle. Da war etwas, das Widerstand bot, etwas aus Metall. Filigran jedoch im Vergleich zu den schweren Bettstreben und somit tendenziell nicht zum Bette gehörig. Ein Mann der Feuerwehr, der eine eiserne Pike trug, mit der er schwelende Holzstücke barg und unschädlich machte, wurde kurzerhand dieses Instrumentes beraubt. Langustier hackte mit dem daran befindlichen Greifhaken hinter das Objekt in die Asche und zog. Ratternd und sich im Geschütteltwerden vom Aschemulm befreiend, kam vor Meerkatz und Langustier die etwas angeschmolzene, aber vom Corpus her noch gut erkennbare, vormals unschätzbar wertvolle Tischuhr aus Pierre Fromerys sagenhafter Offizin zum Vorschein. Sophie-Marie von Buchholtz, die sich einen Morgenmantel umgelegt hatte, trat hinzu.
»Was ist mit Madame de Fourmont?«, fragte Langustier.

»Sie steht wohlbehalten im Vestibül. Sie riecht nicht einmal nach Feuer ... Wenn Sie mich fragen, Maitre, war sie gar nicht in ihrem Zimmer.«

Er lächelte sie an und sie schmolzen beide dahin in dem Verlangen, die Uhr um zwei Stunden zurückzudrehen. Bei derjenigen, die vor ihnen am Boden lag, wäre das schwerlich möglich gewesen.

»Potztausend!«

Der König war eingetreten, vollständig montiert wie immer, neben ihm der aschfahle de la Vallé.

»Der Brand ist direkt unter der Matratze entstanden«, bemerkte Langustier. »Dieser Wecker hat noch ein letztes Mal tadellos funktioniert, wie mir scheint. Zum Glück scheint Madame de Fourmont nicht in ihrem Zimmer gewesen zu sein.«

»Oder zu meinem Unglück – sie hätte den Braten rasch gerochen und das Feuer ersticken können. So wird mich ihr Nachtwandeln zwanzigtausend Talers kosten!«, ließ sich der König vernehmen.

»Wer weiß, ob sie es gemerkt oder die Brandgase sie nicht noch im süßesten Schlafe betäubt hätten. In diesem Falle würde sie jetzt dieser Asche Gesellschaft leisten.«

Er zog vor dem Fräulein von Buchholtz verspätet den Hut und übergab sie galant in die Obhut des Barons Meerkatz, damit dieser sie hinausführe. Sie konnte Langustier gerade noch verstohlen zulächeln. Der kratzte jetzt mit einem Crayon die Asche vom Zifferblatt der Uhrenruine, wo zwei verschmorte Züngelchen, vormals Zeiger, den Zeitpunkt markierten, zu dem durch eine feinsinnige Mechanik ein Steinschlossfeuerzeug eine Kerze entzündet hatte – exakt um halb drei Uhr morgens. De la Vallé, Ascheflocken auf dem Lockenhaupt, deutete auf die Reste der Weckuhr – sie wog bestimmt soviel wie ein großer Kürbis und hatte ursprünglich die Abmessungen einer Blendlaterne gehabt.

»Beachten Sire die Umsicht des Attentäters: Hier an der Weckglocke, die zur selben Sekunde hätte ertönen sollen, in der das Feuerzeug in Tätigkeit gesetzt wurde, sind noch die Reste eines Drahtes zu erkennen, der darum geschlungen worden ist, um sie zur Stummheit zu fesseln.«

Langustier stand verblüfft vor der Scharfsicht dieses Herrn. Derlei war erstaunlich bis übernatürlich, denn man hätte das kleine Drahtgeflecht leicht für eine Aschekonkretion halten können.

»Respekt, Monsieur – Argus selbst hätte hier kein leichtes Spiel gehabt!«

Der König schickte die Feuerwehrleute hinaus. Er fasste Langustier und de la Vallé fest ins Auge und befahl:

»Dies bleibt entre nous, Messieurs. Wir wollen nicht, dass die Gäste unruhig werden und sich in Gefahr wähnen. Streuen wir das Gerücht aus, dass es sich um die Nachlässigkeit eines Serviteurs handelt. Das bringt auch wieder etwas Fasson in die Truppe. Monsieur Langustier, wenn ich Sie bitten dürfte, sich in meinem Audienzzimmer einzufinden. Ich will nur noch kurz nach meiner Mutter und der übrigen Gesellschaft sehen.«

Man wollte sich eben zerstreuen, als Langustier sagte:

»Eines noch, Sire – war hier in diesem Raum nicht der Ganymed aufgestellt? Die Statue für Vizekanzler Woronzow?«

»Allerdings. Wylich soll kommen!«

Herr von Wylich wurde gerufen. Er kam heran und wurde nach dem Verbleib der Statuette befragt.

»Im ersten Moment hatten wir kaum genügend Helfer, Sire, um die Kunstwerke zu retten – ein Watteau hing noch an der Wand und eine Reihe von Zeichnungen Seiner Königlichen Hoheit, des Prinzen von Preußen, der im übrigen bei der Bergung tatkräftig half. Im Schranke, den wir komplett hinaustragen konnten, waren einige Kompositionen Eurer Majestät verstaut … äh … abgelegt. Einige mindere Werke …«

Wylich lief rot an, denn jedes Wort machte es nur noch schlimmer.

»Das wäre der Gipfel der Frechheit – mich bestehlen und nebenbei brandschatzen«, sagte der König erbost.
Der Prinz von Preußen erschien und verkündete theatralisch:
»Der Marmorkerl ist verschwunden, liebster Bruder. Mich deucht, er hat sich, aufgeweckt durch die vulkanische Hitze des Feuers, in Fleisch und Blut verwandelt und ist geflohen, auf der Suche nach seinem Geliebten Zeus.«
»Dann müsste er hoffentlich bald bei mir erscheinen«, antwortete der König. »Wer hat ihn getragen?«
»Ich selbst.«
»Allein?«
»Nein, natürlich nicht ... Ich kann Ihnen nicht sagen, wer noch dabei war, es haben fast alle Lakaien geholfen. Ich glaube ... nein, ich weiß es wirklich nicht.«
Majestät tobte.
»Kreuzverflucht! Durchkämmt mir das ganze Schloss. Weit kann der Dieb noch nicht sein! Ich wünsche, dass die Polizei-Offiziers im ganzen Umkreis vermehrt auf schwere Transportkisten achten. An den Berliner Toren sollen alle Fuhrwerke kontrolliert werden. Die Canaille soll hängen für diesen dummen Streich. Unsere diplomatischen Beziehungen zu Russland stehen auf dem Spiele. Woronzow kann jeden Tag eintreffen. Womit soll ich ihn nun beschenken?«
Er schlug mit der Krücke auf den Boden, dass der Stock zersplitterte.
Langustier sagte:
»Wir sollen vielleicht in dem Diebstahl die Ablenkung sehen und nicht in dem Brand. Was denken Sie, könnte hier nicht der Anschlag auf die Dame das hintergründig Intendierte gewesen sein, vom vordergründigen Kunstraub verdeckt?«
Der König schnaubte.
»Meine Herren. Ich wünsche nicht, lange um den heißen Brei herumzureden, denn dazu ist meine Zeit zu knapp bemessen,

und wenn ich nicht fehlgehe, gebricht es Ihnen auch an der nötigen Muße für solche nutzlosen Extemporationen. Das seindt Mumpitz.« Dann, etwas versöhnlicher: »Lassen Sie uns noch einen Moment ruhen, Messieurs. Zweifelsohne wird uns dieses Fatum zu erhöhter Wachsamkeit anspornen, doch ich möchte meine Feierlichkeiten nicht abbrechen, um den Schurkens keine Genugtuung zu geben. Wenn Sie sich, mein lieber de la Vallé, um die Spekulationen von Monsieur Langustier nicht allzu rundheraus vom Tisch zu wischen, persönlich um Madame de Fourmonts Schutz kümmern würden?«

Der Prinz von Preußen wandte mit süßsaurer Miene ein:

»Das würde ich selbstredend auch liebend gerne übernehmen.«

»Mein werter Bruder –«, respondierte der König, »– hiervon brauchen Sie mich nicht wortreich zu überzeugen. Ich würde mir mit einem solchen Auftrag den Unwillen der Prinzessin zuziehen, was keineswegs in meiner Absicht liegt.«

De la Vallé sagte beflissen:

»Ergebenster Diener, Sire. Bedeutet dies, dass ich mit der Gesellschaft Eurer Majestät nach Oranienburg und Rheinsberg reise?«

»Ja, Monsieur.«

Damit war die Unterredung beendet.

Langustier kehrte in seine Kammer zurück. Er fragte sich, ob Sophie-Marie wohl bei der Königinmutter schlief. Ausdruckslos und übermüdet sah er zum Schlosspark hinaus. Der Morgenstern stand bereits am blassblauen Firmament. Es war halb fünf, als er aus kurzem Erschöpfungsschlaf erwachte. Langustier begab sich zum König, der schnell mit dem Speisezettel fertig wurde. Es schien, als habe er vor, sich auch noch eine Prise Schlaf zu gönnen. Langustier schlich zurück und fiel auf sein Lager. Da ging die Tür und Sophie-Marie schlüpfte herein. Die Gedanken an Ruhe huschten davon. Erst als die Vögel bereits stimmgewaltig den Park belebten, fielen die beiden in einen kurzen Schlummer.

»Was für eine Nacht. Nie werde ich sie vergessen«, sagte sie.
»O ja, Liebste, mir geht es genauso. Das Feuer, der Aufruhr …«
»Scheusal – das meinte ich freilich nicht … obwohl, vielleicht doch …«
Sie lachten. Dann fragte er:
»Was erzählt man?«
»Bei der Königinmutter?«
»Ja – wie hat Madame de Fourmont ihre glückliche Abwesenheit zur Zeit des Feuers erklärt? Ich nehme doch an, dass man sie, als sie im Vestibül auftauchte, gleich befragt hat …«
»Und ob. Die Fourmont hat von ihrer Kindheit erzählt und davon, dass sie seither traumwandele. Dies sei ihr auch diese Nacht widerfahren. Als die nächtliche Anwandlung vorüber gewesen sei, wären die aufgeregt hin und her laufenden Menschen das Erste gewesen, was sie wieder gesehen habe. Alle wissen aber, dass sie beim Prinzen von Preußen war.«
»Ach nein? Wer hätte das gedacht? Nun ja, bei ihrer Silhouette … Oh, der Brief und das Medaillon! Sie hatte beides an sich genommen.«
»Das Medaillon lag um ihren hübschen Hals, also ist es erhalten.«
»Hat sie den Brief zuvor gelesen?«
»Davon hat sie uns nichts erzählt.«
»Warum trug sie das Schmuckstück – aus purer Eitelkeit?«, fragte Langustier.
»Ich habe keine Ahnung. Liebster, nun sind Sie dran mit Decouvrieren!«
Langustier lachte.
»Apropos – hier gibt es auch noch einiges zu decouvrieren …«

Langustier musste alle Kraft zusammennehmen, um sich an die Arbeit zu begeben. Unschlüssig wiegte er den Kopf, während er ein Hammelrückenstück gleichmäßig mit Speck, Sardellen und

Gurkenstiften spickte und leicht mit Salz einrieb. Wer sollte sich für einen künstlerisch nicht sonderlich hochstehenden Ganymed interessieren? Und wer für eine nachtwandelnde Waise, die sich dem Prinzen von Preußen an den Hals warf? Er legte den Boden einer Kasserolle mit Schinkenscheiben aus, breitete Zwiebeln, Morcheln, Lorbeer- sowie Feigenblätter darüber und setzte das Hammelrückenstück obenauf. Zu einem unaufgeklärten Mord jetzt auch noch ein Diebstahl – war das Attentat Inszenierung, um den Raub zu vertuschen? Oder sollte der Raub das Attentat kaschieren? Hätte er nicht in der Asche gewühlt und die Uhr als Auslöser erkannt, wäre von dem Anschlag oder fingierten Anschlag möglicherweise gar nichts bemerkt worden. Er goss Brühe hinzu und hievte die Kasserolle aufs Feuer, wo sie nun zwei Stunden verbleiben würde, bis das Fleisch butterweich wäre. So in etwa fühlte sich sein Hirn jetzt schon an.

Der Tag verlief ruhig. Beim Essen wurde von nichts anderem als der nächtlichen Ruhestörung palavert. Die nachtwandelnde Madame de Fourmont war dabei eine Zielscheibe der Spottlust. Niemandem konnte verborgen bleiben, mit welch lüsternem Interesse der Prinz von Preußen sie beäugte, wo immer er ihrer ansichtig werden konnte. Nach dem Kaffee rüstete man zur Abfahrt. Drei Stunden später traf die Gesellschaft in Oranienburg ein, wo bald schon die Abendtafel im Garten aufgebaut und eingedeckt war, nicht weit vom Portal vor der Hauptallee. Um halb zehn erschien die Gesellschaft, an der Spitze der Tragsessel mit der Königinmutter im Garten. Aufrichtige Kundgebungen der Freude ertönten bei dem zauberischen Anblick, der sich den Ankömmlingen bot. Der Prinz von Preußen hatte – mit Hilfe eines Zuschusses von seiner Schwester Ulrike, der Königin von Schweden – den ganzen Park in ein Feenreich bengalischer Lichter verwandeln lassen. Die lange Allee, schnurgerade durch Park und Garten führend, war mit hunderten von bunten Papierlampions erleuchtet.

Mitternacht war vorüber; ausgiebig hatte man das Lichterspiel und die Tafelfreuden genossen. Doch nun überfiel die Königinmutter die Müdigkeit. Sie verabschiedete sich und ließ sich in ihre Zimmer tragen. Der König fuhr, in Begleitung seiner engsten Freunde und des Barons Meerkatz, nach Rheinsberg voraus, um die Gesellschaft am nächsten Tage festlich zu empfangen. Ganz sanft verflogen die Anspannungen des Tages. Zurück blieben Grillengezirp, würzige Luft voller Blütendüfte und ein im Bengallicht schimmernder Park. Amalie und Luise bestellten sich Sänften, damit man sie durch den Zauberpark spazieren trug. Der Prinz von Preußen, des Königs Vorleser Darget, der inzwischen wieder aus den Katakomben der Küche entwichene Langustier und de la Vallé sprachen noch etwas über Racines *Berenike* im Vergleich zum *Britannicus*.

»Die Berenike ist sicherlich nicht unter Racines beste Stücke zu rechnen«, behauptete de la Vallé. »Die Handlung ist für fünf Akte zu dürftig, aber es ist ergreifend und enthält Passagen, die zu recht gerühmt werden.«

»Ich bin durchaus ganz d'accord mit Ihnen«, sagte der Prinz. »Indes halte ich die Sprache bei Racine für weitaus bedeutsamer als die Themen.«

»Nur ein Franzose kann die Anmut und Größe Racines und die Musik seiner Verse in ihrem ganzen Umfang schätzen«, vermutete Darget, an Langustier gewendet, welcher entgegnete:

»Doch auch ein Fremder wird kaum umhin können, wenn er sich einmal an den förmlichen Stil gewöhnt hat, von der leidenschaftlichen Zartheit und dem Adel des Gefühls ergriffen zu sein.«

Darget sagte, wie zum Beschluss dieses Punktes:

»Racine wusste – wie wenige außer ihm –, welche Dramatik die menschliche Stimme enthält. Mir jedenfalls ersetzen die melodisch fließenden Alexandriner jede Handlung!«

Gelesen hatte das Werk keiner der Herren.

Seit Beginn des Frühlings wurde die Insel auf der Suche nach dem Grab des Remus systematisch umgegraben. Meerkatzens Interesse galt freilich mehr dem Schatze, den er seinem Plane nach vor Ort vermutete. Auf keinen Fall durfte er seine Helfer an dieser Stelle graben lassen. Stattdessen hatte er sie zu Punkten dirigiert, an denen ganz sicher nichts zu erwarten stand. Als er mit dem König anlandete, gruben ein Dutzend Bauern aus Warenthin und Lino an etwa neun verschiedenen Stellen. Gerade war am Südufer eine Mauer freigelegt worden, die zu der früheren Burganlage gehörte. Meerkatz jubilierte. Die Grabenden waren abgelenkt und konzentrierten ihre Kräfte auf diese abseitigen Steine am gänzlich schatzfernen Ufer. Die alte Burgmauer feierten diese Toren mit einem Fass Bier. Neben Meerkatz stand der König im dichten Gehölz, das weite Teile der Insel bedeckte und das Vorwärtskommen erschwerte. Es pressierte ihm sehr mit Ergebnissen – wie gerne hätte er zu dem schönen Remurien-Feste, das er seinem kleinen Bruder Henri gewidmet hatte, das Remusgrab präsentiert. Der Monarch zeigte mit seinem Dreispitz in Richtung der Mauer-Grabungsstätte:

»Meerkatz, finden Sie nicht auch, dass die Arbeit dort drüben verschwendet ist? Diese Trümmer seindt ja doch offenbar nichts als der alte Burgwall. Mich deucht, hier, wo Sie zunächst gesucht, wäre die viel bessere Stelle für ein Grab. Sollen wir nicht hier ebenfalls weiterforschen?«

Meerkatz widersprach nicht. Wenn er es geschickt anstellte, konnte er diese Grabung, weit abgesondert, auf königlichen Sonderbefehl ausführen.

»Wenn Majestät gestatten, werde ich mich hier persönlich umsehen. Ich bin tatsächlich Ihrer Ansicht: Hier scheint etwas zu liegen. Doch ich will alleine danach graben. Die agrarischen Helfer wissen zwar inzwischen mit Tartuffeln umzugehen, aber nicht mit Zeugnissen der Vorgeschichte. Lassen wir sie ruhig bei den Steinen der Mittelzeit, während ich hier in die Antike mich vortaste.«

»Monsieur, das seindt vorzüglich. Berichten Sie mich über Ihre Anstrengungen und Ergebnisse – es wäre mir freilich lieber, ich würde mit Ihrer Hilfe selbst etwas von Remus' Resten oder gar seinen Sarkophag finden, als wenn Profane dies tun, die mit dem Ort keinerlei Sentiment verbindet. Sollten Sie daher hier etwas finden, Monsieur, erstatten Sie umgehend Meldung, hören Sie? Dann können wir es den Ungläubigen aus dem Vatikan vorführen. Guten Tag, Monsieur.«

Oranienburgs frühere Pracht war dahin, aber die Reste vormaliger Schönheit zeugten noch immer von der Größe der Vorstellungswelt und der Heimatliebe der Erbauerin, der klugen Oranierin Luise, die sie vor mehr als zwei Menschenaltern hervorgezaubert, und dem feinen Kunstsinn Friedrichs I., welcher Oranienburg vollendete, sodass es mit den berühmtesten gleichartigen Anlagen, mit Salzdahlum, der Schöpfung des Herzogs Anton Ulrich von Braunschweig-Wolfenbüttel, mit dem Lustschloss des Hannoveraners in Herrenhausen, ja sogar mit dem des Sonnenkönigs in Marly, in Wettbewerb treten konnte. So hatte Sophie Dorothea es als junge Kronprinzessin gesehen. August Wilhelm hatte sich nach besten Kräften bemüht, die vernachlässigte Herrlichkeit des Ortes und des Schlosses wiederherzustellen, zu retten, was noch zu retten war, und es dem veränderten Geschmack anzupassen. Oranienburg war ein Sinnbild für die Wandelbarkeit aller Ideale, in fünfzig Jahren hatte sich das Drama alles Lebens an diesem von einer einsamen Frau gehegten und gepflegten Kleinod vollzogen. Am Ende stand die Verwahrlosung. August Wilhelms Gattin Luise, eine Schwester der regierenden Königin Elisabeth Christine, war mit ihrem zweijährigen Sohn Wilhelm in die entlegenste Ecke des zweiten Stockwerks nahe der ehemaligen Schlosskapelle im nordöstlichen Flügel verbannt, wo sie ihrem Manne nicht häufig begegnen konnte. Dort verbrachte sie, mit ihrem Kinde spielend, ihre einsamen Stunden. Bei ihrer Schwiegermutter stand sie nicht in hohen Ehren, wenngleich sie der Krone den Erben geboren hatte. Der Prinz von Preußen übernahm nun, mit seiner Frau und den Übrigen anlangend, die Rolle des ehrsamen Hausherrn. Sie stand dem Weiberhelden schlecht zu Gesicht ... Jeder lächelte mit mehr oder weniger Nachsicht über eine derlei dreiste Komödie und schüttete über die arme Luise hinter vorgehaltener Hand Speikübel des Spottes aus. Der Prinz führte seine Mutter in die für sie bereiteten Räume. Sie fühlte sich frisch, trotz der drückenden Hitze und der staubigen Fahrt, die hinter ihr lag, und ließ sich auch sofort nach dem Austausch einiger Komplimente zu ernstem Tun am Spieltisch nieder. Einmal bei ihrem L'hombre, erhob sie sich nicht sobald wieder aus ihrem Sessel. Erst um neun Uhr, zur Souperstunde, wurde sie gestört. Die herrlichen Wildgerichte, darunter auch Langustiers Klassiker, Kaninchen nach Art des Languedoc, erfreuten die Gaumen zwei Stunden lang. Um elf wünschte die Königinmutter der Tafelrunde eine gute Nacht und zog sich auf ihre Zimmer zurück. Die jungen Herren und Damen atmeten befreit auf, denn nun durfte man sich erinnern, dass eine sammetwarme Frühsommernacht draußen darauf wartete, in tiefen Zügen genossen zu werden. Von Liebe schwärmend und singend, die letzte leichte Panzerung von den Herzen streifend, zogen die Paare Arm in Arm in den dunklen Park hinaus und zerstreuten sich zwischen den verschwiegenen Hecken und Laubgängen. Langustier und das Fräulein von Buchholtz würdigten den Abend derweil in Langustiers Kammer nicht minder gebührend.

Mittwoch, 29. Juni 1746

Nach dem Essen bestieg man die Kutschen zur Weiterfahrt nach Rheinsberg. Der Sommer war gnadenlos hereingebrochen. Dergleichen Temperatur hatte man Ende Juni noch niemals erlebt, wie die Königinmutter, die ja von allen schon die meisten Sommer hinter sich hatte, nicht müde wurde zu betonen. Es herrschte plötzlich eine so schreckliche Hitze, dass den Damen wie den Herrn das Laufen und Atmen überaus schwer wurde, obschon man sich unter Vernachlässigung der Kleideretikette Erleichterung verschaffte. Durch Parasols suchte man sich gegen die stechenden Strahlen zu schützen. Aller Bestreben ging dahin, die dreistündige Fahrt nach Rheinsberg so rasend wie möglich zu gestalten, um sich wechselweise am Kuschfenster im freilich gelinden Fahrtwind zu kühlen oder gar einen Platz auf dem Kutschbock zu gewinnen. Das jedoch hatte auch seine Nachteile, denn der Sand auf den trockenen Wegen wurde durch die hundert Pferde, die den Tross der Königinmutter und der übrigen Gesellschaft zogen, derart aufgewirbelt, dass sich der gesamte Wagenpulk in einer einzigen lang gezogenen Staubwolke vorwärtsbewegte. Dennoch hatte man die begehrten luftigen Ansitze in einer Tombola verlost. Die Fahrt ähnelte zuletzt einem Wettrennen. Man galoppierte mit verhängtem Zügel dahin, die Fahrzeuge durchschnitten den Staub, und jeder Kutscher war bestrebt, an die Spitze zu kommen, um klare Luft vor sich zu haben oder überhaupt nur wieder etwas anderes von der Strecke zu erblicken als das Heck des Vorausfahrenden. Selbst die im Vorspanndienst stehenden Bauern ließen sich von der Laune anstecken und hieben auf ihre Schindmähren ein. Der Baron von Pöllnitz verfolgte die rasante Entwicklung anfangs noch mit Belustigung. Doch als es die ersten Radbrüche gab und einige Gefährte bereits zurückgeblieben waren, wandelte sich seine Fröhlichkeit in Besorgnis, denn er dachte an die Küchengerätschaften und Rohstoffe für das abendliche Souper, die im Küchenwagen transportiert wurden. Die Kutscher achteten kaum mehr auf die Begrenzung des Weges. Keinem unvermutet auftauchenden Hindernis, sei es ein Baumstumpf, sei es eine Ameisenburg oder ein Heuhaufen, wurde mehr ausgewichen. Mittelprächtige Findlinge wurden mit zusammengekniffenen Augen überfahren. Mitunter, wenn die Strecke es zuließ, etwa auf der freien Heide, rasten die Kutschen zu fünft oder sechst parallel nebeneinander her. Gerade schickte sich Pöllnitz' Kutscher an, zwei andere zu überholen. Die Kutscher und ihre Beifahrer auf den Kutschbänken jauchzten und befeuerten das Rennen noch durch ungezügelte Rufe. Besonders tat sich de la Vallé hervor, dessen Kutsche, auf deren Bock er sich einen Logenplatz erobert hatte, sich auf der anderen Seite nach vorn geschoben hatte. Pöllnitz konnte de la Vallés fast wollüstig verzerrte Miene sehen. Die drei Kutscher, jetzt in einer Linie nebeneinander, schrien, peitschten und warfen hasserfüllte Blicke nach rechts und links zu ihren Konkurrenten. Ganz so hätte man sich wohl ein Wagenrennen im alten Rom vorzustellen, dachte Pöllnitz, während sein Kutscher zum Vorpreschen ansetzte. Sie hatten nicht genügend Fahrt, um einfach an den anderen vorbeizuziehen. Der Fahrer der mittleren Kutsche steigerte ebenfalls das Tempo, als sie fast gleichauf mit ihm waren. So fielen sie wieder um eine halbe Pferdelänge zurück, hielten sich jedoch beharrlich in dieser Position, was dem Baron Gelegenheit gab, schräg von oben einen Blick durch das schmale Kutschfenster in den mittleren Kutschkasten zu werfen. Viel war nicht zu sehen, denn die Sonne fiel nur spärlich in das Kabineninnere. Doch wurde es jetzt möglich, Einzelheiten zu erkennen. Was er erblickte, war zunächst schwer einzuordnen. Waren das gelöste schwarze Haare oder ein Vorhang, war das eine Hand, die etwas umklammert hielt? Sah man da nicht die entblößten, leuchtend weißen Schultern einer Dame, und links vor ihr, war das nicht ...? Langustier und das Fräulein von Buchholtz?! Pöllnitz rieb sich die Augen, um besser zu sehen. Just überrumpelten sie einen trockenen mürben Stubben, sodass er einen Satz noch oben machte und fast abgeworfen worden wäre. Schnell krallte er sich wieder an den Streben des Bockes fest. Was er nun sah, ließ ihm die Haare zu Berge stehen: Monsieur de la Vallé griff beherzt dem Kutscher neben sich in die Zügel und riss den Wagen nach links, so dass er den mittleren touchierte. Der Wagen mit ... ja wirklich: Langustier und dem Fräulein von Buchholtz ... geriet ins Schlingern, fiel jetzt auch zurück, sodass Pöllnitz im Vorbeiziehen nur noch sehen konnten, wie die beiden Leiber durch die Kabine geschleudert wurden. Dem Fiaker ganz rechts gelang es mit Ruderbewegungen, lauten Rufen und Peitschenhieben, sein Vehikel unter Kontrolle zu bringen. De la Vallé schien das für einen Spaß zu halten, er lachte triumphierend, während seine Kutsche das Rennen machte und sich an die Spitze setzte. Vor Langustiers Wagen bäumten sich die Gäule auf. Der Kutscher tat sein Bestes, doch die mit Gras und Büschen bestandene Ebene verwandelte sich jäh in ein leicht abschüssiges, von Bäumen und Gräben durchzogenes Gelände. Mit einem Knall, auf den ein Splittern und Bersten folgte, stoppte die Bewegung des schlingernden Wagens. Die Pferde rissen den nur noch auf drei Rädern eiernden Kasten in einen quer zur ursprünglichen Fahrtrichtung verlaufenden Graben, wo er sich kurz aufbäumte und dann überschlug. Der Kutscher war gerade noch rechtzeitig abgesprungen, um dem Tod zu entgehen. Die Deichsel brach, die Pferde kamen ohne Sturz davon. Die Reste der Kutsche schlugen gegen einen Holunderbusch; nach einem letzten Rumpeln stand sie wieder aufrecht da – ohne alle

Räder. Der Kutscher hatte sich aufgerappelt und lief zu dem Wagenschlag, aus dem nun – Pöllnitz sah es mit Erleichterung – zwei schwer derangierte Personen stiegen.
»Machen Sie Halt, guter Mann. Wir müssen umkehren – die Kutsche neben uns hatte ein Malheur.«
»Was Sie nicht sagen, Monsieur«, schnaubte der Kutscher.
Als sie umgedreht hatten und sich an der Stelle der Havarie einfanden, stets in Gefahr von einem noch nachfolgenden Gefährt gerammt zu werden, kam der Fiaker des Unglückswagens wutentbrannt auf sie zu und schrie:
»Der Hundsfott zu meiner Rechten hat mich abgedrängt! Der Hundesohn!«
Pöllnitz suchte die Wogen zu glätten:
»Ich bitte Sie! Es war ja doch nur ein bedauerlicher Unfall!«
»Unfall? Der wollte uns von der Straße fegen!«
Pöllnitz schüttelte abwehrend den Kopf. Er wendete sich dem Fräulein von Buchholtz und Langustier zu, die sich erschöpft auf den Boden gesetzt hatten, sich Arme und Schienbeine hielten und leise jammerten. Die haltende Kutsche der Königinmutter erlöste Pöllnitz vom drängendsten Problem: das gefallene Fräulein aus ihrer unangenehmen Lage zu befreien. Fräulein von Sonsfeld nahm todesmutig neben dem Kutscher Platz, der sich darüber sehr freute. Mademoiselle Buchholtz, in zerwühlten Kleidern und zerschunden, das aufgelöste Haar mit den Händen notdürftig zusammenhaltend, schlüpfte in die Kutsche zur Königinmutter. Man fuhr davon.
Pöllnitz wandte sich an Langustier:
»Sie hatten Fortune, trotz allem. Es hätte Ihr Ende sein können.«
»Nun ja, eine Unwegsamkeit, eine Wurzel ...«
Pöllnitz wiegte den Kopf.
»Monsieur de la Vallé hat das Spiel übertrieben, indem er seinem Kutscher in die Zügel fasste, wenngleich man es ihm schwer wird

beweisen können. Er wird es leugnen und seinem Wagenlenker genügend zahlen, dass er schweigt. Man sollte Gott danken.«
Langustiers Miene war ausdruckslos. Dann erst schien er die Peinlichkeit der Lage, in der Pöllnitz ihn überrascht, zu begreifen.
»Bitte alles, nur kein Aufsehen, Baron … Bedenken Sie, in welchem Auftrag ich unterwegs bin. Es ist schon depravierend genug, dass mich Ihre Majestät in zerfetztem Habit neben dem Fräulein von Buchholtz hat sehen müssen. Wenn Sie es einrichten können … Über diesen Vorfall, Monsieur, bitte ich Sie zu schweigen. Und falls Ihre Majestät die Königinmutter versuchen sollte, nach Einzelheiten zu forschen, verraten Sie um Himmels willen nichts, auch unter Folter! Weinkeller und Küche stehen Ihren Wünschen offen. Sie brauchen nur zu sagen, was Sie für Ihre Dienste verlangen!«
Pöllnitz nickte lachend.
»Selbstredend, Monsieur. Ich werde es schon hinzubiegen wissen …« Nach einer Pause der seligsten Überlegung fügte er hinzu: »Zwölf Flaschen Burgunder Ancienne Cuvée Carnot, Jahrgang 1731. Dazu eine Ihrer göttlichen Fasanenpasteten, an denen ich mich totessen könnte.«
»Burgunder von Bouchard in Beaune – ein Volnay-Cailleret aus ihrem Gründungsjahr. Dazu Fasan à la Langustier … Eine Wahl, die dem Gourmet und Gourmand Pöllnitz gleichermaßen Ehre macht.«
Langustier seufzte. Dafür müsste er dem König tief in die Tasche greifen.
»Haben Sie irgendetwas über den Briefschreiber erfahren?«
Pöllnitz schlug sich leicht mit der flachen Hand gegen die Stirn.
»Wie konnte ich das vergessen. Warten Sie. Nein, über den Schreiber nichts … Aber, hier – habe ich eine Nachricht der Madame de Fourmont für Sie – oh, mein armer Kopf, es sieht darin schlimmer aus als in dem Ihren nach dieser schweren Katastro-

phe. Ich hätte den Burgunder zu meiner Heilung jetzt auf der Stelle nötig. Kommen Sie, steigen Sie ein, wir wollen den Anschluss nicht verlieren.«

Immer noch rumpelten die Wagen durch den Staub. Langustier, begierig, die Neuigkeiten zu erfahren, die ihn vielleicht von seinen Schmerzen ablenken würden, kletterte mit dem Baron in die Kutsche. Zuvor mussten drei Kleidersäcke, die im Inneren verstaut waren, abgeladen und dem havarierten Wagenlenker überantwortet werden. Auf Pöllnitz' Kutsche wäre beim besten Willen kein Platz mehr gewesen, sie sicher festzubinden. Obzwar der Weg nicht eben weit war, hatte der Regent Sorge getragen und dem Chevalier Chasot auf halber Strecke in Lindow, unter einer Eiche, dem schönsten Baum einer ganzen Gruppe, die sich äußerst malerisch über einen grasbesteppten Hügel vor dem Karmeliterinnenkloster zog, den Aufbau eines Buffets anbefohlen. Langustier hatte kein Auge für die Zusammenstellung gehabt und fieberte leicht, wenn er daran dachte, was dieser Lebemann dort an Abenteuerlichkeiten aufgebaut haben könnte. Nichtsdestotrotz überflog er im hohen Wellengang der Kutschfahrt, periodisch ächzend ob der an- und abschwellenden Schmerzen, die ihm sein Gesäß verursachte, den gleichsam fliegenden Baron sich gegenüber auf und nieder schweben sehend, die Briefübersetzung, welche Madame de Fourmont für ihn angefertigt: *Liebster, niemals werde ich die zurückliegenden Nächte vergessen. Was immer auch geschieht, und wer immer auch mich fürderhin erkennt, wird sich an Dir, Herzallerliebster, messen lassen müssen – was kaum jemals einem gut anstehen wird. Mein armer Mann, er dauert mich in all seiner Verschrobenheit, doch ich habe ihn nun einmal erhört und stehe zu meinem Wort. Es ist immer gut, ein festes Band um die wirkliche Welt geschlungen zu halten, auch wenn uns die Träume und die Wollust an andere, verlockende Gestade ziehen … Du verstehst das, denn Du bist ein Mann mit Weitblick. Oh, wie entbrennt mein Herz in Flammen der glü-*

hendsten Liebe, wenn ich Deiner Hände, Deiner Lippen, Deiner Augen und des warmen, tiefen Tones Deiner Stimme gedenke ... Dass Du Dich, mein stolzer Jakobit, der Sache des Prinzen verschrieben hast, macht Dich vollends zu meinem Helden – ach, wenn wir wiederholen könnten, was uns das Schicksal geschenkt hat ... Doch meist ist es, wenn es dann gelingt, eine billige Farce und reicht an unsere Imagination nicht heran, in der die Kandelaber mit deckenhohen Kerzen brennen und Kränze aus Myrrhe das Lager säumen, welches Rosenblätter bedecken ... Und so ging es noch über eine Seite ... Langustier bedauerte den toten Adressaten angesichts des Feuers, das aus diesen Zeilen loderte. Wer war diese schreibende Liebeskranke? Wie auch immer – mit dem vorliegenden Fall hatte das ja offenbar nichts zu tun. *Das Zeugnis unserer Leidenschaft reift unter meinem Herzen heran, und ich werde einen sicheren Platz für unser gemeinsames Kind finden, das verspreche ich Dir. Er soll keinen Verdacht schöpfen, doch das müsste er, weil die jungfräuliche Zeugung der Mutter Gottes vorbehalten ist ... Glücklicherweise bin ich noch bis Mai bei meinen Schwestern, wo ich unser Kind glücklich zur Welt zu bringen hoffe. Ich werde es mitnehmen nach Rheinsberg ... Er ist momentan ganz im Soldatenstande aufgeblüht und vermisst mich nicht ...*
Unterzeichnet hatte eine gewisse *Rose* – die Dame auf dem Medaillon, das Madame de Fourmont sich um den Hals gelegt? Langustier faltete das Papier zusammen. Seine Gedanken waren bei Sophie-Marie von Buchholtz. Was, wenn ...? Aber daran sollte man vielleicht lieber nicht denken. Sie würde einen Weg finden.
»Finden Sie es nicht auch verlockend, dass die süßen Nonnen in Lindow Ihrer Königlichen Majestät die Kur machen werden?«, ließ sich Baron von Pöllnitz vernehmen. »Ich hatte diese Idee erst gestern, und ich hoffe, dass der Chevalier Chasot es ins Werk setzen konnte.«
Das Prämonstratenser- oder Norbertinerkloster in Lindow war

eine Ruine; die Steine, die im Auftrag der Kurfürstin Luise abgetragen worden waren, hatten beim Neubau von Oranienburg Verwendung gefunden. Die Nonnen kampierten in einem unansehnlichen grauen Natursteinverlies, das wie kein zweiter Klosterbau auf der Welt die Bewohnerinnen zur Demut und zum Ablegen aller Hoffahrt anhielt. Pöllnitz hatte all das in die Wege geleitet, weil er blutjunge Schönheiten erwartete, deren Reize noch durch die kirchliche Tracht vermehrt würden. Man hielt in Lindow. Die Erfrischungen des Chevaliers waren untadelig – Wasser, Wein, Obst und belegte Brote. Die Nonnen kamen, doch welche Enttäuschung malte sich in Pöllnitzens Gesicht: Statt der reizvollen Klosternymphen erschien ein Halbdutzend steinalter, gütiger Mütterchen. Der Baron, um die komische Wirkung, die dieses Verhalten auf die ehrbaren Frauen machen musste, nicht im Mindesten bedacht, stürzte zu seinem Wagen und raste mit Langustier davon.

Rheinsberg war im Lauf der Jahre, die der König als Kronprinz daselbst residiert hatte, bedeutend schöner geworden. Als der Knobelsdorff'sche Erweiterungsbau endlich fertig geworden war, konnte man das Schloss schon fast ein Kleinod nennen. Den stärksten Eindruck erregte die Feinheit und Brillanz der Pesneschen Deckenfresken in Bibliothek, Konzertsaal und Salon. Die Bäume im Park, der den Kronprinzen sowohl Mühe als auch Geld gekostet, waren aufgeschossen. Im Sonnengold des Abends gleißte der See, gleich hinter dem Schloss und von diesem nur durch einen kleinen Kai getrennt. Weit konnte der Blick schweifen, von den Schilfgürteln fast das gesamt Ufer entlang gelenkt. Rohrweihen, nach Beute ausspähend, kreisten darüber. Das Wasser brach die letzten Strahlen der Abendsonne zu Myriaden von Brillantfeuern. Am Horizont, am gegenüberliegenden Ufer, standen dunkel, fast schwarz im Gegenlicht, die Eichen des Bobero-Waldes.

Die Königinmutter langte um halb acht mit ihrer Gesellschaft vor dem Rheinsberger Schloss an. Der König stand vor ihrem Kutschenschlag, bot ihr den Arm und führte sie zur Sänfte, in die sie sich entkräftet fallen ließ, als wäre sie die Strecke von Oranienburg hergelaufen. Nun wurde sie in den oberen Stock des älteren Flügels getragen, wo die für sie hergerichteten Zimmer lagen. Es war das ehemals kronprinzliche Logis. Sofort ließ sie sich mit Baron Pöllnitz und Frau von Blasspiel zu einem Spielchen nieder. So lange hatte sie auf ihr geliebtes L'hombre warten müssen, wenngleich sie sich die letzte Etappe der Reise mit dem Abenteuer des Fräuleins von Buchholtz verkürzt hatte, diese, den noch nicht überstandenen Schock außer Acht lassend, mit Fragen zum Hergang traktierend.

Der Zustand des Prinzen Heinrich hatte sich mit jeder Meile gebessert, die man Rheinsberg – seiner künftigen Residenz – näher gekommen war. Er fühlte sich auf einmal nicht mehr kränklich. Noch in Oranienburg hatten ihn die Zahnschmerzen geplagt. Jetzt waren sie verschwunden. Es klopfte an die Tür seines Schlafzimmers, in dem er sich, um die Zeit bis zum Abendessen in wohligen Träumereien hinzubringen, in Hausherrenmanier auf das Paradebett gelagert hatte. Wie sprang sein Herz, als sein Ganymed hereinflog. Er hatte den Geliebten so vermisst!

»Ich habe ein Mitbringsel für Sie, mon Prince«, sagte Pjotr mit verwegenem, schalkhaftem Blick und hob den Kopf von Henris Brust.

»Sag mir, was es ist! Doch zuvor –«

(Henri sah ihn ernst und ein wenig traurig an)

»– musst du mir gestehen, zu welchen Niedrigkeiten dich Zeus auf dem Olymp gezwungen. Du darfst nichts auslassen, denn wenn du mich belügst, so will ich nichts mehr von dir wissen.«

Pjotr lachte. Henri ließ den Blick durchs Fenster in den bereits dämmernden Himmel schweifen.

»Ich weiß, dass er es immer auf die Spitze treiben muss mit seiner Bosheit, und konnte daher kein Wort für bare Münze nehmen, dass er mir geschrieben, nachdem er dich mir fortgenommen. Ich habe seine Briefe verbrannt, so würdelos kamen sie mir vor. Doch die Worte standen nun einmal fest in meinem Kopf. Eine Hure hat er dich genannt und dir Krankheiten angedichtet, die du durch deine zahllosen Liebesdienste für andere an seinem Hof erworben. Auch hat er deine liebreizenden Schultern fleischig genannt! Welch garstiges Wort.«

Pjotr lachte hell und klar. Er sprach feierlich:

»Fürwahr und so unzutreffend. Sind diese zarten Schultern etwa ... fleischig?«

»Nicht im Mindesten ...«

»Und auch den übrigen schmutzigen Spott habe ich nicht verdient, weder in Gedanken noch durch Taten. Er hat sich mir nicht ein Mal vertraulicher genähert, als meine Stellung als Mundschenk es mit sich bringt, und auch sonst keiner an seinem Musenhof. Er ist, das möchte ich sagen, im Ganzen doch ein Mönch. Mit garstigen Marotten versehen und seinen Höflingen eine lebende Qual, doch kein Unmensch. Er ist im Grunde höflich und fein, mit einem Hang zur Drastik. Ich glaube, wenn Sie mir dies verstatten zu bemerken, dass er seine üble Art nur herauskehrt und kultiviert, um sich die Menschen vom Leib zu halten.«

Henri richtete sich auf und umarmte den Geliebten.

»Oh, wie bin ich froh, dass alles nur erlogen ist. Wie bin ich froh.«

Um neun, als zum Abendessen gerufen wurde, kleideten sie sich an. Bereits im Hinabsteigen fragte Henri:

»Und mein Mitbringsel?«

Pjotr Prusskow lächelte und flüsterte:

»Zuerst nur ein Rätsel: *Ich bin es selbst und bin's doch nicht.* Gedulden Sie sich bis morgen.«

Donnerstag, 30. Juni 1746

Langustier hatte sich seine Ankunft anders vorgestellt. Zerschunden und zerrüttet stand er in der Rheinsberger Schlossküche. Der Unfall hatte dank des diplomatischen Pöllnitz und reichlich Schmiergeld für die Kutscher verheimlicht werden können. Aber die Schmerzen wurden deshalb nicht geringer. De la Vallé war dem Unheilskutscher in die Zügel gefahren … Fast sah das nach Absicht aus. Aber dieser Gedanke war ja absurd. De la Vallé? Er überblickte das im Wesentlichen fertige Menü: Suppe à la Suisse, mit Porree, Parmesan und Huhn, Schinken mit Mohrrüben, Torte von Hühnerklein, Granate mit Kalbfleisch gefüllt, Fulm à l'Espagnol mit grünen Erbsen, Zander mit Kapernsauce, Rindfleisch mit Meerrettich, gebratene Kapaune, Lammbraten mit Grüner Sauce, Spargel. Er hegte normalerweise nur die aufrichtigsten Gefühle der Sympathie für die Königinmutter, doch an diesem Tag empfand er ihre Art, aufzustehen, wann es ihr gefiel, und der übrigen Gesellschaft die Zeit lang werden zu lassen, als unerträglich. Die vielen Fleischgerichte drohten ungenießbar zu werden. Sie sanft warm zu halten, war kaum möglich. Die Töpfe kamen in einem peinlich genau einzuhaltenden Turnus jeweils für ein, zwei Minuten übers Feuer. Eine Postenkette reichte durchs ganze Schloss, um alle Regungen des weit verzweigten adeligen Organismus, dessen schlaftrunkenes Herz an diesem Tag die Königinmutter war, wahrzunehmen und das sehnsüchtig erwartete Erwachen dieser allerhöchsten Person abwärts durch die weiten hohen Korridore des schönen Gebäudes in die Küche zu melden. Die Despotie des Ausschlafens: eine subtile Quälerei für jeden

Frühaufsteher – wie etwa den König – und für alle Geschäftigen in subalterner Position. Für den Dienstfertigen gibt es nichts Nervenverzehrenderes als das Nichtstun. Wiewohl es Sommer war, lief Langustier in Gedanken wieder übers Eis der Seen, sah den Engländer richtungslos im Schneegestöber umherirren, auch schwankende Gestalten auf der Remus-Insel kämpfen. Er schüttelte sich. Es wollte sich noch immer keine Klarheit einstellen. Da kam das Signal zum Beginn.

Der Nachmittag verstrich mit den Zurüstungen für das Schauspiel, mit dem man die ahnungslose Königinmutter überraschen wollte. Baron Pöllnitz besprach mit Langustier das Festprogramm: Theater, Feuerwerke, ein Picknick im Bobero sowie wahrhaft gigantische Tafeln. Das Theaterstück war den Beteiligten äußerst wichtig.
»So umständliche Vorbereitungen sind mir im Leben noch nie vorgekommen«, meinte der Baron mit Blick auf die Schauspieler, die sich heimlich in die Grotte begaben, um den *Britannicus* ein letztes Mal zu proben. »Ich bin zu glauben versucht, dass die traurigen Ereignisse, die den Inhalt des Stückes ausmachen, seinerzeit in Rom kein größeres Durcheinander verursacht haben, als es ihre Darstellung unter den Rheinsberger Mimen vermag.«
Langustier bat Pöllnitz um eine Zusammenfassung, denn er war dieses Stückes bislang weder ansichtig geworden, noch hatte er es gelesen.
»Britannicus war der Sohn des römischen Kaisers Claudius und der Valeria Messalina. Seinen Beinamen Britannicus erhielt er anlässlich der Eroberung Britanniens. Britannicus stand immer in Konkurrenz zu Nero, dem adoptierten Sohn des Claudius. Nero war der Sohn der Agrippina und des Gnaeus Domitius Ahenobarbus. Als Agrippina ihren Onkel Claudius heiratete, wurde Nero der Stiefbruder von Britannicus. Nachdem Agrippina ihren Mann Claudius aus dem Weg geräumt hatte, setzte sie Nero als

dessen Nachfolger ein. Wegen Neros zunehmend schlechter werdenden Lebenswandels favorisierte Agrippina allerdings bald seinen Stiefbruder Britannicus. Nero ließ Britannicus vergiften, um Kaiser zu werden.«
»Und wie macht sich der muntere Bielfeld in der Rolle des Schurken Nero?«
»Erstaunlich gut, um nicht zu sagen: vortrefflich! Wie natürlich auch sein Gegenspieler, Britannicus, der Prinz von Preußen.«
»Weiß man übrigens, wie er vergiftet wurde – der echte Britannicus?«
»Durch ein Pilzgericht.«
»Dann werde ich mir erlauben, eine kleine Speiseplanänderung zu verfügen, auch ohne königliche Permission.«
Sie lachten herzlich. Unversehens kam ein Brief für Langustier: von Eller aus Berlin – eine kurze Liste englischer Adelsgeschlechter, in denen das Phänomen der Schwimmhäute vorgekommen war. Er überflog die Reihe und war nicht schlauer als zuvor.

Heinrich konnte es kaum erwarten, dass der Geliebte erschien. Als er kam, waren es denn auch nur ein paar gehauchte Küsse, die sie tauschten, bis der Prinz nach seinem Präsent fragte.
»Du hast mich mit deinem Rätsel sehr neugierig gemacht. *Ich bin es und bin's doch nicht.* Was mag das nur bedeuten? Dich besitze ich doch längst? Du kannst dich mir freilich stets aufs Neue schenken, doch wie solltest du dann das Mitbringsel doch nicht verkörpern? Ich begreife es nicht …«
Lächelnd zog ihn Pjotr hinaus. Sie gelangten, stets darauf bedacht, die Wege der übrigen Gesellschaft nicht zu kreuzen, durch das Ankleidezimmer und eine Bedientenwohnung zu einer engen Treppe, die auf den Schlossboden in die dritte Etage führte. Hier gab es nichts als eine lange, fast leere Raumflucht. Etwas Gerümpel lag unter der Dachschräge vor den verwaisten Bedientenkammern in den Kopfbauten, über der Front, wo außen die

Musen-Figuren von Glume standen. Pjotr führte den Prinzen indes bis vor den südlichen Turm, wo es eine weitere Stiege gab. Sie kletterten in die vierte und oberste Etage, zu einem der beiden höchsten Punkte des Schlösschens. Als der Prinz in den kleinen runden Raum trat, in den sich normalerweise höchstens einmal ein Handwerker verirrte, und nachdem er traditionsgemäß seinen Namen in eine der hölzernen Treppenstufen des Aufganges geritzt, legte ihm Pjotr die Hände auf die Augen. Vorsichtig drehte er ihn ein Stück, bevor er seine Hände fortnahm. Henri stieß einen kleinen Schrei aus, in dem sich Freude und ungläubiges Erstaunen mischten. Vor dem Fenster zum See stand eine weiße Gestalt, die im ersten Augenblick wie ein Gespenst aussah. Ein wunderschöner Geist, eine Figur von solch betörender Schönheit, dass dem Prinzen augenblicklich das Blut in den Adern pulsierte. Pjotr beobachtete die Szene mit unverhohlener Genugtuung. Der Gesichtsausdruck Henris schwankte zwischen Wonne und Entsetzen.

»Was hast du getan? O Törichter, Geliebter! Armer, Geblendeter. Die Liebe hat dich alle Schranken der Moral vergessen und hintansetzen lassen.«

Pjotr stammelte:

»Ich … ich …«

»Jetzt verstehe ich dein Rätsel: Ja, du bist es, du bist mein Ganymed – und bist es doch nicht, denn es ist der marmorne Ganymed. Der für Woronzow bestimmt ist. Du schrecklicher Räuber hast ihn für mich geraubt, da du um meinen sehnlichsten Wunsch weißt, nach Italien zu reisen und Antiken zu sammeln.« Er schloss Pjotr in die Arme. »Ich werde es aus der Welt schaffen. Es wird niemand erfahren, dass mein Ganymed es war, der den Ganymed stahl. Ich werde es gegen meinen Bruder als einen Scherz auszugeben wissen. Eine Vergeltung für gewisse Worte, die er verwendet hat.«

Die letzten beiden Tage waren eine Tortur gewesen. Meerkatz fühlte seine Kräfte erlahmen und wusste doch zugleich, dass es nun galt, alles zu geben. Gleich nach dem Diner war er wieder auf die Remus-Insel geeilt, wo inzwischen die Hölle los war. Zu den Bauern waren noch die kasachischen Feuerwerker gekommen, die im Auftrag Sr. Königlichen Majestät die Spitze des kleinen Inselberges in einen künstlichen Vulkan verwandelten. Er nutzte jede freie Minute, um den einstigen Brunnenschacht mit dem geheimnisvollen Querschlag zu finden. Immer wieder konsultierte er den Plan und die neueste topografische Karte der Gegend von Schleuen. Er war sich ziemlich sicher, an der richtigen Stelle in den Kies des Untergrundes zu hacken, in einem schmalen Graben kauernd und das gelockerte Material mit zwei ledernen Eimer aufnehmend, die er anschließend etwas seitlich auskippte. Der Hof würde bis auf Weiteres ohne ihn auskommen müssen. Er fühlte sich seinem Ziele nah. Zwei Blendlaternen für die Nacht standen bereit.

Der Abend kündigte sich an, doch die Sonne stand noch immer sommerlich hoch. Konstantin Woronzow nahm die zierliche Schaufel, die man ihm gereicht hatte, und kratzte im Sand hinter dem Rheinsberger Schloss, wo im abgeräumten Zentrum eines Blumenbosketts eine Überraschung für ihn vergraben lag. Um ihn her standen Herren und Damen der Hofgesellschaft des preußischen Königs, in dessen Miene sich Belustigung abzeichnete. Auch Langustier hatte sich, leicht humpelnd und die Schmerzen in den Gliedern missachtend, unter die Schaulustigen begeben. Woronzow waren die Strapazen seiner langen Reise nicht anzumerken. Kräftiger bewegte er den lockeren Untergrund. Wollte man ihn hier vorführen? Ein Russe gräbt auf preußischen Befehl … Welch ein Spaß. Auf einmal aber stieß er mit dem Spaten auf einen Widerstand. Er sah mit gespieltem Erstaunen zum König, der zwei Lakaien heranwinkte, damit sie die Grabung zu

Ende führten. Unter Lachen und Applaus der illustren Gesellschaft, die Sonnenschirmchen und Fächer zu der Szene rührte, wurde ein roher Fichtensarg geborgen. Eine Holzkiste. Woronzow blickte unsicher auf das Objekt. War das nicht doch einer der berüchtigten Scherze dieses kleinen Potentaten? Wollte man ihn zum Besten halten, indem man ihm die Rolle des Totengräbers zuteilte? Mit geübten Griffen jedoch entfernten die Bedienten jetzt den Deckel des seltsamen Behältnisses. Und, was Wunder: Ein Ganymed aus weißem Carraramarmor lag darin. Woronzow strahlte. Wenn es etwas gab, das er liebte – außer den heißen Quellen Südfrankreichs –, dann waren es die Bildwerke der Alten. Die Gesellschaft lachte und rührte die Hände zu einem höflichen Applaus. Der König zog den Hut und trat einen Schritt näher, während die Figur auf ein Postament gestellt wurde.
»Nehmen Sie, Kanzler Woronzow, diese Statue als Zeichen meiner innigsten Verbundenheit mit ihrem Volke, in dessen reicher Kunsttradition die Schachtelpuppe mir immer besonders charmant erschienen ist.«
Woronzow lachte. Die Ausgrabung hatte ihm ein paar Schweißperlen auf die breite Stirn getrieben. Bereitwillig nahm er das ihm dargebotene Glas Champagner.
»Eure Königliche Majestät wissen zu beschenken!«
Prinz Heinrich sah zu Pjotr. Da dieser die Figur zuvor auf den Sockel gestellt hatte, mochte man sein rotes Gesicht der körperlichen Anstrengung zuschreiben. Der König hatte sich geneigt gezeigt, über die dunklen Hintergründe des zeitweiligen Verschwindens gnädig hinwegzusehen, nachdem als ausgemacht gelten durfte, dass der Brand nicht in ursächlicher Beziehung zu der »Entlehnung« stand. Heinrich hatte sich zu einiger Dominanz aufgeschwungen und dem Bruder einen Kriegshandel, einen Geiselaustausch vorgeschlagen: der steinerne Ganymed gegen den Ganymed aus Fleisch und Blut. Der König hatte ungläubig geschaut, dann laut gelacht.

»Mein Bruderherz, Sie erstaunen mich. Dass Sie die Liebe zu solcher Kriegstat ertüchtigt hätte, wäre mir im Traume nicht möglich erschienen. Das zeugt von Sentiment. Ich bin erfreut und ergebe mich in dieses Manöver. Ein taktischer Schachzug, der meine Strategie auf eine so raffinierte Weise unterläuft, dass ich nicht umhin kann, ihr höchstes Lob zu spenden. Ich füge mich darein und akzeptiere Ihre Bedingung.«

Der Vizekanzler bedankte sich gerade beim König, und dieser versäumte es nicht zu bemerken, dass sein Bruder Heinrich, der Schlossherr und Gastgeber – ein Wort, bei dem Henri sich streckte und Woronzow linkisch anlächelte –, einen wenigstens gleich großen Anteil an jenem Präsente habe. So wurde auch Prinz Heinrich vom russischen Vizekanzler wärmstens bedankt und sonnte sich in der beifälligen Anerkennung seiner Gäste.

»Eine schöne Geste, Prinz«, sagte ein kleiner, dicker Herr im gelben Rock. Es war der russische Botschafter Groß, der mit Woronzow zur Gesellschaft gestoßen war.

Langustier, der im Laufe des Festaktes hin und her überlegt hatte, wie er es am besten anstellen sollte, den russischen Botschafter beiseite zu nehmen, ergriff die Gelegenheit, als Groß wenig später wortlos auf den See hinausblickte. Er trat zu ihm, wies sich diskret aus und fragte ihn rundheraus nach den Geschehnissen in jener fernen Winternacht, dort, in ihrer beider Blickrichtung, hinter dem Streifen Wald, auf dem Großen Rheinsberger See.

»Ich habe viel über jenen Abend gehört. Was ist Ihnen vom abschließenden Spaziergang übers Eis in Erinnerung?«

»Monsieur Groß? Könnte ich Sie kurz …«

De la Vallé hatte sich mit der Grandezza des Weltmannes herangeschoben und zog den Botschafter von Langustier weg. Unglücklicherweise jedoch stürzte im selben Moment Madame de Fourmont so unglücklich, dass sie einen Lakaien samt Tablett umriss. Eine Ladung Bowle ergoss sich über de la Vallés feines Gewand.

»Merde!«

Während der Begossene Zeter und Mordio schrie über dieses Missgeschick und die ungeschickte Dame *in der Hölle Feuerofen* wünschte – ein seltsamer Wunsch, angesichts des fatalen Charlottenburger Feuers unter ihrem Bett, wie es Langustier vorkommen wollte –, zwinkerte sie dem Hofküchenmeister in einer sehr eindringlichen Weise zu und bedeutete ihm, mit Groß Land zu gewinnen und in der Befragung fortzufahren. Irritiert ließ sich der Botschafter beiseite nehmen. Hinter einer dickbauchigen Vase fragte Langustier, das Erstaunen über die offenbar absichtsvolle Aktion der Fourmont innerlich niederhaltend:

»Sahen Sie in der Nacht auf dem Eis den Engländer noch einmal?«

»Äh ...«

»Monsieur Groß, es ist sehr wichtig.«

De la Vallé hatte wieder Witterung aufgenommen und die beiden hinter der Gartenvase ausgemacht.

»Nein, der Bediente des Trist...«

»Monsieur, Sie müssen verzeihen ...«

De la Vallé schien sehr daran interessiert, das Gespräch zu hintertreiben.

»Wohin lief er?«, fragte Langustier entschieden.

»Monsieur«, rief de la Vallé – mit einem gestischen Wink an den Botschafter, nichts zu sagen. Groß, fand Langustier, bewies jedoch wahre Größe, indem er fragte:

»Wer? Der Bediente?«

»Monsieur!«

De la Vallé zerrte förmlich an ihm. Groß war empört:

»Was erlauben Sie sich? Sehen Sie nicht, dass ich mich mit des Königs Hofküchenmeister unterhalte?«

Das wirkte. Langustiers vordringlichste Frage galt de la Vallé:

»Was haben die Rheinsberger Herren denn miteinander abgesprochen, in Abwesenheit des Botschafters? Eben die unverfängliche Version, die mir aufgetischt wurde, nehme ich an: dass Sie niemanden gesehen haben, allenfalls einen einsamen Schlittschuhläufer. Tristwitzens Bedienter sagte, der Engländer sei allein durch die Reck in Richtung Rheinsberg gelaufen.«
»Monsieur«, begehrte de la Vallé ein letztes Mal kryptisch auf.
Groß ließ sich nicht beirren.
»Wir trafen nur den Diener auf halbem Wege in Richtung Schlaborn. Er hatte den Engländer nach eigenen Angaben begleitet, doch diesen sahen wir nicht. Der Bediente schien konfus, und es war nicht herauszubringen, in welche Richtung er wollte und warum.«
Groß lachte, bevor er fortfuhr:
»Vom Engländer fehlte jede Spur.«
»Hörten Sie nicht Stimmen auf der Insel? Sahen Sie dort jemanden kämpfen? Der Diener fabulierte von etwas Derartigem.«
Groß sah de la Vallé spöttisch an.
»Zwei Spaßvögel balgten sich dort, der eine steht neben uns. Monsieur de la Vallé wollte offenbar diese Albernheit verschwiegen wissen – sein Kontrahent war der Gewürzhändler Roskusch.«
De la Vallé seufzte tief.
»Roskusch?«, fragte Langustier erstaunt. »Sind Sie sicher? Ich glaubte, der hätte längst im Bett gelegen, im Forsthaus?«
»Da müssen Sie falsch berichtet worden sein, Monsieur.«
Langustier blätterte in seinem Notizbuch. Hamiltons Aussage bestätigte die Version von Groß: Roskusch war offenbar beim Eisgang nach Mitternacht doch mit von der Partie gewesen.
»Worum drehte sich dieser handgreifliche Streit, wenn die Frage erlaubt ist, Monsieur de la Vallé?«
»Eine Ehrensache unter Chevaliers, Monsieur. Von mir erfahren Sie darüber kein Sterbenswörtchen.«

Damit drehte er sich um und entschwand.
»Weshalb interessiert Sie das alles?«, wollte nun Groß von Langustier erfahren.
»Nun ja. Der Engländer, den Sie damals lebendig erlebten, ist tot aufgefunden wurden. Er steckte im Eis des Sees vor der Insel. Er wurde allem Anschein nach noch in der Nacht der Soireé getötet!«
»Mein Gott! Aber da ist der Abbé außer Verdacht – er ist auch Jakobit.«
»Der Abbé? Jakobit?«
Mit einem Mal fiel es Langustier wie Schuppen von den Augen und er kombinierte: De la Vallé war *vom Thal*. Er kramte den ersten Brief hervor, der aus der Jacke stammte, die Moore – Harris – in seiner letzten Nacht getragen hatte: *Ich weiß aus einem Gespräch mit dem Abbé, d. i. vom Thal, wenn Du weißt, wen ich meine, dass er ein eifriger Leser ist.* Der ominöse Briefschreiber kannte also Monsieur de la Vallé! Viel weiter half das nicht. Oder doch? *Mit getrennter Post schicke ich Dir etwas, das unseren Absichten dienlich sein könnte.* Das klang sehr nach Verschwörung.
»Ergebenster Diener, Monsieur«, wandte sich Langustier wieder an Groß, »ich bitte Sie, meine unhöfliche Art zu entschuldigen. Haben Sie sich mit dem Engländer näher unterhalten?«
»Ja, wir sprachen über die vielfältige Bedeutung der Bücher als tröstendes Substitut des Lebens, aber auch über ihre verheerende Rolle in der Politik, als Instrumente der Propaganda. Der Herr war ja Buchhändler.«
»Soweit ich inzwischen weiß, darf man dies bezweifeln. Er hatte ein wertvolles Buch bei sich, welches Tristwitz allem Anschein nach von ihm erwarb, nachdem er Harris nach Schlaborn verschleppt hatte. Von dort ist er mit dem Diener losmarschiert und keiner hat ihn mehr lebend gesehen.«
»Harris, sagten Sie? James Harris?«

»In der Tat.«
»Dann trank ich an diesem Abend Champagner mit dem 23. Earl of Malmesbury, ohne es zu wissen.«
»... Malmesbury?«
Langustier hatte Ellers Liste aus seinem kleinen Notizbuch gezogen und fand den Namen des schottischen Adelsgeschlechtes darauf.
»Sir James Harris, 23. Earl of Malmesbury«, erklärte Groß. »Manchmal ist es nicht ganz leicht, Edelgeblüt auf Anhieb zu erkennen, sei's bei bürgerlich anmutenden Namen, sei es am Gebaren, doch ich muss sagen, jener Gentleman betrug sich an diesem Abend sehr nobel, besonders gegenüber dem Forstmeister. Brädow ist ja noch immer nicht über den Tod seiner Frau hinweggekommen.«
»Nobel inwiefern?«
»Der Engländer – der Earl also – bat Brädow, ihr Bildnis in Marmor aufstellen zu dürfen.«
»Ein Bildnis der Flora MacDowell? Interessant.«
»Der Forstmeister dankte ihm artig für diese geneigte Teilnahme an seinem Schmerz und hieß das Anerbieten rundheraus gut, worüber der Earl sehr erfreut schien. Allerdings kam man nicht weiter in der Frage, wo dies zu geschehen habe: Auf dem Grab schien es dem Forstmeister unpassend, da es bedeutet hätte, dass seine eigene Liebe nicht stark genug gewesen wäre, eine solche Ehrung ins Werk zu setzen. Der Engländer ereiferte sich dahingehend, dass davon ja keine Rede sein könnte, dass er allenfalls als ein sehr guter Freund der Verewigten hergekommen sei und man vielleicht auf der Insel eine Bildsäule errichten könnte. Das schien auch mir keine üble Idee, denn man hätte die viel geliebte Dame neben Ganymed stellen können, so wie Hebe, die ja nach alten Quellen auch Ganymeda geheißen hat. Insonderheit ihre weißen Knöchel wurden gerühmt. Die der Göttin, pardon.«

»Monsieur – ich danke Ihnen.«
»Untertänigster Diener.«
»Dito.«

Langustier kehrte in die Küche zurück, den Kopf voller Fragezeichen. De la Vallé und der 23. Earl of Malmesbury waren im Dienste desselben Mannes unterwegs. Was hatte die Einmischung der Madame de Fourmont zu bedeuten – wieso hatte sie ihm bei der Anbahnung des Gespräches mit Groß so offensichtlich geholfen? War der Brandanschlag etwa auch politisch motiviert? Spielte sie auch eine Rolle in dieser seltsamen Komplott-Komödie? Wie reimte sich der nun endlich gefundene Name des Engländers in die Geschichte? Der Zeitplan der Mordnacht musste noch einmal gründlich ausgebreitet und durch die Eröffnungen des Botschafters ergänzt werden. Die von de la Vallé notgedrungen eingestandene Tatsache, dass es zu Vorabsprachen zwecks Vertuschung eines ominösen Zweikampfes gekommen war, vermehrte die Verwirrung eher, als dass sie etwas zur Klärung beitrug. Das Einzige jedoch, was in den folgenden Stunden weitere Klärung erfuhr, waren Suppen und Saucen. Beim Souper wurde ein nachgerade horrender Aufwand getrieben, wollte man doch dem Vizekanzler demonstrieren, dass am Preußenhof nicht gehungert werden musste.

SUPPEN: Zwei Oilles: eine aus großen Zwiebeln, eine auf spanische Art; zwei Potages: eine für die Gesundheit, eine aus Rübenpüree; ENTRÉES: Kleine Pasteten à la balanquine, junge Kaninchenfilets à la genevoise, Hammelfilets mignon mit pikanter Sauce, Fasanenfilets en matelote, Wachteln mit Lorbeerblättern, Turteltauben auf venezianische Art, Rebhühner à l'ancien salmy, garnierte Täubchen, Poularden-Blanquette mit Trüffeln, Hühnchen-Marinade, Poularden-Flügel en hatelets, Kalbsnuss im eigenen Saft glasiert, gehacktes Wild auf türkische Art, Kalbsröschen Menéhould, junge Rouen-Ente mit Orangen, Haricots mit brauner Velouté-Sauce; FÜNF RELEVÉS: Barsche süßsauer, Hammelbraten Choisy, ein Stück Rinderbraten à l'écarlate, ein Lendenbraten, das Filet mit Zichorie klein geschnitten, Caux-Hühner mit roher Zwiebel; VIER GROSSE ENTREMETS: Zanderpastete, Perdrouillet-Schinken, Brioche, Croquante; SIEBEN MITTLERE ENTREMETS: Kleine Hühner, Campines, Ortolane, Drosseln, Mornellen, rotbeinige Rebhühner, Fasane; SECHZEHN KLEINE ENTREMETS: eine Kaffee-Crème, Artischocken à la Baligoure, Kardonen à l'essence, Blumenkohl mit Parmesan, Eier mit Rebhuhnsauce, Trüffeln in Asche gebacken, Spinat in der Brühe, Hahnenkämme, Animelles, grüne Bohnen mit Traubensaft, Schinken-Omelett, Truthahnbeine à la Duxelle, gemischtes Ragout, Schokoladen-Profiterolles, kleine Jalousies, Crème à la Genest.

Diese zahllosen Schüsseln bildeten ausnahmsweise vier statt zwei Gänge. Die Küche hatte zwei neue Herde bekommen. Zudem waren der Wirt vom *Ratskeller*, Franz Krüger, und seine Helfer fähige Zuarbeiter, deren Generalprobe mit diesem Menü als bestanden gelten konnte. Langustier, der Blut und Wasser geschwitzt hatte, bis die Gäste endlich saßen und aßen, konnte wieder freier atmen.

Nach dem Essen verlagerte man sich in den Konzertsaal in der zweiten Etage im neuen Teil des Schlosses, wozu man sich des hübschen Ganges über der Kolonnade bediente und den Blick über den Grienericksee genoss, der im abendlichen Lichte funkelnd dalag. Die Fenster standen weit offen, was der würzigen, warmen Sommerluft freien Zutritt gewährte. Der König hatte für seine Mutter den Spieltisch im runden Turmkabinett aufgebaut, wo sich einst sein kronprinzliches Arbeitszimmer befunden hatte. Er fragte sie, ob sie es gestatte, dass man Dominos anlege und später tanze – selbstredend hatte sie nichts darwider, während sie sich mit Jeanne de Fourmont und Sophie-Marie von Buchholtz, die vom gestrigen Schrecken keine nennenswerten Malaisen davongetragen zu haben schien, zum L'hombre niedersetzte. Vom runden Zimmer aus sahen die drei Damen über den See, konnten indes auch, falls es ihnen beliebte, durch die Verbindungstür zum Saal die eine oder andere Pirouette der Tänzer verfolgen. Vorerst aber saßen sie allein, denn die übrigen Gäste verschwanden, sich umzukleiden. Wer fertig war, erging sich erwartungsvoll im Garten.

Die Königinmutter war gänzlich in die Welt der Karten entrückt, und auch ihre Mitspieler versuchten, den Gedanken an Tanz aus ihrem Kopf zu verbannen. Im Grunde eignete sich der L'hombre dafür besser als jedes andere Kartenspiel. Selbst Jeanne de Fourmont, die sich nur an den Spieltisch hatte ziehen lassen, weil sie die Offerte der Königinmutter nicht ablehnen konnte, war rasch gefangen. Es war ein Spiel mit festen Regeln, wenn man sich von den höheren, riskanteren Partien, den *obscurs*, zurückhielt. Erst wurde reihum gezogen. Jeanne de Fourmont bekam Pik und musste geben. Sie ließ die Königinmutter abheben und gab jedem neun Blätter in Würfen zu je drei Karten, die übrigen dreizehn Karten legte sie als Talon in die Mitte des Tisches. Jetzt wurde von der Nachhand Couleur gemacht und durch Abfragen bestimmt, wer der L'hombre war, gegen den sich die anderen beiden zu verbünden hatten. Die Königinmutter war »der Mann«.

Jeanne empfand die Mechanik des Spiels als durchaus wohltuend. Es entspannte, weil es den Fluss der Gedanken einengte. Es verlangte eine gewisse Konzentration, nicht zu viel, um als Belastung zu gelten, aber gerade genug, um den Geist im Zaum zu halten. Sie konnte die Szene mit de la Vallé im Park von Charlottenburg Revue passieren lassen, ebenso sein Verhalten eben gegen Monsieur Groß und den Koch. Sie schien mit ihrer Vermutung recht zu behalten; was ihr der Prinz von Preußen bei ihrem zweiten Stelldichein von den geheimen Audienzen de la Vallés beim König berichtet hatte, fügte sich ins Bild. Ein Schauder lief ihr über den Rücken, da sich angenehme Gefühle und Ängste vermischten. Ihre braunen Augen blitzten. Solange vorhanden, wird Farbe bedient, dann darf gestochen oder beigegeben werden. Spadille, Manille, Basta. Sie hatte Hauptkarten in Fülle und konnte also unbeschadet Stich um Stich machen. Jeanne de Fourmont fühlte sich so lebendig wie lang nicht mehr. Das Spiel hatte ihr die eigene Rolle bewusst gemacht. Sie war nicht – wie die Königinmutter – am Ende. Sie hatte es nicht nötig, die Zeit, die ihr noch blieb, mit tumbem Spiel totzuschlagen. Ihr langes Zögern musste ein Ende haben. Die Lähmung, in die Harris' Ermordung sie gestürzt hatte, begann zu weichen. Ihr ferner Prinz war längst nicht mehr so präsent. Der Prinz von Preußen hatte mehr und mehr seine Rolle in ihrem Herzen eingenommen. Vom Aussehen her vielleicht nicht ebenbürtig, aber ansonsten … Sie spürte die Lust durch ihre Adern pulsen und hätte am liebsten laut losgelacht vor Freude. Rose und sie, ohne einander zu kennen, hatten etwas gemeinsam. Sie empfand eine seltsame Seelenverwandtschaft mit der schönen Unbekannten auf dem Medaillon, das sie noch immer um den Hals trug. Es überlief sie heiß, wenn sie daran dachte, wie sie de la Vallé sein Geheimnis entlockt hatte. Sie würde sich das Picknick bei der Remus-Insel, von dem unter der Hand schon alle sprachen, zunutze machen. Soviel, das fühlte sie, wäre sie Bonnie Prince Charlie noch schuldig. Der König verdiente ins Bild gesetzt zu werden. De la Vallé musste bestraft werden für seinen schändlichen Verrat. Keine Frage, dass er die Rolle ausnutzte, die er sich gewaltsam angeeignet hatte … Sich selbst aber wollte sie fortan aus diesem gefährlichen Spiele lassen. Die alte Dame blickte sie lächelnd an und schien sich zu fragen, was in diesem jugendlichen Wirrkopf vorging.

»Kindchen, Sie träumen ja. Hier wird gespielt. Da muss man bei der Sache sein. Was wollen Sie, Schätzchen: Frage, Frage in Couleur, Solo oder Solo in Couleur?«

Während sie, Frage spielend, ihre schlechten Blätter ablegte und vom Talon dafür andere nahm, stand ihr der Fortgang ihres Abenteuers so klar vor Augen wie der Mond draußen über dem ruhigen Spiegel des nächtlichen Sees. Sie machte einen hübschen Stich. Die Königinmutter war geschlagen. Die alte Zeit war tot. Wer wollte noch den Träumen der Urgroßväter nachjagen? Jetzt zählte nur noch das eigene Leben. Die Zukunft, die man selbst gestaltete.

»Liebes, was unterstehen Sie sich, hier zu gewinnen. Unerhört – ich fordere sofortige Revanche.«

Ob der Stuart-Prinz nun irgendwann siegte oder nicht – und damit die verstaubten Forderungen seiner Ahnen einlöste … Hier von diesem hübschen kleinen Schlösschen aus betrachtet, inmitten der mausgrauen Höflinge des Preußenkönigs, dieser armen Hofdamen, neben dieser bei lebendigem Leibe verstorbenen Allmutter, war es herzlich gleichgültig. Sie würde sich in diesem Leben vergnügen – mit dem äußerst gefühlvollen Prinzen von Preußen, der ihr all die Achtung schenkte, die sie brauchte, und sie würdigte, wie nur er es vermochte … Sie bat sehr, doch auch zum Tanz eilen zu dürfen. Das Fräulein von Buchholtz schloss sich der Bitte an. Die alte Dame lächelte und gestattete es unter der Bedingung, dass Ersatz gebracht werde, der an ihrer Stelle weiterspielte. Der gute Pöllnitz erbarmte sich, leise fluchend, denn er verpasste den ersten Tanz nur ungern. Ein Gleiches galt für Frau von Blasspiel. Sophie-Marie von Buchholtz lotste Madame de Fourmont kurzerhand aus dem Saal.

»Wohin entführen Sie mich?«, fragte Jeanne mehr belustigt als entsetzt.

»Monsieur Langustier hat Fragen an Sie.«

»Könnte dieser Herr nicht so ausgezeichnete Menüs zusammenstellen, so würde ich vermuten, dass er nichts außer Fragen zusammenzustellen vermöchte.«

Langustier, auf dem Verbindungsgang über der Säulenkolonnade stehend, lächelte.

»Bitte verzeihen Sie, Madame. Vor allem muss ich Ihnen für Ihr Extemporieren danken, um es einmal so zu nennen. Sie verschafften mir entscheidende Sekunden beim Botschafter.«

»Dieser kleine Groß. Ich glaube nicht, dass er fremde Hilfe tatsächlich brauchen würde. Er hielt sich den Widerling de la Vallé ja schön selbst vom Leib.«

»Madame, ich hege keineswegs die Absicht, Sie dem Feste lange vorzuenthalten. Empfangen Sie meinen Dank für die Übersetzung jenes Briefes, der im Original verbrannte. Indes beschäftigt mich die Frage, ob Ihnen eine Ahnung kam, wer ihn geschrieben haben könnte?«

»Wie kommen Sie darauf, Monsieur?«

»Sie trugen seither das Medaillon am Hals, das die Schreiberin zeigt …«

»Da es mir gefiel.«

Sie nahm es ab und reichte es Langustier.

»Ein ungewöhnlicher Akt anonymer Silhouetten-Sympathie, finden Sie nicht? Wer ist jene *Rose*? Und wer sind Sie, dass Sie mich so tatkräftig gegen de la Vallé unterstützten?«

»Ich weiß nicht, wovon Sie sprechen. Ich kenne weder eine *Rose* noch kannte ich eine.«

»Und Sie haben auch keine Ahnung, warum Monsieur de la Vallé Sie umzubringen versuchte?«

Jeanne de Fourmont erbleichte.

»Mich umzu…«

»Er hatte einen Zeitzünder unter Ihr Bett gestellt. So möchte ich eine Fromery'sche Weckuhr mit selbsttätig zu voreingestellter Stunde entflammter Kerze einmal nennen …«

»Monsieur, ich glaube nicht, dass er dazu einen Grund hätte.«

»O doch, das glauben Sie! Sie zittern ja. Verraten Sie mir, warum Sie de la Vallé nicht für den harmlosen Buchhändler halten, der er vorgibt zu sein?«

»Woher wollen Sie das wissen?«

»Die Hecken in Charlottenburg, Madame, hatten Ohren …«

»Schämen Sie sich nicht, andere Menschen zu belauschen?«

Mit diesen Worten machte sie kehrt und verschwand im Saal.

Der König lud seine Mutter sehr freundlich ein, sich doch einmal »seine Werke« anzuschauen. Sie verwunderte sich sowohl über die Formulierung als auch über die Uhrzeit dieser Einladung und konnte von ihm auch nicht herausbekommen, ob es sich um Werke der Poesie, der Schauspielkunst, der Musik, der bildenden Kunst oder der Gartenarchitektur handeln möchte. Doch sie legte ihre Karten nieder, um sich ihm nachtragen zu lassen. Als sie ins Provisorium des Theaters in der ehemaligen Musikkammer hereinschwebte in ihrem Tragstuhl, erklang ein symphonischer Satz von William Boyce, worauf Se. Königliche Majestät höchstselbst ein prächtigstes Flötenkonzert aus seiner eigenen Feder, mit einer von Quantz gebauten Flöte aufführten, der den Monarch eigenhändig am Hammerflügel begleitete. Als dieses geendet war, betraten die Schauspieler die Bühne und brachten ihren *Britannicus* auf die Bretter, was ihnen so glücklich und zum Besten gelang, dass des Beifalls schier kein Ende war und die Königinmutter Tränen der Rührung vergoss. Die Schauspieler, hatten somit selbst das am schwersten zu erschütternde Herz erobert. Vom Theater noch ganz beschwingt, begaben sich nach zwei Stunden alle, angeführt vom König und seiner Mutter, in den Speisesaal des alten Schlossflügels. Durch die hohen Fenstertüren strahlte vom Garten her ein illuminiertes symbolisches Bild herein: die Ankunft der Göttinmutter Cybele, die von den Alten mit Vorliebe die gute Göttin genannt wurde. Sie saß auf einem von Löwen gezogenen Wagen, Genien streuten Blumen über ihren

Weg. Darunter konnte man zwei Verse des Horaz lesen, die eine Anspielung auf das Bild enthielten:

Seht da, die Cybele, Mutter der Götter, erscheinet.
Ein jeder bereite sich, ihre Ankunft zu feiern,
damit Spiele und Frohsinn herrschen bei den Festen,
die ihr bestimmt sind.

Durch die Luft und über das Wasser des Grienericksees flogen in kurzen Abständen bengalische Flammen, Feuerkugeln, Raketen und andere Freudenfeuer, worüber die Gesellschaft in Entzückensrufe ausbrach. Damit nun das Mahl auch ganz im Geschmack der Gefeierten verlaufe, blieb man bis um ein Uhr bei Tische. Die Königinmutter dankte dem Sohn für den schönen Tag und vertauschte diesen endlich mit dem süßesten Schlaf. Auch der Vizekanzler Woronzow war hingerissen – von Antoine Pesnes freizügiger Darstellung der Aurora an der Decke, die er stundenlang in stiller Verzückung angestarrt hatte …

Freitag, 1. Juli 1746

Das Wetter war atemberaubend schön. Dass dies der letzte Tag ihrer gemeinsamen Zerstreuungen sein würde, vermehrte für die Mitglieder der Hofgesellschaft noch seinen Reiz. Prinzessin Amalie, Prinzessin Luise, die Prinzen, die jungen und jüngeren Damen sowie einige Kavaliere nebst dem russischen Vizekanzler hatten sich des Vormittags jenseits des Sees im Bobero zu einem Frühstück niedergelassen. Sie waren mit den alten, leicht wurmstichigen und an einigen Stellen leckenden Gondeln oder Barken über den See gefahren, mit denen noch vor sechs, sieben Jahren die lustige Hofgesellschaft des Kronprinzen ihre Fahrten unternommen hatte. Am jenseitigen Ufer stieg man an einer seichten Stelle des Ufers an Land, durchmaß einen breiten Schilfgürtel auf einem eigens angelegten Knüppeldamm und pirschte sich den Hang zum Bobero hinauf. Mitten im Forst fanden die Ankömmlinge den durch die Kunst des Gärtners entstandenen Natursaal und die in die Büsche geschnittenen kleinen Kammern, deren Kuppel das Himmelszelt selbst war. Kaffee und Schokolade erwarteten die Gäste, ebenso Obst und kleine Kuchen. Als der Hunger gestillt war, begann man zu scherzen und zu singen, bis unvermutet der Chevalier Chasot seinen Kopf durch das dichte Laubwerk steckte und das Nahen eines fremden Kavaliers ankündigte, welcher das Verlangen habe, sich in seinem Morgenrocke vorzustellen. Allseits wurden Zweifel an der hohen Abkunft dieses Mannes laut, und man debattierte nicht erst lange darüber, ob man ihm den Eintritt in ihren erlauchten Kreis gestatten solle oder nicht. Er erschien – und selbstredend war es der

König selbst. Er ermunterte die Gesellschaft, mit Tanzen und Singen fortzufahren. Fräulein von Viereck improvisierte einen lockeren Tanz zu einer baskischen Melodie, und der Baron von Bielfeld intonierte den *Biron*. Der König verabschiedete sich, um sich auf einen Waldspaziergang zu begeben, bei dem ihn der Abbé de la Vallé begleitete. Die Gesellschaft schiffte sich ein und kehrte zum Schloss zurück.

Es war das erste Mal, dass Langustier den Großen Rheinsberger See im Sommer zu Gesicht bekam. Hingerissen von so viel Verwunschenheit stand er am Ufer, wo sich der Bobero-Wald am weitesten zur Remus-Insel hin vorschob. Das Schilfrohr rauschte und knispelte in der leichten Brise vom Wasser herüber. Die laue Luft roch würzig nach Algen. Hier auf der Wiese, dieser letzten Treppenstufe des Landes, überwölbt von den mächtigsten Rotbuchen, die wie eine Wand zum Bobero hin aufragten, sollte am Abend nach dem Wunsche des Königs ein *Pickernick avec Surprise* – das Remurienfest stattfinden. Hinter Langustiers Rücken wurde eifrig gezimmert: Holzbänke, Tische, Fackelträger, offene Kohlenwannen und jede Menge Parasols wurden installiert, sodass die vielköpfige Gesellschaft auch bei plötzlichen Witterungsunbilden oder kühlerer Nachtluft nicht in Panik verfallen musste. Der Waldweg hatte bis zu einem nahen Punkte eine Unterfütterung durch Holzbohlen erhalten, um die enormen Mengen an Geschirr und Lebensmitteln gefahrlos herbeischaffen zu können. Ein Landungssteg war weit in den See vorgetrieben worden und ein Berliner Theatermaler hatte eine fantastische Hafenmole auf Bretter gemalt, die an etlichen hundert ins Ufer getriebenen Holzstempeln festgenagelt waren. Auch auf der Remus-Insel schienen dem akustischen Vernehmen nach immense Bauarbeiten im Gange zu sein. Die dem Picknickort zugewandte Seite des Eilands präsentierte sich durch in Ufersand und Seegrund gerammte Kulissen als antike Lagunenstadt – mit den anvisierten archäologischen Funden des Barons Meerkatz wollte es ja partout nichts werden ... Langustier lächelte und spähte, konnte ihn drüben aber nirgendwo ausmachen. Er sah sich um, fand die Lokalität nun bestens präpariert und wies seine Helfer an, mit dem Speisen-Transport nicht zu lange zu warten.

»Zwei Stunden vor Sonnenuntergang hat alles hier zu sein. Die Gesellschaft erwartet Getränke und erste Happen gleich nach ihrem Eintreffen. Becker, Sie haften mir mit Ihren roten Ohren dafür.«

Er ließ die Truppe in der berechtigten Hoffnung zurück, dass alles klappen würde. Das Frühstück im Bobero war bereits ein voller Erfolg gewesen.

Warenthin lag nur einen Steinwurf weit. Eine gute Gelegenheit, Prusskow für seine Fische zu danken. Gäbe es nur einen Automaten, die Zeit zurückzudrehen ... Das wäre eine hübsche Aufgabe für den Automatennarren Meerkatz. Man könnte die Gerätschaft hier postieren und den 16. Februar einjustieren. Was würde sich am Abend zeigen, etwa ab zehn Uhr? Langustier blieb stehen, blickte einigen Möwen nach und sah, wie sich der Himmel verdunkelte, das Wasser gefror und die rauschenden Laubbäume zu schwarzen Gerippen wurden, deren spitzige Astfinger im eisigen Nordostwind zitterten: Um zehn Uhr verließen der Earl und Tristwitz das Prusskow'sche Palais und gingen nach Schlaborn über den zugefrorenen See. Um Mitternacht kamen Forstmeister Brädow, Baron Meerkatz und der Gewürzhändler Roskusch heraus und wandelten in Richtung Rheinsberg davon. Brädow und Roskusch verschwanden im Forsthaus. So zumindest lautete die Version von Brädow. Groß und Hamilton dagegen wollten Roskusch später noch mit de la Vallé kämpfen gesehen haben ... was dieser nicht bestritt. Meerkatz schlitterte jedenfalls über die Wasserverbindung – die Reck – zum Griericksee und zum Schloss. Kurz vor halb eins kam die übrige Gesellschaft aus dem Haus: Die Blasspiel, Sophie-Marie und

Hamilton fuhren in einer Kutsche davon. Die Dame des Hauses und die Courtoise winkten und gingen rasch wieder hinein, denn es war eisig kalt. Prusskow senior und junior, Groß und de la Vallé begaben sich aufs Eis des Sees und hielten auf Schlaborn zu. Langustier seufzte. Soweit gingen die Aussagen der Beteiligten konform. Jetzt kam der spekulative Teil: Die Prusskows, Groß und de la Vallé begegneten dem Diener und dem Earl. Oder nur dem Diener ... Was tat Roskusch plötzlich mit de la Vallé auf der Insel? Pjotr Prusskow sollte vorgeführt haben, wie man ein Eisloch schlug? Vor der Remus-Insel? Ein geheimnisvoller Schlittschuhläufer sollte seine Kreise gezogen haben ... Langustier war wieder in der Wirklichkeit dieses heißen ersten Julitages.

Eine Viertelstunde später stand er vor dem Haus der Prusskows. Ein Fuhrwerk war davor abgestellt, voll bepackt mit Büchern. Ein gutmütiger Brauner äugte Langustier dankbar an, als dieser ein kleines Plätzchen für ihn hervorkramte. Er trat in die Halle, da die Tür weit offen stand.

»Oh, der Herr Hofküchenmeister! Welch eine Freude!« Anne von Prusskow, die natürliche Nichte der Königinmutter, kam aus dem Salon und begrüßte ihn.

»Madame, ist Ihr Mann zu Hause?«

»Kommen Sie herein, es ist noch jemand da, den Sie bestimmt kennen.«

Eine lange, abgezehrte Gestalt trat aus dem Wohnraum, im Begriffe zu gehen, wie es aussah. Auch der Hausherr zeigte sich und grüßte. Langustier war verblüfft.

»Monsieur Roskusch? Das ist mir tatsächlich eine höchst angenehme Überraschung. Sie ersparen mir einen gefährlichen Weg, denn ich hätte Sie noch aufsuchen müssen.«

»Wollten Sie mir des Königs Einladung persönlich überbringen? Das geschah ja doch schon vor Tagen durch die Post!«

Roskusch war blendender Laune. Er hatte den Nachlass des Tristwitz' aufgekauft. Das Mobiliar hatte er an Ort und Stelle

in Schlaborn verbrannt und nur die wertvollsten Bücher auf sein Fuhrwerk geladen.
»Hat sich die Sache gelohnt?«
»Durchaus.«
Roskuschs Miene verdüsterte sich. Er hielt ein mit Packpapier umwickeltes Buch in der Rechten. Langustier deutete darauf und sagte:
»Ich nehme an, das ist jenes Werk, welches in der Nacht des 16. Februar seinen Besitzer wechselte. Ich durfte es bereits bei Tristwitz in Augenschein nehmen.«
»Ihrem Auge scheinen selbst papierne Hüllen ein Nichts zu sein.«
Roskusch wickelte die Vergil'sche *Aeneis* aus. Langustier wischte sich die Hände am Gewand ab, bevor er das Buch in die Hand nahm.
»Genau genommen ist es vielleicht Diebesgut. Tristwitz hat möglicherweise nicht gezahlt und den Engländer wegen dieses Buches erschlagen. In diesem Fall müssten Sic das Werk den rechtmäßigen Erben des Sir James Harris, des 23. Earls of Malmesbury, ausliefern oder ihnen einen entsprechenden Abstand bezahlen.«
Roskusch, die Fast-Prinzessin von Hannover und ihr Mann, der gefallene uckermärkische Landadelige, wurden bei der Nennung dieses Namens von einer Blässe erfasst, wie sie sonst nur Porzellanchinesen zeigten.
»Wieso reiste der Herr inkognito?«, fragte Langustier. »Eine ernsthafte Antwort würde Ihnen die Schmach ersparen, frühere Halbwahrheiten erklären zu müssen.«
Während noch Schweigen herrschte, besah er sich die Vorsatzblätter des Buches genauer. Es war, wie er vermutet hatte.
»Er hatte eine Mission zu erfüllen«, sagte Prusskow. »Sie war von einer Art, dass es mir bei unserer ersten Begegnung nicht ratsam schien, ihn überhaupt als Gast unserer Gesellschaft zu erwähnen.«

Langustier nickte. Er trat an den großen Wandspiegel, der in der Halle hing und hielt das aufgeklappte Buch davor.
»Er hat sie nicht erfüllen können. Dieses Buch hier war für eine hochgestellte Persönlichkeit bestimmt. Zwei der Vorsatzblätter sind zugeklebt – wenn man es genau betrachtet, sieht man, dass damit eine Zueignung verdeckt werden soll: *Friedrich dem Einzigen, dem leuchtenden Vorbild für alle Aufrechten in Europa. CES.* Wer zur Hölle ist CES?«
»Charles Edward Stuart«, sagte Prusskow.
Langustiers Augen zeigten keine Regung. Innerlich aber tat das Uhrwerk seiner Schlüsse einen Ruck. Der Brief in Spinnenschrift an James Harris, den Earl, stammte von Bonnie Prince Charlie: »Belle Isle« – schöne Insel, damit konnte nur England gemeint sein, wenn man Kythera und die Remus-Insel einmal für den Moment außer Acht ließ. Ein sprechendes Pseudonym.
»Was wollte der Earl bei Ihnen?«, fragte Langustier, an Roskusch gewandt.
»Er hatte sich schon des Längeren innerlich von der Sache des Prinzen verabschiedet. Er wollte tatsächlich dieses Buch verkaufen, um sich so seine Rückreise zu finanzieren.«
»Weshalb dann noch das Inkognito?«
Der Gewürzhändler schwieg. Das war nicht so leicht zu erklären.
»Vermögende Herren reisen gerne inkognito!«, warf die Dame des Hauses ein.
»Vermögend? Ich sah zwar seine Kleidung, die in einem Kleidersack in Perleberg zurückgeblieben war – die hätte wirklich eine erkleckliche Summe erbracht, wenn er sie verkauft hätte –, doch es gebrach ihm ja offenbar an der Barschaft. Kein plausibler Grund für ein Inkognito.«
»Im Gegenteil: Gerade die Schmach, als Earl ohne Geld zu reisen, sollte ihm das Inkognito nahegelegt haben!«, erwiderte Roskusch.
»Das dünkt mich zu konstruiert. Da muss es noch einen anderen Grund geben, finden Sie nicht?«

Er wandte sich zum Gehen, doch fast schon im Türrahmen fragte er noch:
»Was für ein Zweikampf war das übrigens, Herr von Roskusch, den Sie sich zu nachtschlafender Stunde auf der Remus-Insel mit Monsieur de la Vallé lieferten? Ein Ehrenhandel, hat er behauptet. Wenn Sie sich fragen, von wem ich davon erfuhr, gedenken Sie des Botschafters Groß. Er kam gestern aus Petersburg zurück und wusste nicht einmal, dass man den Earl tot aus dem Eis gezogen hat.«
»Na großartig!«, entfuhr es der Hausherrin. Roskusch sagte, betont beiher:
»Es war eine Kinderei, wir warfen Schneebälle und amüsierten uns. Groß, dieser stocksteife, schrullige Patron, hatte dafür natürlich kein Verständnis. Er hasst de la Vallé aus einem Grund, den ich nicht kenne. Ich stehe ihm ganz indifferent gegenüber. Für Monsieur de la Vallé hege ich durchaus freundschaftliche Gefühle. Er ist immerhin ein Mann des gedruckten Worts.«
»Wohl gesprochen!«, ließ sich Prusskow vernehmen, wohingegen Langustier zuinnerst für sich die letzten Worte anders übersetzte: *Wohl abgesprochen …*
»Tristwitz war ebenfalls ein Mann des gedruckten Wortes, und dennoch war ihre Beziehung keineswegs freundschaftlich … Waren Sie jemals bei Tristwitz, als er noch lebte?«, fragte er Roskusch.
»Einmal, das genügte mir. Ich … äh … kaufte eine gewisse Schrift von ihm, die nirgends sonst mehr erhältlich war. Auch etwas, das er einmal gegen mich geschrieben.«
»Den *Ladestock*, nehme ich an – und die *Kuschenden Rosse* …«
»So ist es. Die Pamphlete brachten ihm doch mehr Gewinn, als man dachte. Er trieb einen regen Versandhandel damit.«
»Wann waren Sie bei ihm?«
Roskusch überlegte, scheinbar ohne zu einem Ergebnis zu kommen. Die Hausherrin sagte unerschrocken:

»Na, das muss am 23. März gewesen sein – Sie waren doch vorher noch bei uns!«
Bei dieser Eröffnung versteifte sich Roskusch sichtlich.
»Täuschen Sie sich da nicht? Ich denke, es war schon letztes Jahr …«
»Meine Frau erinnert sich kaum ihres eigenen Geburtsdatums …«, scherzte Prusskow.
»O doch, ich weiß es sehr genau, weil wir an diesem Tag auch Monsieur de la Vallé zu Gast hatten.«
Langustier war ganz Ohr.
»Höchst interessant! Dann hätte ich den Herrn ja noch in Rheinsberg sprechen können … Was war der Anlass seines Besuches?«
Prusskow wand sich und tauschte mit Roskusch Blicke. Seine Frau jedoch sagte freiheraus:
»Wir sprachen natürlich über den Toten. De la Vallé war bei Meerkatz, der ihm noch Geld schuldete für Bücher, die er im Februar gekauft. Meerkatz erzählte ihm von seinem Fund. Daraufhin kam de la Vallé umgehend hierher. Er hatte vor, Sie am nächsten Tag aufzusuchen, aber Sie waren mit Mister Hamilton unterwegs und reisten abends zurück.«
»Hier scheint kein Schritt unbemerkt zu bleiben«, resümierte Langustier. »Und dennoch gibt es in den Schilderungen jener Mordnacht eine tote Stelle.«
»Diese Nacht ist schon viel zu lebendig. Lassen Sie den Toten ruhen!«, sagte Roskusch. »Tristwitz war der Mörder. Daran kann nach allem kein Zweifel mehr bestehen!«
»Sie haben selbst gesagt, dass er Geld genug aus seinen Pamphleten zog. Weshalb dann einen Mord eines Buches wegen begehen?«
»Dieses Subjekt war zu verworfen, um nach konventionellen Mustern zu handeln oder beurteilt zu werden«, sagte Madame Prusskow.

»Die Beweislage ist erdrückend«, pflichtete ihr Prusskow bei.
»Mir scheint vielmehr, dass hier ein Bauernopfer der Wahrheit vorgezogen wurde«, erwiderte Langustier. Er musste sich beeilen. Zu Roskusch sagte er:
»Nebenbei – der König ist mit Ihren Lieferungen bislang überaus zufrieden. Ich nehme an, er wird Ihnen an der Beitafel, zu der Sie zum heutigen Souper geladen sind, seinen Dank noch persönlich übermitteln. Guten Tag, Madame, Messieurs!«
Er spazierte nachdenklich den Fahrweg entlang und mühte sich, eine bestimmte Geschwindigkeit nicht zu unterschreiten, um nicht zum gefundenen Fressen für die Stechmücken zu werden, die nur darauf lauerten, dass er stehen blieb. Das tat er nun dennoch, der Stiche nicht achtend, welche unausbleiblich waren. Brädow hatte behauptet, Roskusch sei mit ihm zusammen aufgebrochen, obschon Roskusch bei der letzten Gruppe der Spaziergänger gewesen war? Kurzerhand schlug er den Weg zum Forsthaus ein, was ohnehin eine Abkürzung war und ihn schneller wieder an den Herd bringen würde, an dem noch so viel zu tun blieb.

Die Königinmutter war noch nicht erwacht. Kein Lärm vermochte sie zu wecken. Dies gelang erst durch eine Schar von Bäuerinnen und Bauern, die der König bestellt hatte, damit sie im Schlosshof ländliche Tänze aufführten. Die alte Dame zeigte sich am Fenster ihres Schlafzimmers und bezeugte ihr Gefallen an der überraschenden Darbietung. Das Diner fand in relativer Eile statt, denn man hatte noch Großes vor. Des Nachmittags gegen vier lagen plötzlich alle verfügbaren Boote am Kai hinterm Schloss. Man rüstete sich in Anlehnung an das berühmte Watteau-Gemälde zur *Einschiffung nach Kythera*. Der Chevalier Chasot, der sich an diesem letzten Tag in der Rolle des Conferenciers und Orakels gefiel, verkündete mit geheimnisvoller Stimme, dass die Auguren des Ortes das Eintreten eines einmaligen

Naturschauspieles vorausgesagt hätten. In einer Mischung aus Schauer und Erwartung schiffte sich die Gesellschaft ein. Lächelnd halfen die Kavaliere den Damen in die Boote. Sonnenschirme gingen auf wie grellbunte Blüten, Ruderblätter tauchten mit sanftem Ton in smaragdgrünes Wasser, Mückenschwärme tanzten und Eisvögel schossen den Schiffen als königsblaue Eskorte voraus. Man entschwand wie auf leicht schaukelnden Wolken …

Jeanne de Fourmont hatte die letzten Tage mit sich gerungen. Sollte sie den Brief im Brief, den Charles ihr anvertraut, dem König überhaupt noch zuspielen? Was für einen Sinn hatte dies noch? Sie sann auf eine Möglichkeit, es ins Werk zu setzen und dabei unerkannt zu bleiben. Baron von Bielfeld, der sie schon seit ihrem ersten Erscheinen in der Gesellschaft mit unverhohlenem Interesse betrachtet hatte, käme eventuell als unwissender Bote in Betracht, dachte sie. Nur wie sie ihm das Schreiben unauffällig zustecken sollte, musste sie sich noch überlegen. Oder eignete sich nicht der Chevalier Chasot viel eher, wo es doch um eine dezidiert politische Angelegenheit ging? Als sie die leere Champagnerflasche sah, die der gut gelaunte König vom ersten Boot aus in hohem Bogen ins Wasser warf, dass eine Schwanenfamilie darob in wildestem Aufruhr Reißaus nahm, kam ihr eine weitaus bessere Idee.

Brädow war offensichtlich bereits zum Schloss aufgebrochen, denn der König hatte den Forstmeister wie alle Honoratioren zur *Rheinsbergischen Beitafel* geladen. Langustier klopfte noch einmal, bevor er den Türgriff betätigte und das Forsthaus unverschlossen fand. Die breite Stiege zum Obergeschoss hinaufsteigend, rief er nach Brädow, erhielt aber keine Antwort. Linkerhand lag das Damenzimmer. Vor einem zweiten Ölporträt Flora MacDowells blieb er stehen und betrachtete dieses göttergleiche Antlitz. Der Sekretär darunter erregte Langustiers besonderes Interesse. Rasch zog er sämtliche Laden an dem Möbelstück heraus und suchte nach einem Geheimfach. Für den Einbau und die Konstruktion von derlei gibt es keinen unendlichen Spielraum. Im Mobiliar der Schlösser hatte er bereits viele verborgene Gefache gesehen. Und es funktionierte immer gleich: Wo eine Lade zu kurz, eine Seitenwand von außen zu dick oder ein Boden zu hoch erschien, befand sich todsicher ein verborgenes Fach. Auch der Zugang ließ dem Fachmann nur einen begrenzten Spielraum für die Fantasie. Eine Leiste wurde gedreht, eine auffällige Zeichnung im Furnier wie eine Taste niedergedrückt, die Seitenwand einer Lade umgeklappt. So war es auch hier ... Briefschaften, ein Bildnis. Langustier konnte kaum fassen, wen es zeigte ... Die Briefe waren von einer ihm bis dato unbekannten männlichen Hand geschrieben. Langustier verfluchte seine Trägheit – er hätte längst Englisch lernen können ... Ein Geräusch im Treppenhaus ließ ihn zusammenfahren. Brädow durfte ihn hier nicht finden. Rasch verstaute er alles wieder und schloss das Fach. Er trat in Brädows Arbeitszimmer. Wohin konnte er verschwinden, wie sich unsichtbar machen? Er schlüpfte durch die offene Balkontür. Sollte er versuchen, auf das Dach zu klettern? Er scheiterte schon an der steinernen Balustrade. Zu spät. Seitlich der Fenstertüren drückte er sich an die Hauswand. Eine Person war in das Arbeitszimmer getreten.

»Brädow? Sind Sie da? Wir müssen reden!«

Langustier erstarrte. Er erkannte an der Stimme den jungen Prusskow. Was, wenn diesen jetzt die Idee anwandelte, die Aussicht vom Balkon zu genießen? Sie war in der Tat exorbitant! Aber das Interesse Pjotrs beschränkte sich auf den Innenraum. Papier raschelte, Bücher wurden aufgeschlagen, rasch durchgeblättert, zugeklappt. Dann war es wieder still. Wenig später hörte Langustier Schritte auf der Treppe abwärts tappen. Vorsichtig lugte er ins Arbeitszimmer. Es war wieder leer. Er widmete sich noch einmal dem Sekretär im Damenzimmer und nahm alles an sich, was er zuvor wieder verstaut hatte. Dann machte er, dass er wegkam.

Es war ein Bild für die Götter. Hingelagert auf der Landzunge am Großen Rheinsberger See, die bunten und goldenen Gondeln und geschmückten Kähne an der täuschend echt wirkenden Hafenmole vor Augen, verlustierte sich die Hofgesellschaft.
»Sich Genüsse vorzuenthalten, ist eine große Sünde!«, ließ sich der Chevalier Chasot vernehmen und erntete großen Beifall mit dieser Weisheit.
Die Sonne war eben dabei, am Horizont zu verschwinden. Fackeln wurden angezündet und umringten das Lager in weitem Kreis. Doch noch war es hell. In einiger Entfernung schwamm die fantastisch anzuschauende Insel, deren künstliche Aufbauten nunmehr vollends den Eindruck erweckten, als sei man am Mittelländischen Meere. Die Damen und Herren ließen die Dekorateure ebenso hochleben wie den Hofküchenmeister, für all die Gaumenfreuden, die er ihnen an so herrlichem Ort bereitet hatte. Er glänzte jedoch in Abwesenheit, was den König animierte, einen anzüglichen galanten Scherz zu machen, dahingehend, dass dieser Meister des guten Geschmackes sich nach getaner Arbeit auch einmal eine Erfrischung gönnen müsse. Just in diesem Moment, als sei es so einstudiert, kam Langustier unter den Rotbuchen hervor, durch lebhaften Zuruf begrüßt.
Er dankte verwirrt, offenkundig zum Nervenbündel geworden ob der immensen Arbeitslast, die ihn dieser Tage drückte, und steuerte auf Sophie-Marie von Buchholtz zu, die sich etwas abseits der anderen am Landungssteg bei den Booten niedergelassen hatte. Sie strahlte, als sie ihn kommen sah, dann aber bemerkte sie die echte Anspannung in seinem Gesicht.
Er flüsterte:
»Meine Liebste – verzeihen Sie diesen Überfall. Doch die Dinge kommen in Bewegung, und ich muss dringend von Ihnen wissen, ob Sie in jener fernen, dunklen Nacht, bei dem Prusskow'schen Souper, zufällig mitbekamen, worüber sich der Engländer so freundlich mit dem jungen Prusskow unterhielt? Ich

entsann mich vorhin Ihrer Bemerkung, da ich eben dem hübschen Pjotr begegnet bin, wo ich ihn am allerwenigsten vermutet hätte.«
»Ja – er fragte ihn, wie es ihm in der ländlichen Umgebung gefiele, ob er sich nicht im Gewerbe seines Vaters verdingen wolle und derlei Dinge. Es kam mir alles sehr banal vor, daher wandte ich meine Aufmerksamkeit bald anderen Gesprächen zu. Die dralle Courtoise und Tristwitz boten mehr Zerstreuung für Auge und Ohr.«
Langustier lächelte und sah sie voller Verlangen an. Dann seufzte er:
»Oh, wenn Sie und ich, wenn wir nur … doch hier und jetzt …« – laut und vernehmlich, da sich der Baron Bielfeld näherte und im Überschwang eine Champagnerflasche in hohem Bogen in den See warf, allerdings viel zu kurz, wie es Langustier vorkam – »… bitte verzeihen Sie diese profane Frage, Mademoiselle, doch wissen Sie zufällig, gnädiges Fräulein, wo ich den Baron von Pöllnitz finden kann?«
Sie lächelte und sagte:
»Sie kehren ihm direkt den Rücken zu …«
»Danke, Liebste!«, hauchte er noch, dann war er bei Pöllnitz.
»Baron, ist uns dieses kleine Picknick nicht ganz leidlich gelungen?«
Pöllnitz nickte, erstaunt, denn derlei Eigenlob hörte man von seinem Kollegen aus der Küche gewöhnlich nicht. So war er denn auch beruhigt, als Langustier geflüstert hinzusetzte:
»Es gibt wieder etwas zu übersetzen. Ich glaube, Majestät wird heute noch viel Surprise erleben …«
Pöllnitz erbleichte, als er des Dutzends Briefe ansichtig ward, die ihm der Zweite Hofküchenmeister zusteckte.
»Ein kurzer Rapport, vor dem Abendessen, wenn ich bitten dürfte!«
»Monsieur, Sie haben keine Vorstellung, wie lange ich dafür

brauchen werde – wollen Sie, dass ich das schöne Picknick wegen Übersetzungsübungen sausen lasse?«

»Wären Ihnen 10 Louis genug? Sie könnten Ihre Verluste beim L'hombre geringer halten … Und: keine Übersetzung, nur eine freie Zusammenfassung. Das Wichtigste in Kürze!«

Ohne ein weiteres Wort hatte Pöllnitz die Papiere geschnappt und verzog sich mit einer Bouteille Champagner und einer Laterne zu einer Bank unter die großen Buchen oben am Hang, wo es ruhiger war. Von dort hatte er sogar den schönsten Überblick und würde nichts verpassen. Er sah die Festgesellschaft, umschwirrt von Nachtfaltern und Glühwürmchen, sah die Feuer und die ferne Lagune und begann zu lesen. Drunten wurde derweil gelacht, gescherzt, genascht, hie und da auch verstohlen ein Kuss getauscht, doch vor allem: getrunken …

Jeanne de Fourmont, die sich bereits mehrerer zu eindeutiger Avancen seitens des Prinzen von Preußen hatte erwehren müssen, wirkte abwesend, so als könnte sie das Fest nicht rechtlos erfreuen. Sie schaute lange und sehnsuchtsvoll über den See zur Insel hinüber.

Was hatte sie in diesem seltsamen Land verloren, wo die Rohheit so nahe bei der Schönheit wohnte? Sie musste lächeln, war doch das, was sie vorhatte, alles andere als roh, eher subtil … und so ganz und gar unangemessen für einen Rohling wie de la Vallé. Sie hatte ihm eine feine Aufmerksamkeit zum Abschied mitgebracht – ein feines weißliches Pulver in einem aufklappbaren Ring, welches sie jetzt in ihr Glas rieseln ließ. Eben neigte de la Vallé sein Haupt dem Akademiepräsidenten Maupertuis zu, der ihm von einem äußerst seltenen Buch vorschwärmte, das er aus finanzieller Not leider zu veräußern gezwungen sei. De la Vallé schien willens, ihn aus seiner Notlage zu befreien und das Werk zu erwerben, weshalb die beiden Bücherfreunde nun, in die Vorverhandlungen eintretend, selbst für die essbaren Schätze kein Auge mehr hatten.

Pfannkuchen mit Schnittlauch, Spinat-Spargelsalat, Lammspieße, gebratene Hühnerbeine, Schweinslendenbraten, Gänseleberpâté, Entenconfit, Fasanenpastete, Räucheraal, Hecht in Aspik, Braunschweiger Wurst, Mailänder Salami, eingelegte Wachtel- und Kibitzeier, marinierte Sardellen, kleine Tintenfische, Muscheln, Garnelen, Oliven, Artischockenherzen, frische Weißbrote, Blauschimmelkäse, rote und weiße Trauben, Kirschen, Erdbeeren, Ananas, Pfirsiche, Aprikosen und Pisangfrüchte, Sandkuchen, Pralinés, zu kleinen Stücken gebrochene Mandelschokolade mit grünem Pfeffer und Ingwerstäbchen.

Elegant nahm Madame de Fourmont das Glas de la Vallés, trank einen Schluck Champagner daraus und entfernte sich, das präparierte Glas an der Stelle zurücklassend, wo eben noch dasjenige de la Vallés gestanden hatte. Der König spähte eben zur Insel hinüber, ließ das Fernrohr wieder sinken und blickte auf eine verkorkte Champagnerflasche, an der etwas Wasserpest klebte, die von einem Bedienten herangebracht wurde.

»Oh – eine Flaschenpost. Wie geheimnisvoll«, rief Sophie-Marie von Buchholtz, woraufhin die Aufmerksamkeit der meisten auf dieses seltsame Artefakt gelenkt wurde, das der Regent nun zu untersuchen begann.

»Vorlesen«, forderte man allenthalben, während der König das Papier in der Flasche betrachtete, ohne eine Idee zu haben, was das sein könnte. Er sah zu seinem Bruder Henri hinüber, einen neuerlichen, artigeren Scherz vermutend, doch der gab sich ahnungslos. Die Forderungen nach Verlautbarung der Botschaft wurden dringlicher, sodass er nicht umhin kam, umständlich den Korken zu entfernen und unter Zuhilfenahme eines Holzspießes, an dem sich noch vor kurzem gebratene Lammwürfel zum Verzehr dargeboten hatten, den Versuch zu unternehmen, das gerollte Papier herauszustochern. Ein schwieriges Unterfangen, das sich noch einige Zeit hingezogen hätte, wenn ihm sein Freund Darget nicht hilfreich beigesprungen wäre und die Aktion erfolgreich zum Abschluss gebracht hätte, indem er die Flasche unter Beifall an einem Steine zerschmetterte. Das Blatt wurde geglättet. Der König begann für sich zu lesen, allerdings keineswegs laut, wie man erhofft hatte. Daher verloren die anderen das Interesse. Es handelte sich sicher um eine Bittschrift …

Die Lage, in welcher ich Schottland werde zurücklassen müssen, verdient die ganze Aufmerksamkeit Ew. Majestät. Dieses Land ist auf dem Punkt, sich zerstört zu sehen, und Englands Regierung scheint entschlossen zu sein, die Untertanen, welche ihr treu geblieben waren, mit denjenigen zu vermengen, welche die Waffen für mich ergriffen haben. Hieraus ist leicht zu schließen, dass die Unzufriedenheit im Volke allgemein ist und dass ich heute für einen Anhänger, den ich damals gefunden, jetzt ihrer drei finden würde. Es hieße jedoch, Ew. Majestät irreführen zu wollen, wenn ich behauptete, dass ich nochmals Schottlands Aufhebung zu bewerkstelligen imstande wäre, wenn dem Parlament Zeit gelassen würde, die Strafgesetze wieder außer Kraft zu setzen. Das Volk würde nur rasch seinen antienglischen Furor verlieren. Frankreich und auch Preußen müssten dann für immer auf die Hilfe verzichten, die ihnen durch eine Revolution in Schottland erwächst, und ich hätte nur noch meine Zuflucht in den Herzen der Untertanen meines Vaters zu suchen. Die Zahl der Streiter hat mir in Schottland nie gefehlt; was mir Not tat, waren zugleich: Geld, Lebensmittel und eine Handvoll geschulter, regulärer Truppen. Mit der Vereinigung dieser Hilfsquellen wäre ich heute noch Herr über Schottland und höchstwahrscheinlich auch über England … Noch können aber die aus diesem Mangel erwachsenden Umstände wieder gutgemacht werden, wenn Ew. Majestät mir ein Korps von 18, besser 20 000 Mann anvertrauen möchten. Ew. Majestät allein würde ich mitteilen, wie ich diese Truppen zu verwenden gedächte, und diese Verwendung entspräche Ew. Majestät Interessen sowohl wie den meinen. Diese Interessen sind unzertrennlich – beim Bande unserer gemeinsamen Ururgroßmutter – und müssen als unzertrennlich betrachtet werden von all denen, welche die Ehre haben, Ew. Majestät nahezukommen. Gern hätte ich meinem Abgesandten, der sich Ew. Majestät inzwischen vielleicht schon genähert hat, eine Summe von 50000 Dukaten mitgegeben, die Ihnen für die Ernsthaftigkeit meines Anliegens Gewähr leisten würden. Allein gebricht es mir augenblicklich an jeder Barschaft, da ich sämtliche Liegenschaften, die mir Sicherheit bieten konnten, bereits für Waffen zu Geld gemacht habe – Waffen, die mir noch während der Passage durch den Kanal im Gefecht verloren gingen … Über die endgültige Summe, die ich für Ihre Unterstützung zu zahlen hätte, werden wir uns im Falle meines Sieges einig. Ein angemessener Rekompens sowie stattliche Subsidien meiner künftigen Regierung wären Ihnen sicher.

Der König fasste den unweit stehenden de la Vallé scharf ins Auge und formulierte drohend, indes so leise, dass es nur der Zweite Hofküchenmeister hören konnte, der eben in seine Nähe gekommen war:
»Politik an der Stätte der Zerstreuung seindt mir verhasst.«
De la Vallé hatte den herübergeschossenen Blick durchaus registriert und war verwirrt. Er fasste nach dem Glas, das neben ihm stand, denn er hatte einen Schluck bitter nötig. Doch er stieß es mit der Hand um, aufgeregt wie er war. Das Blut wallte heiß in ihm. Sein Herz klopfte ihm bis in den Hals. Jeanne de Fourmont murmelte eine Verwünschung, denn sie hatte ihr Opfer nicht aus den Augen gelassen und sein lebensrettendes Malheur bemerkt.
»Ungeschickter Hund …«
»Ich wäre auch mit hundert Friedrichsdor zufrieden«, sagte geis-

tesabwesend der Akademiepräsident, der immer noch bei dem Buchhandel war.
Der König sah, dass Langustier etwas auf dem Herzen hatte, und sagte:
»Monsieur, das seindt jetzt ohngünstig, mich beschäftigt gerade ein ganz anderes Corpus ...«
Langustier bemerkte die Schriftrolle in der Hand des Monarchen.
»Wenn Eure Majestät den Flaschenwerfer kennenlernen möchten, so brauchen Eure Majestät nur *Nero* zu rufen ...«
»Bielfeld?«
»Ich sah, wie er die Flasche warf – ein Wunder, dass sie bis ins Wasser flog. Ein Handgriff genügte und sie war geborgen, ohne dass ein Fuß benetzt zu werden brauchte ...«
Der König ging zu Bielfeld.
»Sie haben uns den Nero so echt gespielt und heute den Biron so schön gesungen! Offenbar können Sie aber auch Bouteillen in den See werfen!«
»Ich folgte nur Ihrem Beispiel, Sire!«
»Das seindt üble Wasserverschmutzung, wissen Sie das? Noch dazu, wenn sich – wie im Falle Ihrer Flasche –, nach dem Entkorken ein garstiger politischer Flaschengeist zeigt ...«
Er hielt den gerollten Brief in die Höhe. Bielfeld demonstrierte Abscheu:
»Politik? Sire – das war ein Auftragsflaschenwurf. Ich scheue mich freilich, zum üblen Verräter zu werden, denn der Kommandeur meiner Flaschenwerferhand war eine Dame ...«
»Wer seindt das dreiste Frauenzimmer? Ohne falsche Scham!«
Bielfeld tat zerknirscht und wollte nicht mit dem Namen heraus.
Langustier konnte das Theater nicht mehr ertragen. Er raunte dem König zu:
»Fragen Sie einmal Madame de Fourmont, Sire ...«
Bielfeld nickte kaum merklich.

»Es stimmt – sie bat mich um diesen kleinen Dienst, von dem ich dachte, es sei die Einleitung einer hübschen Surprise.«
»Die Surprise seindt der Dame gelungen. Ich werde jetzt doch mit Ihnen sprechen müssen, Monsieur!«, sagte der König zu Langustier. In diesem Augenblick erschütterte ein Donner die Landschaft, so gewaltig, dass die Königinmutter in ihrem Sessel aus dem Schlummer aufschreckte.

Der Baron wusste nicht, wie lange er im Gras auf der Remus-Insel gelegen und geschlafen hatte. Es war fast dunkel. In der Linken fühlte er einen Lederbeutel. Als er ihn öffnete, fand er fünfzig blanke Goldstücke archaischen Ausmaßes darin. Alles fiel ihm wieder ein: In der Hand hielt er das Vermächtnis der Edlen von Lino – der Schatz aus den Wirren des Großen Krieges, den er aus dem alten Brunnen gehoben hatte, nachdem er selbigen lokalisiert und vom Verschutt freigeräumt hatte. Mit seinen eigenen Händen! Der Schacht gähnte neben ihm. Er entzündete eine der bereitstehenden Laternen und schätzte die Goldstücke am Gewicht. Das mochten etliche tausend Louis sein: ein kleines Palais und drei Bediente dazu, für zwei Jahre, vielleicht drei. Gut investiert, etwa in eine Firma für Automate, würde man aus ihnen das Doppelte machen können! Es durchpulste ihn heiß – sein Leben stand im Begriff, eine rapide Wendung zu nehmen … Meerkatz rappelte sich auf, nahm die Laterne und lief zur Südspitze der Insel, wo sich ein hölzernes Gestell voller Raketen und Schwärmer auftürmte. Von dort aus zog sich ein Gespinst aus Zündschnüren in einen riesigen Kegel aus getrocknetem Schlamm, der die Abschussrampe der Raketen um gut das Zweifache überragte. Die Kasachen hatten ganze Arbeit geleistet. Um den künstlichen Vulkan zu errichten und seine Flanken abzudichten, hatten sie Berge sandigen Untergrundes aufgehäuft und mit Seewasser angefeuchtet. Es sah aus wie ein gigantischer Zuckerhut. Direkt hinter den Aufbauten lag die beim Herbeischaffen des Sandmaterials von den Feuerwerkern ausgehobene längliche Grube. Sauber hatten sie einen riesenhaften Findling freigekratzt, auf den sie bei ihrem Tun gestoßen waren. Sie hatten ihren Graben zur anderen Seite vertieft, wo keine so großen Steine im Wege lagen. Nur ein Fachmann von Meerkatz'schem Format konnte die kleine Mauer erkennen, die in einem wohldefinierten Abstand parallel zur freigelegten Seite des Findlings verlief. Der Baron besah sich im schwachen Lichtschein der Laterne eine Zeit lang diesen kuriosen Erdaushub, der ganz so wirkte, als hätten ihn betrunkene Vorzeitforscher verschuldet, in völliger Nichtbeachtung dessen, was ihr Augenmerk hätte bilden müssen. Er kletterte in die Grube. Der Findling kam ihm gar nicht mehr wie ein Findling vor. Viel zu regelmäßig war die Seite, fand er, fast wie gehauen. Waren dies nicht gar römische Schriftzüge? Er übersetzte: *Lucius Francus hat dieses Behältnis gemacht*. Sein Herzschlag setzte aus: Das war eine Handwerkersignatur aus vorchristlicher Zeit. Und sie war an einem Sarkophag angebracht, der aus einem riesigen roten Granitfindling gehauen worden war. Fieberhaft schaufelte er mit bloßen Händen die dünne Sandschicht auf der Oberseite des steinernen Sarges weg: TRANQUILITAS REMI stand da in kapitalen Lettern tief eingegraben: *Die Ruhe des Remus*. Darunter war eine große Bresche zu erkennen, in der eine Platte fehlte. Baron Meerkatz stieß einen wilden Freudenschrei über diese Trouvaille aus und drehte sich wie ein Derwisch entfesselt auf der Stelle. Das Ei des Kolumbus! Was dort fehlte, war die Platte, die man im Ofen in der Schlossküche eingemauert hatte! Dieses hier war – das Grab des Remus!

Den beiden Kasachen, die am Rand der Grube auftauchten, musste er wie ein Irrsinniger erscheinen. Mit deutlichen Gesten gaben sie ihm zu verstehen, dass er sofort das Weite suchen müsse: Gleich flöge – bumm! – die ganze Insel in die Luft. Er versuchte ihnen auf Französisch, Deutsch, Englisch und Italienisch zu verdeutlichen, dass dies auf keinen Fall geschehen dürfe.

Sie verstanden ihn nicht oder wollten ihn nicht verstehen. Der Höhepunkt ihrer Kunst, unter so viel Mühen und dem Vergießen ganzer Eimer voller Schweiß ins Werk gesetzt, stand bevor – vom König in Auftrag gegeben und von ihm honoriert. Was sollten sie jetzt auf die schwache Stimme eines offensichtlich irre redenden Höflings geben? Sie entfernten sich eilends. Noch immer gestikulierend, lief Meerkatz zu der Stelle am Ufer, wo sein Boot lag. Er musste dem König die Verschiebung des Spektakels nahelegen. Das wäre freilich zeitlich nicht mehr ganz einfach ... Brannten da hinten nicht zischend bereits die langen Lunten, um als Erstes den Vulkankegel in Brand zu setzen? Der Ausbruch des Feuer speienden Berges musste unbedingt verhindert werden, wenn er seine Entdeckung dem König noch zum Fest servieren wollte. Meerkatz machte kehrt und hängte den schweren Lederbeutel kurzerhand an das Gestell mit Raketen. Die Zündschnüre brannten. Die Flammen züngelten von allen Seiten auf den Kegel zu. Er trat sie verbissen aus, eine – eine weitere – eine dritte. Doch es waren viele. Mindestens fünfe zischelten nach wie vor. Die Kräfte verließen ihn und er musste kurz verschnaufen. Noch vier, noch drei, noch zwei, noch eine ... Er sah dieses letzte Ende glimmender Schnur. Brannte sie überhaupt richtig? Danach tretend, verfehlte er sie. Die kleine gefräßige Flamme hatte den Boden verlassen und kroch nun die Flanke des schrecklichen Brandschlotes aufwärts. Er spuckte in die Hand und schlug danach. Es brannte höllisch, doch die Wirkung blieb aus. Unbeirrt schnurrte der kleine Glutherd nach oben, zu hoch schon, um ihn zu erreichen. Verflucht, dachte er, doppelt und dreifach verflucht. Meerkatz nahm den Beutel mit den Goldstücken, der noch immer an einer baumdicken Rakete baumelte. Er hätte ihn in seiner Not beinahe vergessen ... Der Baron presste den Schatz an sich und rannte um sein Leben.

Alle Augen richteten sich auf die Remus-Insel, wo sich Ungeheuerliches ereignete. Das letzte Dämmerlicht war verglommen, selbst schon im dunkelsten Schlaf liegendes Gelände bäumte sich flammenschlagend auf und verwandelte sich in ein Feuer speiendes Atoll. Ein Vulkanausbruch in der Dämmerung. Nach einigen Sekunden des wortlosen Schreckens ging ein Aufschrei des Entzückens durch die Reihen. Man erhob sich, um besser zu sehen. Eine Flammensäule ungeheuren Ausmaßes strebte zum Himmel. In weiten Bögen flogen glühende Brocken ins Wasser, wo sie zischend versanken. Und das war erst der Anfang. Nachdem sich der Ausbruch langsam bis zu einer Stärke gesteigert hatte, dass es tatsächlich wirkte, als kehrte sich die Hölle des Untergrundes nach außen, zündete der Katafalk mit den Raketen und verwandelte den Vorabendhimmel in einen einzigen Blumenstrauß aus farbigen Eruptionen: Sterne, Funkenregen, quirlige Partialsonnen, Heerscharen quietschender und pfeifender Schwärmer, untermalt vom Grollen des Vulkans und den kontrapunktisch gesetzten Paukenschlägen der Böller. Nach neuen Explosionen gingen tiefere Schichten des artifiziellen Vesuvs in Flammen auf. Fontänen von Feuerflüssen ergossen sich, der Anziehungskraft der Erde Hohn sprechend, lotrecht in die Höhe. An den größten Inselbäumen angebrachte Feuerräder fingen an zu rotieren. Dies währte eine geraume Weile. Dann endlich, den Ohren der atemlosen Zuschauer durch ein abruptes Ende des Getöses vernehmlich, stellte der Vulkan seine Aktivität ein. Zwölf Dutzend Raketen zischten in eine atemberaubende astrale Höhe, weit gefächert über dem See die Gipfelpunkte ihrer Bahnen erreichend, wo sie mit fernem Knattern baumkronengroße weiße Sternenastern entfalteten. Tausende und abertausende kleiner Lichter regneten funkelnd und lange nachglimmend herab. Schweren Detonationen gleich ertönte das Fanal dreier Kanonenschüsse. Das Feuerspiel war vorüber – doch mit welcher Folge! Der dichte graue Rauchschleier, der über dem Wasser lag, verdeckte nur für kurze Zeit, was sich auf der Insel abspielte. Die kasachischen Feuerwerker hatten die Nachahmung der natürlichen Urgewalten derart perfektioniert, dass die furchtbaren Verwüstungen, die eine solche Entladung in den vulkanischen Regionen meist mit sich bringt, nun das Kythera der Mark heimsuchten.

»Mon dieu«, seufzte der König und zeigte hilflos auf den See, wo jetzt ein flackernder Flammenschein durch den Rauch drang: Seine geliebte Remus-Insel brannte lichterloh ... Die Schlackekugeln, die Schwärmer, fehlgeleitete Raketen, doch vor allem die Feuerräder und der nachglühende Kern des Vulkankegels hatten Bäume und Sträucher des kleinen Eilands in Flammen gesetzt. Der König wandte den Blick von dem Inferno und sagte zu seinem Bruder Henri, der mit den Tränen rang angesichts der Zerstörungswut des Buschfeuers:

»Der Boden ist nach einem Brande doppelt fruchtbar – nun seindt somit gute Gelegenheit, mon frère, eine schöne Bepflanzung mit römischen Gehölzen, Maulbeerbäumen oder Steineichen auf dem Remuseiland anzubringen. Wir sollten uns das Gelände daraufhin einmal genau ansehen. Wie gut, dass wir unseren Kunstvulkan nicht hier im Bobero gezündet, sonst wäre der Verheerung kein Ende.«

Allseits stimmte man in seine wiedergefundene Heiterkeit ein. Nur de la Vallé bekam die Zähne nicht auseinander und war aschfahl geworden, was man selbst im Flackerlicht der Fackeln erkennen konnte. Der Regent klatschte in die Hände, woraufhin ein artiges Heckenorchester zum Tanz aufspielte. Ein Hallo ging durch die Reihen, sodass man es kaum als sonderlich bemerkenswert registrierte, wie sich der König nun mit Langustier zu einer kurzen Besprechung abseits stellte. Alle dachten mit Freuden an das große angekündigte Souper und bedauerten kaum, bereits beim Picknick kräftig zugeschlagen zu haben: Kahnfahrt und Tanz würden schon wieder für den gehörigen Appetit sorgen.

»Dieser Flaschengeist will der echte Prince Charlie sein, mir offenbar nahegebracht durch eine Hofdame meiner Mutter, die erst vor kurzem in unseren Gestaden anlandete – dabei führt bereits seit geraumer Zeit ein Agent seine Geschäfte an meinem Hofe …«

»Lassen Sie mich raten, Sire: André de la Vallé?«

Ein kurzes Nicken. Jetzt war es heraus. Der König trug eine indifferente Miene zur Schau.

»Ergebenster Diener, Sire – Sie schenkten einem falschen Abgesandten Ihre Aufmerksamkeit. Es deutet vieles darauf, dass Monsieur de la Vallé mitnichten vom Prinzen gesandt wurde, also nicht der Unterhändler ist, als der er sich bei Ihnen vorstellte.«

»Sie halten diesen Wisch hier für echt?«

Er reichte Langustier den Brief aus der Flasche, damit er ihn lesen konnte. Der erkannte immerhin die Spinnenschrift des Prinzen.

»Die Hand ist mir bekannt, auch das Kürzel am Ende: CES.«

»Die Flaschen-Postlerin seindt echt? Ich möchte meine vielgeplagte Mutter nur ungern wegen eines Scherzes einer ihrer Hofdamen berauben.«

»Ich halte dafür, Sire, ja! Der Charlottenburger Brand-Wecker wurde von dem falschen Abgesandten gestellt – er wollte die Dame außer Gefecht setzen, die ihm auf der Spur war. Es war de la Vallé, der auf Anhieb wusste, wo das kleine Drähtchen saß, welches die Glocke behinderte. Zum Glück weilte die Dame« – er sah zum Prinzen von Preußen hinüber – »… andernorts.«

Der König entsann sich und bezeugte kopfwiegend seine Anerkennung.

»Ich wurde Zeuge eines Gespräches zwischen Madame de Fourmont und Monsieur de la Vallé im Park von Schloss Charlottenburg. Madame Fourmont äußerte sich etwas unvorsichtig, was meine Nachforschungen betraf. Daraufhin hatte es de la Vallé auch auf meine Wenigkeit abgesehen.

»Ach – die Kutschenhavarie?«
»Majestät wissen ...?«
»Pöllnitz hat auf Ehre nur mich davon berichtet. Auf den Franzosen bin ich hereingefallen. In der Tat ... Ohne Sie wäre ich in eine ziemliche Bredouille hineinmarschiert. Die Gelder, die ich ihm schon zugesichert, hätten mehr als 30 Meter altbackener Folianten aufgewogen. In der *Schule der Welt* hätte ich für diesen Fauxpas lange nachsitzen müssen.«
Das Feuer auf der Remus-Insel wütete jetzt mit einer Inbrunst, dass man es sowohl hören als auch riechen konnte. Einzelne Funken flogen bis zu dem Ort herüber, wo die Gesellschaft noch immer tanzte. Man schiffte sich so geschwind ein, wie man es vermochte, und deckte die kostbaren Gewänder mit allem, um Schaden abzuwenden. Langustier und der König waren die Letzten, die aufbrachen. Pöllnitz hielt sich in einiger Entfernung. Er hatte die Papiere offenbar durchgearbeitet und wartete auf ein Signal, seine Erkenntnisse mitzuteilen. Langustier bedeutete ihm, dass es noch Zeit hätte, und blickte auf die brennende Insel.
»Entsinnen Sie sich der Mordgeschichte, Sire, die sich hier ereignete?«
»Wie sollte ich nicht. Aber ... ich denke, wir seindt uns einig, dass sich damals zweie stritten: Tristwitz und Moore, und der eine den anderen im Eifer des Handgemenges erschlug?«
»Ew. Majestät damalige Meinung überzeugte mich natürlich vollkommen. Seither sind aber zahlreiche Dinge vorgefallen, die mir die Angelegenheit in einem anderen Lichte erscheinen lassen. All dies steht mit dem Verrat des de la Vallé in Konnex.«
»Wollen Sie sagen, dass der Tote auch für den Prinzen tätig war?«
»Eben dies, Sire! Der Tote, war kein Buchhändler. Er sollte Ihnen eine Aufmerksamkeit überbringen und einen Brief. Nichts davon hat Sie erreicht, und der Unterhändler fand dort drüben, nur wenige Schritte von hier – den Tod.«
»Wissen Sie inzwischen, wer er war?«

»Ja, Sire. Es war James Harris, der 23. Earl of Malmesbury!«
Der König schwieg voll des Erstaunens. Leise fragte er:
»Wer hat ihn getötet?«
»Dies, Sire, vermag ich noch nicht mit letzter Bestimmtheit zu sagen. Ich glaube aber, dass mir die Briefschaften, die ich heute bei einem gewissen Herrn fand, weiterhelfen werden, so dass ich Ihnen den Täter beim Souper ... gewissermaßen als Omelette Surprise ...«
»Monsieur – Ihre Eingebungen machen, dass mir hungert!«
Da tauchte ein qualmender Kahn auf, in dem ein schwarzer Mann saß – Baron Meerkatz, oder das, was von ihm noch übrig war ...
»Das Grab des Remus, Sire – ich habe es gefunden!«

Das Schloss war hell erleuchtet. In allen Räumen waren Kerzen aufgesteckt und angezündet worden, eine Illumination, welche die Ankommenden schon von Weitem begrüßte. Das Unglück des Barons Meerkatz bestimmte die Gespräche während der Rückfahrt, aber die Mutmaßungen über die Hintergründe dieser Angelegenheit gerieten sehr schnell auf Holzwege. Er war nahezu völlig ertaubt, schwarz wie ein Stück Kohle und faselte wie besessen von dem Grab des Remus, das er gefunden habe. Einen angesengten Lederbeutel hielt er umklammert und war durch nichts zu bewegen, sich von ihm zu trennen. Der König ließ seine Behauptung binnen Stundenfrist überprüfen. Doch die Tätigkeit des Vulkans war so verheerend gewesen, dass die Oberfläche der Insel, vor allem im Bereich des vermeintlichen Grabes oder Sarkophages, sich nicht allein glutheiß und schlackebedeckt, sondern auch wie glattrasiert und völlig eingeebnet darstellte, so dass man augenblicklich keinerlei Vertiefungen mehr darauf finden konnte.
Die Königinmutter hatte sich in die Küche begeben, ein Vorgang, der niemals zuvor da gewesen, soweit selbst die ältesten Mitarbeiter Langustiers denken konnten, die noch unter dem alten

König Dienst getan. Man konnte sich keinen Meter mehr bewegen, da die hohe und breite Dame den Raum fast ganz ausfüllte. Sie hing an Langustiers Lippen, als dieser sich anschickte, dem zu erwartenden Geschmacksfeuerwerk einige Schwärmer der Erläuterung vorabzuschicken:

»Über die Julienne und die Potage à la Condé, Majestät, gibt es nicht viel zu sagen – in Karotten, Kohl und Rüben steckt viel Esprit, man muss ihn nur herauslocken. Der Name Condé ist mir selbstredend Verpflichtung, denn kein Condé ohne Vatel.«

Die Königinmutter lachte.

»Die Garbure bietet eine glückliche Vereinigung von Languedoc, Spanien und Italien, über die Suppe, die ich mir erlaubte, nach Baron Pöllnitz zu benennen, Ew. Majestät, mögen Sie selbst urteilen, ich hoffe, sie trifft Ihren Geschmack.«

Die alte Dame probierte einen kleinen Löffel und rief verzückt:

»Sie ist exquisit! Hören Sie, Maitre – ich will Sie und ihre Leute nicht länger aufhalten, denn ich könnte schon jetzt auf der Stelle Todes sterben, wenn ich in diesem Duftvulkan weiters gezwungen wäre zu verweilen. Aber sagen Sie – was sind denn das für Steine im Ofen?«

»Baron Meerkatz hält dafür, dass es sich um Tafeln handelt, die einst das Grabmal des Remus zierten. Er will vor knapp einer Stunde am echten Remusgrab auf der Insel zwei Aussparungen gefunden haben, in welche sie hineinpassen!«

»Was Sie nicht sagen!«

Kaum war sie hinaus, kam der Baron Pöllnitz und gab Langustier die Briefe zurück, die er für ihn gelesen hatte – nebst den zugehörigen Regesten oder Kurzfassungen.

»Ich habe Ihnen die Inhalte jeweils in ein paar Stichworten notiert. Was machen Sie denn da Feines?«

Pöllnitz wartete nicht erst auf Erlaubnis, sondern stieß beherzt einen Löffel in die Crème Caramel. Langustier bekam es gar nicht mit, denn er war ins Pöllnitz'sche Memorial vertieft.

»Sagen Sie, Baron – sind die Rheinsberger alle da?«
»Vollzählig angetreten, soweit noch vorhanden: Kähn, Prusskow nebst Gattin, Brädow, Roskusch, Hamilton – wenn Sie den mit unter die Einheimischen zählen. Meerkatz, nun ja ... (er lachte) So viel, wie eben noch von ihm übrig ist ... Ist völlig mit den Nerven herunter und hat den Odeur eines abgebrannten Stückes Zunder. Aber er wollte es sich nicht nehmen lassen – ist so glückselig, als hätte er ein Fass Burgunder geleert, obwohl er ja doch vom Grab des Remus nur einen kurzen Blick erhaschte, bevor der kasachische Vesuv losbrannte ...«
Ein Bote kam herein und reichte Langustier eine Nachricht aus Berlin, von der Wache der Gens d'Armes. Er überflog sie und sagte mit deutlich aufgehellter Miene:
»Na wunderbar. Man hat den Auftraggeber des Spandauer Branntweinkutschers ermittelt! Dann kann es ja losgehen!«

Im Saal entfaltete sich, hörbar im Spiel der Stoffe, ein sinnlich erregendes Leben. Gravitätisch rauschten die langen Dominos, Schäferinnen und Schäfer knisterten in weißem Atlas, schmucke Amazonen zeigten ihre Reize in grünen und blauen Kostümen. Der König hatte das talarähnliche meergrüne Seidengewand übergeworfen, welches bei allen Maskeraden schon den Anspruch auf Tradition erheben durfte. Keck garnierten ein paar Straußenfedern den Dreispitz, unter dem das halblange, geknotete Haar erschien. Er bewegte sich graziös wie in alten Zeiten galant scherzend von Paar zu Paar, hie und da auch ein Weilchen bei einer Gruppe verweilend. Seiner Mutter, die jetzt tatsächlich mit langem Hals vom Rundzimmer mit ihrem Spieltisch in den Saal lugte, war dies ein fremdartiger Anblick, denn sie hatte ihn noch nie in diesem Festgewand gesehen. Jeder ging nun, da verkündet wurde, dass angerichtet sei, in seinem Kostüm zu Tisch. Im Spiegelsaal, wo man eben noch getanzt, war die Tafel aufgebaut worden. Das Souper übertraf alle Erwartungen:

VIER SUPPEN: eine Julienne, eine Potage à la Condé, eine Garbure mit Käse, eine Potage à la Pöllnitz; ZWEI RELEVÉS: Rinderbraten mit Sauerkraut garniert, geschmorter Truthahn mit Trüffeln; ZWEI TERRINEN: eine Chipolata, eine Gibelotte à la marinière; SECHZEHN ENTRÉES: Rinderrippe mit Champagnersauce, Hammelrücken mit Rübenpüree, Geflügelbretonne mit Bohnen, Sauté mit Trüffeln, Rebhuhn-Koteletts, Wildschwein in Aspik, eine warme Pastete à la Financiere, Hechtschnitten auf finnische Art, Kalbskoteletts à la Singara, gespickte Kalbsnuss mit Zichorie, Wachteln à la Orly, Truthahnflügel à la Villeroy, ein Regenpfeifersalmis, Kaninchenfilets im Turban, Vol-au-vent aus Hühnerblankett, Zander au gratin; SECHS BRATENGERICHTE: feine Poularde, Sumpfschnepfen, kleine Lachsforellen, Weinbergswachteln, rotbeinige Rebhühner, gebratener Stint; SECHZEHN ZWISCHENGERICHTE ODER ENTREMETS: spanische Artischocken à l'essence, Spinat mit croûtons, Apfelsuédoise, Roggenbrötchen, Salat à la Casanova, Trüffeln in der Serviette, Maraschino-Gelee, Blancmanges, Blumenkohl mit Parmesan, Lauchpüree, ein Kuchen à la Maréchale, Kohl vom Grill, kleine Reiskuchen, poschierte Eier, Gelee aus Malteser Orangen, Caramelcrème; DREI SÜSSSPEISEN: ein Baba, Schokolade-Souffleé, Feigen-Törtchen.

Mit den Süßspeisen trat der Zweite Königliche Hofküchenmeister an die Tafeln und konnte sich von der allseitigen Zufriedenheit genügsam überzeugen. Ausgelassene Reden und Scherze umschwirrten die Gesellschaft. Unruhig rückten die Stuhlbeine, denn man wartete sehr darauf, sich wieder erheben und weitertanzen zu dürfen. Der König wandte sich an Langustier:

»Monsieur, wir sitzen auf Kohlen – es wird Zeit, dass Sie uns die Aufklärung bringen, derer wir so sehr benötigen!«

Das Murmeln der Gesellschaft verebbte, und auch am Tische der Rheinsberger wurde es jetzt totenstill.

»Mit Verlaub, Sire – ich würde Ihnen freilich viel lieber das Signal zum Tanze geben ...«

»Maitre, ich muss darauf bestehen! Enthüllen Sie uns das Rätsel des Eis-Mannes. Es war, dies sei für alle vorweggeschickt, der 23. Earl of Malmesbury, ein Unterhändler des schmählich geschlagenen Charles Edward Stuart. Ich sage dies, und zwar mit Nachdruck, ganz besonders einem Betrüger an meiner Tafel. Hören Sie mir, Monsieur de la Vallé?«

Der Genannte sprang auf und verneigte sich flüchtig gegen den Monarchen.

»Wie können Sie annehmen, Sire, ich hätte Sie hintergehen wollen? Meine Absichten waren durchweg aufrichtig!«

»So aufrichtig«, schaltete Langustier sich ein, »dass Sie Madame de Fourmont als einer Vertrauten des Stuart-Prinzen und mir, der ich Ihnen erklärtermaßen auf der Fährte war, durch feige Anschläge nach dem Leben trachteten? Wer wusste schließlich genau, wie die Glocke an dem manipulierten Wecker ruhiggestellt worden war? Man hätte es nie und nimmer sehen können! Und wer griff seinem Kutscher so beherzt in die Riemen, dass er mit meiner Kutsche kollidieren musste?«

Schmährufe wurden laut. Der König rief nach den Wachen, um de la Vallé abführen zu lassen, doch Langustier bat, damit noch zu warten. Die Wachen postierten sich so, dass der Beschuldigte keine Möglichkeit hatte zu entkommen.

»Ich bin kein Mörder, Sire!«, sagte de la Vallé mit Nachdruck.

Der König wandte sich fragend an Langustier:

»So hat er den Engländer nicht um die Ecke gebracht ...?«

»Er hat dem Bewusstlosen nicht geholfen, sondern sich seiner Rolle als Agent bemächtigt. Moore, will sagen Harris, das heißt der Earl of Malmesbury, der ursprünglich für Bonnie Prince Charlie ein gutes Wort bei Ihnen einlegen wollte, fiel indes einem anderen der Anwesenden zum Opfer! Politik, so darf ich behaupten, spielte bei dieser ganzen Angelegenheit gar keine Rolle.«

»Doch hat der falsche Unterhändler nicht auch den beiden Gefangenen übel eingeschenket? Indem er den gewaltsam des Trunkes Entwöhnten ein tödliches Quantum Branntwein bringen ließ?«

Langustier schüttelte den Kopf. Bedächtig setzte er seine Rede fort.

»Ich habe, dank freundlicher Hilfe, eine Menge angelsächsischer Korrespondenz gelesen in den letzten Tagen. Aus diesen Briefschaften erhellte immer mehr, was bereits eine einzelne Epistel aufscheinen ließ, die ich in dem Gewande des Engländers fand. Lange rätselte ich, wer die Dame namens *Rose* gewesen sein könnte, die dem Earl von ihrer Leidenschaft geschrieben hatte und von der Leibesfrucht, welche aus derselben hervorgegangen ... Sie hatte ihm auch ihre Silhouette auf einem Medaillon verehrt.«

Ahs! und Os! ertönten. Leidenschaft! Leibesfrucht! Das waren Worte wie Schokoladensplitter!

»Madame de Fourmont – würden Sie mir behilflich sein? Sie legten sich das Medaillon nicht aus reiner Sympathie für die Schöne um. Sie kannten diese Frau.«

Jeanne de Fourmonts Teint wirkte auf einmal kreidig.

»Ja. Ich erkannte Ihr Wappen und auch ihr Profil auf dem Anhänger. In London sind wir uns begegnet und waren für ein dreiviertel Jahr die besten Freundinnen. Ich war indes zehn Jahre jünger als sie ...«

In diesem Moment stürmte Pjotr, im eng anliegenden Samtwams und in kurzen Culottes, aus denen lange, seidenbestrumpfte Damenbeine und zarte gelenkige Füße schauten, auf Jeanne de Fourmont zu, fiel auf die Knie und bat mit Inbrunst:

»Ersparen Sie mir die Pein dieser Offenbarung!«
Sie stockte.
»Mein Sohn, was ist mir dir?« , rief Prusskow senior. »Du bist doch nicht schuldig geworden?«
Langustier nahm Pjotr von Prusskow die Bürde des Antwortens ab.
»Mesdames, Messieurs! Sehen Sie in diesem Jüngling das Opfer, nicht schuldlos vielleicht in seinem Handeln, doch nicht schuldig in betreff meiner Nachforschungen.«
Er wandte sich dem alten Prusskow zu.
»Sie nannten ihn Sohn. Doch er ist Ihr Ziehsohn, wenn ich mich recht entsinne?«
»Das ist richtig, Monsieur. Er ist ein Findelkind.«
Langustier warf sich in die Brust.
»Wir haben gestern eine Tragödie gesehen, in der Mütter ihre Söhne durch Mord an die Macht bringen wollen. Wir sahen Brüder, die einander im Streben nach Macht ums Leben bringen. In der realen Tragödie, die in diesem Naturtheater spielte, das unser heutiges Picknick so glänzend umrahmte, wurde ein Sohn um des häuslichen Friedens willen verheimlicht – der Sohn von …«
»Monsieur!«, erhob mit Aplomb der Gewürzhändler Roskusch seine Stimme: »Die Tötung des Mannes wurde doch längst dem Tristwitz nachgewiesen! Hat man nicht die Kleidung und die Tasche, ja selbst den Vergil bei ihm gefunden?«
»Letztes ist richtig – doch haben nicht Sie, Monsieur, dem Herrn Tristwitz einen Tag vor Auffindung dieser Dinge einen Besuch abgestattet?«
Durch den Saal ging ein Raunen. Nun hatte eingestandenermaßen auch der Letzte den Faden verloren. Langustier fuhr unbeirrt fort:
»Offene Häuser gibt es hierzulande viele. Ich selbst konnte mich heute davon überzeugen, wie einfach es ist, in ein Haus zu gelangen und darin herumzustöbern. Genauso leicht jedoch lässt

sich bei dieser Gelegenheit allerlei dort deponieren! Etwa eine englische Diplomatentasche … Nicht wenig mag Ihnen der Umstand geholfen haben, dass Tristwitz und sein Bedienter notorisch dem Trunke anheimfielen.«

»Das ist eine üble Verleumdung!«

»Mitnichten, Monsieur. Sie haben die Tasche bei Tristwitz hinterlassen, kurz vor der Haussuchung, die ihn ins Gefängnis brachte. Sie kämpften in der Nacht, in der man den Earl erschlug, mit Monsieur de la Vallé auf der Remus-Insel – im Scherz, behaupten Sie, um die Ehre, behauptet er … In Wahrheit kämpften Sie um die Barschaft und die Papiere des Toten.«

Atemlose Stille. Langustier richtete seine folgenden Worte an den König.

»Monsieur de la Vallé hatte sich blitzschnell seinen Plan zurechtgelegt. Er nahm einige Briefe des Stuart-Prinzen an sich, die ihm für die Rolle des Abgesandten dienlich erschienen. Seine Hochstaplernatur muss in dem glückhaften Moment, da ihm die Idee gekommen war, frohlockt haben!«

»Unterstellung!«, brauste de la Vallé auf.

Langustier sprach unbeirrt weiter.

»Eine finanzielle Einlassung zugunsten Bonnie Prince Charlies hätte seinem Etikettenschwindel sozusagen die Krone aufgesetzt … Sie hätten ihm Ihre Gelder für die jakobitische Sache anvertraut und nie mehr etwas von einem de la Vallé gehört.«

Die Allgemeinheit im Raume konnte das Entsetzen nur durch aufbrausende Lärmerzeugung mildern. Alles schnatterte durcheinander, und der König musste die Anwesenden mehrfach um Ruhe ersuchen. Er fragte Langustier, während er die Augen auf den Gewürzhändler Roskusch richtete:

»Mesdames, Messieurs! Contenance, s'il vous plait! (Zu Langustier:) Was haben Sie da von einem Kampfe des falschen Agenten mit jenem Rheinsberger Gewürzhändler gesagt?«

»In der erwähnten Handgreiflichkeit erstritt er sich des Earls

Tasche und das darin befindliche Geld, welches Tristwitz für ein Buch gezahlt hatte, das ihm der Earl aus Geldnot verkauft. Es sollte ursprünglich eine Gabe Prinz Charles Edward Stuarts an Sie sein, Sire. Der Earl war jedoch – ebenso wie die ihm nachgesandte Madame de Fourmont – längst nicht mehr davon überzeugt, in der Sache noch etwas ausrichten zu können. Er verfolgte ganz andere Ziele in Rheinsberg.«

Langustier machte eine kurze Pause, dann schnappte er das kurz verlorene Ende des Fadens wieder …

»Roskusch trug eine Blessur davon, dic ihm noch anzumerken war, als ich ihn Wochen später aufsuchte. Der Einfall, die leere Dokumententasche dem Papiermüller Tristwitz unterzujubeln, kam ihm, da er fürchten musste, gemeinsam mit de la Vallé des Mordes beschuldigt zu werden.«

»Verworfene Kreatur!«, schimpfte der König.

Langustiers Blick war auf eines der Feigentörtchen gerichtet, dass sich der Monarch ungeachtet der Materien, die gerade verhandelt wurden, in den Mund schob.

»Ein kleiner, nicht unwesentlicher Umstand spielte noch mit, wie ich vermute … Einer der kleinen, feigen Torts – jener gedruckten Sticheleien und Verletzungen, die der dicke Dichter Tristwitz so freigiebig auf seinem Papier austeilte, hatte Herrn Roskusch zum Thema …«

Der Gewürzhändler sank in sich zusammen.

»Dieser feine Herr, dem Bücher wertvoller waren als Menschen, hat den kurierten Alkoholkranken Branntwein nach Spandau gesandt. Unter vielen befragten Mietkutschern vermochte ihn einer trefflich zu beschreiben.«

»Potzsapperment!«, entfuhr es dem Regenten.

Langustier wandte sich noch einmal an Madame de Fourmont.

»Sie wurden rüde unterbrochen, Madame, wofür ich mich stellvertretend bei Ihnen entschuldige – was wollten Sie sagen?«

Mit schwacher Stimme verkündete sie:

»Die Geliebte des Earls und die Mutter des jungen Prusskows, des Findelkindes, war Flora MacDowell, die mit Zweitnamen Rose hieß – die nachmalige Gattin des Dankward von Brädow!«
Ein Aufschrei ging durch die Menge, gefolgt von Madame Prusskows tiefem Seufzer. Einen Augenblick lang herrschte Verwirrung, dann richteten sich alle Augen auf den Forstmeister. Der saß wie erstarrt. Er schien darauf zu warten, dass sich alles als ein schlimmer Traum entpuppte. Langustier fragte ihn:
»Monsieur – auf Ehre und Gewissen: Mit wem duellierten Sie sich 1730 im Tiergarten?«
Brädow rang mit sich. Leise antwortete er:
»Mit Harris. Er hatte einen Brief an meine Frau geschrieben, in dem von Liebe die Rede war. Sie hatte ihn auf ihrem Schreibtisch vergessen …«
»Wussten Sie von den Liebesnächten Ihrer Frau mit dem Earl? Von dem Sohn, dem unehelichen?«
Brädow stampfte mit dem Stiefel auf und verneinte mit wilder Geste.
»Erst an jenem Abend im Februar wurde es Ihnen offenbar!«
Der Forstmeister sprang auf und suchte zu einem der offenen Fenster zu kommen, augenscheinlich in der Absicht, sich hinaus und zu Tode zu stürzen ob der Schmach, die ihm allein der Gedanke an das einstige Geheimnis seiner Frau verursachte. Erschreckt wich man zurück, um eine Gasse zu bilden, bis sich einige der Herren ein Herz fassten, den Rasenden stoppten, niederwarfen und am Boden niedergedrückt hielten. Langustier hielt die Briefe des Earls an Flora von Brädow in die Luft.
»Hier sind die übrigen Briefe, die dem späten Vollstrecker gar nicht bekannt waren, da seine Gattin sie tunlichst in ihrem Sekretär sekretiert hielt.«
Er reichte sie dem Monarchen.
»Potzblitz! Die schöne Dame, die in Pyrmont von der Chaise

übergefahren wurde? Wie lange liegt diese Affäre zurück? Ein Jahr? Er scheint mir ein sehr anhänglicher und sentimentaler Ehemann zu sein. Die Ehe ist nichts als ein Ultimatum unter zwei Parteien, die von Natur aus ihr ganzes Leben lang im Kriege liegen ... Wird es gebrochen, so ist die Verheerung da und der Friede hat sein Ende. Man muss stets auf alles gefasst sein und darf nie aus der Rolle fallen.«

Der König blätterte interessiert in den Briefen, wohingegen Langustier seine Enthüllungen fortsetzte.

»Sie müssen entschuldigen, Monsieur Brädow, aber es scheint mir unumgänglich, dass Sie uns von Ihrer Frau und ihrem Liebhaber erzählen. Im Jahr des Duells mit Harris entdeckten sie beider Verhältnis? Den Briefschaften nach zu urteilen bestand es bis letztes Jahr, also bis zum Tode Ihrer Gattin ...«

Brädow sprach mit gequälter Stimme, schleppend, das Schafott bereits vor Augen.

»Ich ... lernte Flora ... vor über zwanzig Jahren kennen. Pjotr« – er blickte fast liebevoll zu Prusskows Ziehsohn hin, als sähe er einen lebendigen Gruß seiner geliebten Verstorbenen in ihm – »wurde als Säugling gefunden, somit muss der Verworfene ... Er und sie ... Sie beide ... zusammen ...«

Es gelang ihm nicht, den Satz zu beenden.

Langustier fragte:

»Sie zogen 1730 nach Rheinsberg. Warum gab Ihre Frau den Jungen nicht einfach für Ihr gemeinsames Kind aus?«

Hier verstockte Brädow vollends. Langustier übernahm es, die Frage selbst zu beantworten:

»Die Glücklich-Unglückliche beschrieb es selbst – sie berichtete dem Earl, ihrem anfangs platonisch Geliebten, von der physischen Insuffizienz ihres Mannes, seiner Unfähigkeit, Kinder in die Welt zu setzen ...«

Die Menge stöhnte verzückt.

»Wie seindt es possible, ein Kind inkognito zu gebären? Ohne dass es dem Ehemanne auffällt?«, wollte der König wissen, der bei der Erwähnung von Brädows Zeugungsunfähigkeit deutlich zusammengefahren war, da ihn dies an seine eigene Disposition gemahnte.

»Als ihre anderen Umstände nicht mehr zu verbergen waren, reiste Madame Brädow zu ihren Schwestern nach London. Ihr Mann war ohnehin in diesem Jahr ganz Soldat. Er baute ein Regiment Langer Kerls für Ihren werten Vater auf, Sire, und gelangte zu diesem Behuf bis nach Südspanien. Flora und Dankward von Brädow trösteten sich mit dem Gedanken an ihre bevorstehende gemeinsame Zukunft in Rheinsberg. Er bewarb sich erfolgreich um dem Posten, den er noch jetzt bekleidet. Sie schickte, um den Verdacht gering zu halten, den in London geborenen Sohn im Säuglingsstande durch eine Amme nach Rheinsberg vorweg, wo ihn die Prusskows am Landungssteg fanden. Als Flora von Brädow anlangte, zeitlich nur kurz vor ihrem Gatten, war alles bereits geschehen. Niemand schöpfte Verdacht. Nur sie und der Earl wussten, wer Pjotrs Vater war. Als sie tot war, wusste es nur noch der Earl. Bis zu jenem 16. Februar.«

Langustier straffte sich und fuhr fort:

»Monsieur Brädow und der Earl trafen sich bei Prusskows Soirée wieder. Ihre Gespräche drehten sich um den Tod seiner Frau und um die Frage, wie man der Toten ein Denkmal aus Marmor errichten könnte. Brädow hatte ihn seit dem Duell nicht mehr im Verdacht, seine Frau anders als platonisch zu lieben. Sie erörterten die Remus-Insel als möglichen Platz für ein Marmorstandbild – nebenbei bemerkt, kein übler Gedanke: Oben auf dem Inselberg wäre eine weithin leuchtende, weiße Frau vortrefflich … Die beiden fassten vielleicht gar den Plan, sich dort dem sentimentalen Gedanken weiter zu widmen. Indes mögen den Forstmeister spätestens dann Zweifel an der Harmlosigkeit dieses Ansinnens angewandelt haben, als der Engländer sich mit Pjotr Prusskow höchst angeregt unterhielt und ihm sehr intime Fragen stellte, insonderheit auf das frühe Schicksal des Knaben zu sprechen kam. Dies schien ihn zu faszinieren.«

Langustier trat zu Pjotr.

»Haben Sie Ihrerseits Verdacht geschöpft, dass der Earl Ihr Vater sein könnte?«

»Erst später, als ich mich der recht indiskreten Fragen entsann. Weshalb, fragte ich mich, wollte dieser Engländer überhaupt der toten Försterin ein Standbild setzen? Darüber wollte ich Brädow heute zur Rede stellen, traf ihn jedoch nicht an.«

»Dürfte ich Sie bitten, einmal einen Handschuh auszuziehen?«

»Was erlauben Sie sich, Monsieur? Welch dreistes Ansinnen!«, warf Prinz Heinrich ein. Pjotr aber wehrte die Einwände ab und präsentierte seine rechte zartfingrige, nackte Hand. Dann spreizte er die Finger ...

»Oh!«

Der Lakai hielt Schwimmhäute unter den stets blütenweißen Handschuhen verborgen. Langustier kehrte zu seinen Ausführungen zurück.

»Der Earl hatte sich von Tristwitz bereden lassen, nach Schlaborn zu laufen. Dort hat der unflätige Patron tatsächlich jenes wertvolle Buch gekauft, das für Eurer Majestät Bibliothek bestimmt war: die *Aeneis* des Vergil in einer sehr seltenen Ausgabe.«

»Mon dieu!«

»Monsieur Roskusch hat es inzwischen ...«

»Seindt sofort konfisziert!«

»Alkoholabusus in einem derartigen Ausmaße, dass ihm zwei ringende Herren im weiteren Verlauf der Nacht wie Romulus und Remus vorkommen ließ, ließ Tristwitzens Diener sanft von seiner Aufgabe abkommen, den Earl sicher nach Rheinsberg zu geleiten. Auf dem Weg muss Brädow ihn unvermittelt gestellt haben. Mir gegenüber sollte der Forstmeister später behaupten, gemeinsam mit Roskusch und Baron Meerkatz die Prusskow'sche

Soireé verlassen zu haben. In Wahrheit jedoch war er in Begleitung von Baron Meerkatz nach Hause gegangen. Er ist ein passionierter Schlittschuhläufer – das sah ich an den Kufenschuhen, die an der Wohnzimmerwand im Forsthaus baumeln, direkt neben den Jagdtrophäen –, von daher konnte er wenige Minuten nach der Heimkehr schon wieder auf halbem Wege nach Schlaborn den Earl abpassen, ihn auf die Remus-Insel bitten, um mit ihm seinen Plan für das Standbild zu besprechen. Statt jedoch dies zu tun, stellte er ihn zur Rede und – in seiner ohnmächtigen Wut oder Verzweiflung – schlug ihn nieder, angesichts der Abgründe, die sich ihm aufgetan hatten.«

»Oh – hätte ich ihn nur schon im Tiergarten getötet!«, brüllte Brädow.

Langustier fuhr fort:

»Brädow ließ den Earl in der Kälte liegen. Der Mann war indes wahrscheinlich noch nicht tot, als Roskusch und de la Vallé ihn fanden.«

Der König stutzte.

»Roskusch und de la Vallé? Das seindt doch impossible! Haben die Herren nicht gemeinsam mit den Prusskows und mit Botschafter Groß eine späte Eiswanderung unternommen?«

Langustier wirkte ratlos.

»An dieser Stelle, Sire, das gebe ich zu, könnte mir nur der allgewaltige Leibnitz'sche *deus ex machina* aus der Patsche helfen, der mechanistische Leviathan, der über das Weltgeschehen genau Bescheid weiß, da er es selbst wie eine Stechwalze abspielt …«

»Ähem! Eure Majestät mögen verzeihen, wenn ein Kähn sich einmischt …«

Wie der Leibhaftige selbst hatte sich eine Wallenstein'sche Figur erhoben.

»Wer seindt denn Sie?«

»Kähn, Majestät!«

»Was wollen Sie? Raus mit der Sprache!«
»Wenn ein Kähn sich einmal in was festbeißt, wenn er einmal eine Fährte aufgenommen hat, dann verfolgt er sie bis zum Schluss, bis er das Wild gestellt hat!«
»Schon recht, nur vorwärts!«
»Der seltsame Zug durch mein Gebiet an diesem Tag ließ mich die Herren verfolgen. Ich wusste, dass wenigstens der Roskusch wieder zurück musste, und da wollte ich ihm gehörig ein Bein stellen ...«
Den König amüsierte das. Er erinnerte sich an den Kähn'schen Fall.
»Ich entsinne mir ... Die Geschichte mit dem Fahrweg und den Esels von Rats. Nur weiter, vite vite!«
Kähn kam in Fahrt:
»Wenn ich gewusst hätte, dass mein Ansitz so lange währen würde, hätte ich mehr Branntwein mitgenommen. So waren meine drei Jagdflaschen schon leer, als ich den Roskusch mit den anderen Herren von Warenthin endlich aufbrechen sah. Ich hatte mich mit meinem Spektiv auf der Remus-Insel postiert, wo man selbst nachts auf dem Schnee noch einzelne Gestalten unterscheiden konnte. Im gleichen Moment hörte ich aber unter der Eiche, auf der ich hockte, mit meiner Jagddecke wie ein großer Stubben und unsichtbar, zwei Herren streiten. Den Fremdländer und den Förster Brädow. Verflixt, jetzt nur keinen Laut! Da haut der Brädow dem Fremdländer eins über, und ich denke: Recht so! Der Fremde hat hier nichts verloren. Der Forstmeister wird schon seine Gründe gehabt haben, dass er ihn schurigelte. Brädow schaut sich wild um und dann, so etwas habe ich mein Lebtag noch nicht gesehen, schnallt er sich Kufen unter die Jagdstiefel und huscht übers Eis davon wie der Teufel. Ich bekomme es mit der Angst und will weg, bin aber wie gelähmt. Und dann sind die Spaziergänger von Warenthin herübergekommen. Zwei halten direkt auf den Berg mit meiner Eiche zu, es sind der Roskusch,

mein frecher Nachbar, und der eitle Franzmann – de la Vallé. Sie steigen auf den Inselberg und erblicken den Fremdländer, der platt wie eine Flunder auf dem Boden liegt. Die beiden verwundern sich anfangs sehr. Roskusch will eben etwas zu den anderen hinunterschreien, die im weiten Bogen um die Insel herumgehen und nicht sehen können, was sich oben abspielt, aber der Franzmann bedeutet ihm, das Maul zu halten, und fängt an, die lederne Tasche des Fremdländers zu durchwühlen, die neben ihm im Schnee liegt. Er zieht Briefschaften heraus. Roskusch entreißt ihm die Tasche und hält ein Säckchen in der Hand. Es klimpert wie Gold darin. Der Franzmann will es ihm abnehmen, und sie fangen an sich zu balgen, wobei Roskusch unglücklich stolpert und sich den Arm verrenkt. Er behält aber die Oberhand und stopft sich die Tasche unter seinen Mantel. Er zerrt den Franzmann vom Berg zu den anderen hinunter. Der Junge vom anderen Ufer, der Schönling, demonstrierte gerade an einem Loch, das er wohl tagsüber bereits geschlagen, wie man eisfischt, und ich dachte mir noch …«
Die Gesellschaft hatte sich schreckensstarr diesen Sermon angehört. Man schauderte und wurde sich der Tatsache bewusst, dass in dieser an sich hübschen Gegend ja doch nur Wilde lebten. Der König wurde langsam ungehalten. Kähn spürte es und beschleunigte seine Rede.
»Die Spaziergänger waren endlich weg, und ich machte einen zweiten Anlauf, meinen Luginsland zu verlassen, als der teuflische Eisläufer, der Brädow, wieder herankam. Ich zitterte wie Espenlaub, obgleich ich auf einer Eiche saß. Er hatte alte Kleider dabei, die zog er dem Fremdländer an, nachdem er ihn aus den teueren geschält. Dann schleifte er ihn zu dem Loch, das der Schönling geschlagen, weitete es mit einem mitgebrachten Pickel und versenkte den kalten Fremden. Er schnallte sich seine Gerätschaften und den Kleiderballen auf den Buckel und war schneller auf und davon, als man *märkische Landschaft* sagen kann. Das

war alles. Ich saß noch eine Weile auf dem Baum, dann riss mich die Angst davon.«

»Und Sie machten keine Anstalten, den Mann aus dem Loch zu holen? Er hat zu diesem Zeitpunkt vielleicht noch gelebt!«, ließ sich Langustier vernehmen. »Und wieso rücken Sie erst jetzt mit alledem heraus?«

»Ein Kähn interessiert sich nicht für Fremdländer!«, beschied ihn der späte Zeuge.

Der König wies auf Brädow, Roskusch, de la Vallé und Kähn. »Abführen!«, sagte er scharf.

Pjotr Prusskow lag weinend in Prinz Heinrichs Armen.

Der König klopfte Langustier auf die Schulter. Dann hellte sich seine Miene auf. Er klatschte in die Hände und die Musiker nahmen ihre Positionen ein. Er ließ sich von Quantz seine Flöte aufschrauben, setzte an und spielte, nachdem die Streicher ihm gehörig den Plan bereitet, das Allegro Scherzando seiner Sinfonie D-dur derart schön, dass alle Dunkelheit aus dem Saale verschwand. Er richtete denn auch an seine Mutter die Bitte, die Tafel aufzuheben. Dies geschah nun wortwörtlich, und während die Königinmutter unter dem Vorwand, von ihrem »Tagwerk« über Gebühr ermüdet zu sein, ihr Bett aufsuchte, eröffnete der König mit seiner Schwägerin, der Prinzessin von Preußen, höchstselbst den Ball. Langustier hatte sich eine Larve über die Augen gestreift und bot Sophie-Marie die Hand zum Tanz.

»Quelle surprise ...«, murmelte sie.

Sonnabend, 2. Juli 1746

Die Trennungsstunde rückte unaufhaltsam näher. Die Königinmutter musste ihren Schlaf abkürzen, damit man noch gemeinsam das Mittagsmahl einnehmen konnte, welches um ein Uhr im Billardsaal aufgetragen wurde, der zu ebener Erde gelegen war. Dies hatte den Vorteil, dass sie nach Tisch direkt durch die Türen in ihre vorgefahrene Kutsche getragen werden konnte. Sie dankte dem Sohn für die Großzügigkeit, die er bewiesen, und für die herrlichen Tage, die er ihr beschert hatte. Der König blieb mit wenigen Herren noch bis in die Nacht in Rheinsberg. Man soupierte auf der langen hölzernen Brücke vor der Einfahrt. Mit Glumes lampentragenden hölzernen Figuren war sie ein schöner Ort zum Nachdenken. Der König hielt den Vergil in der Hand. Darget hatte die verklebten Vorsatzblätter gelöst, sodass die Widmung Bonnie Prince Charlies sichtbar war.

»Es seindt mir durchaus ernst gewesen mit meinen Zusagen, die ich dem Betrüger de la Vallé für den Abenteurer Stuart gemacht«, sprach der König, »denn ich spüre einen Zug der Wesensverwandtschaft und Sympathie, die freilich auch in den gemeinsamen Blutsbanden ihre Verwurzelung hat, welche mich an seiner Sache einen natürlichen Anteil nehmen lassen. Doch es ist immer misslich, wenn ein falscher Agent auf eine gute Sache ein schlechtes Licht wirft. Es lässt unser Interesse verkümmern, so wie ein Trieb erstirbt, wenn die Lust durch eine Wolke getrübt wird. Es geht mir jetzt wieder so wie vor meiner Bekanntschaft mit ihm: Ich sehne mich nur noch danach, meine Ruhe zu genießen.«

Langustier verabschiedete sich von Baron Meerkatz, der im Begriff war, sich von den Folgen seines Abenteuers auf der Vulkaninsel zu erholen. Obzwar er in seinem Bett im Marstall steckte und über und über von Verbandsmull verdeckt einer Mumie ähnlicher sah als einem lebenden Menschen, schien er bester Laune zu sein.
»Der König lässt Ihnen alles Gute wünschen. Man wird in Kürze eingehend Nachsuche halten nach den Sarkophagen, von denen Sie berichten. Ich muss meinen Hut ziehen, Monsieur! Die Einweihung des kleinen Weinberg-Schlösschens auf dem Wüsteberg in Potsdam steht bevor, zu der Sie der König wärmstens einlädt.«
»Das trifft sich gut, denn ich werde mich in Potsdam nach einem kleinen Palais umsehen …«, kam es aus der Verbands-Mumie.
Ein wenig verwunderte es Langustier, dass Meerkatz kein Interesse hatte zu erfahren, wie es nun wirklich mit dem Engländer zugegangen war, den doch er gefunden. Langustier empfahl sich mitfühlend. Der Baron indes dachte an den geretteten Schatz und lachte.

Historische Stichworte

Bonnie Prince Charlie

Jakob III., Sohn des abgesetzten englischen Königs James II., unternahm vom französischen Exil aus drei fehlschlagende Versuche, sein Land zurückzuerobern, den letzten 1715. Die englischen, schottischen und irischen Ansprüche der Familie durchzusetzen, legte er als Aufgabe seinem 1720 geborenen Sohn in die Wiege: Prinz Charles Edward Stuart wuchs in Rom im Palazzo Muti auf, sprach fließend Italienisch, Französisch, Spanisch und Englisch, spielte Golf und Geige gleichermaßen hervorragend, war ein brillanter Schütze und sah blendend aus. Von den Tories unterstützt, nutzte der »jüngere Prätendent« 1745 den Krieg zwischen England und Frankreich für einen privaten Feldzug. Nahezu unbewaffnet landete der Prinz am 23. Juli 1745 auf der Hebrideninsel Eriskay, wo ihm der am nächsten Tag anreisende Clanchief Macdonald of Boisdale den Rat gab: »Fahrt wieder nach Hause, Prinz.« Charles Edward Stuart antwortete: »Ich bin nach Hause gekommen, Sir.« Er segelte weiter nach Norden und betrat am 25. Juli (St. James' Day) das schottische Festland in der Bucht von Loch nan Uamh bei Arisaig, unweit Inverness. Der Clanchef der Familie Kinlochmoidart stellte sich neben Charles und zückte sein Schwert. Das gab den Ausschlag: Die Hochlandkrieger marschierten für Bonnie Prince Charlie gegen den englischen König Georg II. Bald konnte der Stuartprinz in Edinburgh Einzug halten. Sein Triumphmarsch auf London endete am 6. Dezember 1745 in Derby. Man zog sich ins schottische Hochland, nach Inverness, zurück. Am 16. April 1746 wurde die zerrüttete, geschwächte Truppe vom Duke of Cumberland, Georgs Sohn Wilhelm Augustus, in einem 15-Minuten-Gefecht bei Culloden vernichtet. (Diese Schlacht wurde hier aus technischen Gründen um einen Monat vorverlegt ...) Prinz Charles flüchtete als Marktweib verkleidet. Flora MacDonald (1722–90), die ihm half, wurde zur schottischen Nationalheldin. Am 20. September 1746 segelte der Prinz nach Frankreich zurück. Europaweit ließ Georg II. die »Jakobiten« verfolgen. Aus Bonnie Prince Charlie wurde rasch ein müder alter Mann, der sich dem Trunk ergab. (Vgl.: Carolly Erickson: Bonnie Prince Charlie. London: Robson Books, 2001; Alain Bold: Bonnie Prince Charlie. London: Pitkin Pictorials, 1973.)

Brüderliche Scherze

Dass der König seinem Bruder Heinrich die Pagen wegnahm und übel beschimpfte, ist seinen unveröffentlichten Schriften und Briefen im Geheimen Preußischen Staatsarchiv zu entnehmen. »Das hast du verdient, du verdammte Hure! Wolltest du nicht meinen armen Bruder mit deinem giftigen Tripper anstecken? O! Wenn er auf mich hörte, würde er seine Liebe einem Würdigeren zuwenden ...«, schrieb Friedrich II. am 6. März 1746 an den Bruder über den »jungen Marwitz«, den er Heinrich »entwendet« hatte. Der gekränkte »Henri« beschwerte sich über diese Sarkasmen, woraufhin Friedrich am 9. März antwortete: »Mein lieber Henri, ich werde alles widerrufen, wenn Sie meine Scherze so tragisch nehmen. Zunächst bitte ich um Entschuldigung, dass ich so wenig Achtung vor Ihren Neigungen gezeigt und gesagt habe, dass Marwitz den Tripper und fleischige Schultern hat. Ich bekenne also, dass ich mich geirrt habe, und gebe zu, dass Marwitz ein Seraphim unter den Cherubinen ist, dass man ihn lieben muss, wenn man ihn sieht, und anbeten, wenn man ihn kennt. ... Ihre Trennung dauert nur 10 Tage, und Ihr kleines Herzchen ist nur 4 Meilen von Ihnen entfernt. Außerdem können Sie sicher sein, ihn bald wieder zu sehen.« (Zit. n. Eva Ziebura: Prinz Heinrich von Preußen. Berlin: Aufbau Taschenbuch Verlag, 2004, S. 45 ff.)

Edle von Lino

gab es nicht. Das westlich von Rheinsberg gelegene Dorf (1320 Linow, 1438 Lunow, 1524 Lynow) wurde 1524 zur wüsten Feldmark. Lange Zeit bestand dort (1574 ufn Lino, auff Lino, Linow) nur eine Schäferei. Erst 1688 wurde der Ort wieder als ein Vorwerk erwähnt; 1691 wurden Schweizerfamilien dort angesiedelt. Linow gehörte 1591 bis 1764 zum Amt Altruppin.

Fächer und Fächersprache

»Im Zusammenhang mit Fächern ist oft von der Fächersprache die Rede. Fächer sollen ab dem 18. Jahrhundert verwendet worden sein, um bei gesellschaftlichen Zusammenkünften nonverbale Geheimbotschaften auszutauschen. Regelrechte Wörterbücher ordnen einer Fächergeste (z. B.: Fächer geschlossen an die linke Wange gehalten) eine Aussage (z. B.: Ich liebe dich) zu. Es soll sogar Kurse gegeben haben, in denen die Fächersprache gelehrt wurde. Wie die Geheimbotschaften geheim bleiben konnten, wenn ihre Bedeutung allgemein bekannt war (oder andersherum, wie der Empfänger sie verstehen konnte, wenn die Bedeutung geheim war), bleibt unerwähnt. Tatsächlich listet ein Buch von 1757 verschiedene Gemütsbewegungen auf und nennt die zugehörigen Arten, einen Fächer zu halten. Dabei geht es aber [...] um die Deutung von Körpersprache [...]. Der einzige Beleg für die direkte Zuordnung von Geste und Aussage ist eine nicht datierte Veröffentlichung des Fächerherstellers Duvelleroy (seit 1827). Es ist davon auszugehen, dass die Fächersprache als Marketing-Instrument dieser Firma erfunden wurde, wahrscheinlich gegen Ende des 19. Jahrhunderts.« (Zit. nach Wikipedia; das erwähnte Buch ist: Le Livre de quatre couleurs. Paris: Duchesne, 1757.)

Federkrieg

Das Wort wurde von Louis-Joseph-Amour Marquis de Bouillé geprägt, der 1809 eine Prinz-Heinrich-Biografie veröffentlichte. »Die beiden Brüder dachten sich einen Krieg aus zwischen Preußen und seinen Nachbarn. Jeder führte auf Papier und auf Landkarten die Armeen und die Verhandlungen einer der kriegführenden Parteien. Sie schrieben sich zwei Briefe wöchentlich, um sich über die Bewegungen in Kenntnis zu setzen, die sie von ihrer Seite aus für angebracht hielten.« (Louis-Joseph-Amour Marquis de Bouillé: Prinz Heinrich von Preußen, Bruder Friedrichs II. Sein Leben als Privatmann, Politiker und Militär, Neuruppin: Rieger, 2002, S. 26)

Fremdenfeindlichkeit

Individualtourismus war im 18. Jahrhundert (wie auch in den Jahrhunderten zuvor) die Ausnahmeerscheinung. Vor allem Kaufleute und Handwerker, Fürsten, Künstler und Kavaliere reisten aus Notwendigkeit und Tradition, auf der Suche nach Kunden, Waren, Zerstreuung, Wissen oder einem neuen Sponsor. 1872 besuchte Andrew Hamilton als einer der ersten bürgerlichen »Touristen« Rheinsberg und erlebte manch unheimliche Begegnung mit Einheimischen. (Vgl. Andrew Hamilton: Rheinsberg. Das Schloss, der Park, Kronprinz Friedrich und Bruder Heinrich. Berlin: Aufbau, 1992, S. 212). Vorbild für den schießwütigen Rittergutsbesitzer Kähn war Karl von Kähne, der notorisch »Störenfriede« auf seinem 7000 Morgen großen Waldgebiet bei Petzow in der Mark umbrachte: picknickende Familien, Wandervögel, Spaziergänger, Pilzsucher etc. Dank adelshöriger Richter entging er stets aufs Neue der Strafverfolgung. (Vgl. Friedrich Karl Kaul: Es knistert im Gebälk. Der Pitaval der Weimarer Republik. Bd. 3. Berlin: Das Neue Berlin, 1961, S. 247 ff.)

Friedrichs Frühstück
bestand u. a. aus Kaffee und Pyrmonter Brunnen. Ein königlicher Zeitgenosse, der ehemalige Gymnasialdirektor Büsching, beschrieb die angeblich täglich gleiche Prozedur. (Dies ist die einzige historische Quelle, in welcher die Nachtmütze Friedrichs des Großen – als eine nicht vorhandene – Erwähnung findet: Mitte des 18. Jahrhunderts wickelte man sich des Nachts Tücher um den Kopf): »Wenn Er andere Strümpfe, auch die Beinkleider und Stiefeln in und auf dem Bette angezogen hatte, trat Er vor den Camin, zog ein anderes Hemd und sein Casaquin [Morgenrock; Anm. T. W.] an, und legte das Küssen und Tuch (ehedessen die Nachtmütze) von dem Kopfe, die so wie die von dem starken Schweiß ganz nassen Bettstücke, vor den Camin aufgehangen wurden. Nun setzt Er sich an den Tisch, auf den das in der Nacht angekommene Packet Briefe geleget war, ließ sich den Haarzopf zurecht machen, und eröffnete unterdessen das Briefpacket. Diejenigen, die von bekannter Hand waren, und die den meisten Reiz für ihn hatten, behielt und las Er, die übrigen schickte Er an den geheimen Cabinetsrath, damit ein Auszug aus denselben gemacht wurde. Wenn er die übrigen durchgelesen, und neben sich auf einen kleinen Tisch geleget hatte, stand Er auf, wusch sich Gesicht und Hände mit einer nassen Serviette, setzte sich seine Haartour auf, und frisierte sich sein Haar stehend selbst, welches sehr geschwind vonstatten ging, und wobey ihm ein Spiegel vorgehalten wurde. Nun setzte Er den Huth auf, (den er beständig auf dem Kopf hatte, ausser bey Tisch, und wenn Er mit vornehmen Personen sprach) und ging ins Vorzimmer, um dem daselbst befindlichen Adjutanten des ersten Bataillons Garde, den Rapport von dem ein- und ausgegangenen Fremden, abzunehmen, auch wohl, um ihm Befehle, die das Kriegswesen anbetrafen, zu geben. … Gleich darauf trank Er erst kaltes Wasser, und hernach Caffe. Nun ergriff Er die vorher schon aufgeschrobene Flöte …« (Zit. n.: Friedrich der Große privat. Bericht

eines Zeitgenossen. Karwe/bei Neuruppin: Edition Rieger, 2005, S. 29 f.)

Friedrich II. im Juni und Juli 1746
»Juni.
11 | Aus Pyrmont in Potsdam zurück.
15 | Aus Potsdam in Berlin, speist bei der Königin Mutter in Monbijou.
16 | Nach Potsdam.
25 | Musterung in Potsdam.
26 | In Charlottenburg, nach Berlin und zurück.
27 | Die Königin Mutter in Charlottenburg bis den 29sten, wo ihr zu Ehren Conzerte, Komödien, Erleuchtung und Feuerwerke stattfinden. (Bei dieser Gelegengheit entstand im Schlosse eine Feuersbrunst, die aber bald gedämpft wurde.)

Juli.
4 | Der König, die Königin Mutter und die regierende Königin mit mehreren Prinzen und Prinzessinnen nach Oranienburg zum Prinzen August Wilhelm, welcher mehrere Feste gibt.
9 | Von Oranienburg geht der König und die Königl. Familie nach Rheinsberg zum Prinzen Heinrich, wo ebenfalls allerlei Feste stattfinden.
18 | In Potsdam.
19 | Auf der Jagd; nachher speiste der König zum ersten Mal in dem neuen Weinberg vor dem Brandenburger Thore bei Potsdam.«
(Zit. n.: Karl Heinrich Siegfried Rödenbeck: Tagebuch oder Geschichtskalender aus Friedrich's des Großen Regentenleben, mit historischen und biographischen Anmerkungen zur richtigen Kenntniß seines Lebens und Wirkens in allen Beziehungen. 3 Bde. Neudruck der Ausgabe 1840–42. Bad Honnef: LTR-Verlag, 1982, Bd. 1, S. 132)

Fromery'sche Weckuhr

Die erwähnte Tischuhr von Pierre Fromery mit Weckglocke und Steinschlagfeuerzeug, das eine Kerze anzündet (Ende 17. Jh., Berlin), wurde erst 1977 von der damaligen Verwaltung der Staatlichen Schlösser und Gärten zur Ergänzung des Sammlungsgesamtensembles Charlottenburg erworben. Wie die meisten Charlottenburger Exponate gehörte sie nicht zum authentischen Bestand im Schloss des 18. Jahrhunderts. (Abb. in: museum 4/ 1977, S. 111)

Königliche Buchsucht

Friedrich II. nannte insgesamt acht Bibliotheken sein Eigen: die Jugendbibliothek, die Bibliotheken in Rheinsberg, Charlottenburg, Berlin und Breslau (jeweils im Schloss), die drei Potsdamer Hauptbibliotheken im Stadtschloss, im Schloss Sanssouci und im Neuen Palais. Die 3775 Bände umfassende Jugendbibliothek, im Rost'schen Haus in der Schlossfreiheit untergebracht (wo 1732 die Buchhandlung Haude & Spener einzog) war bis 1730 vor dem Vater geheim gehalten worden. Nach dem gescheiterten Fluchtversuch des Sohnes ließ der Soldatenkönig sie versteigern – nur eine von vielen Strafmaßnahmen. Während seiner Rheinsberger Zeit (1736–1740) baute sich der Kronprinz im Schloss in Rheinsberg eine neue Bibliothek auf. Sie befand sich im Turmkabinett des Klingenbergflügels. Nach seiner Thronbesteigung 1740 blieb die Bibliothek zurück. Erst beim beschriebenen Besuch 1746 wurde der Bestand vom Besitzer und seinem neuen Sekretär, Vorleser und Freund Darget gesichtet. Im August 1747 überführte dieser die Bücher nach Potsdam, wo sie den Grundstock für die Bibliothek im Schloss Sanssouci bildeten. Der König besaß fast ausnahmslos französische Werke – da er die alten Sprachen nicht beherrschte, eignete er sich auch die griechischen und römischen Autoren in französischer Übersetzung an. Friedrich II. behandelte seine Bücher sehr pfleglich; er ließ alle Bände extra einbinden: Die Bücher aus Rheinsberg haben einen hellbraunen Ziegenledereinband mit ornamentierter Vergoldung. Die Bücher in Potsdam, Berlin und Breslau dagegen wurden in rotes Ziegenleder eingebunden und mit einer gewundenen Randleiste versehen. Bücher, die der König geschenkt bekam, zeigen oft eine reichere Vergoldung. Mitunter tragen sie das preußische Wappen in Gold auf den Deckeln. Auf den Vorderdeckeln seiner Bücher hatte der König verschiedene goldene Buchstaben aufdrucken lassen. Die Bücher im Schloss Sanssouci tragen ein »V« (soll auf den Weinberg hindeuten: »Vigne«), die aus dem Neuen Palais ein »S«, die aus dem Berliner Schloss ein »B« mit Blättchenverzierung. Die Rheinsberger und Charlottenburger Bände trugen kein Signum, da diese Kennzeichnung erst nach der Charlottenburger Zeit eingeführt wurde. Die antiken Autoren sind in den diversen Buchsammlungen oft mehrfach vertreten; desgleichen die Werke des vergötterten Voltaire. Der König liebte Oktav- und Quartformat, Foliobände waren ihm zu unhandlich. Bevorzugte Buchhändler, bei denen er einkaufte, waren: die Witwe Naudé, Haude & Spener, Pitra (alle Berlin) sowie Néaulme (Bordeaux); als Buchbinder arbeiteten für ihn: Krafft (Berlin) und Rochs (Potsdam). Der König besaß auch eine eigene Druckerei im Apothekenflügel des Berliner Schlosses. Die dort gedruckten Bücher trugen das Imprimée: »Au donjon du château«. Hier wurden v.a. seine eigenen Werke gedruckt, oder – im Kriegsfall zur Entlastung der Bagage – bestimmte Bücher, die er in seiner »Reisebibliothek« benötigte, auf Dünndruckpapier, eingebunden in Silber- oder Goldpappe. Der König teilte seine Bücher ein in Werke zur Unterhaltung und Werke zum Studium. Die Aufstellung in den Schränken erfolgte nach Sachgebieten. Griechische und römische Autoren und Voltaire hatten einen gesonderten Platz. Alle noch zu lesenden Bücher standen dagegen frei auf dem Tisch. Die schon erledigten lagen flach. Bis zu seinem Tode 1786 ließ sich der König täglich vorlesen. (Vgl.

Hannelore Röhm: Friedrich II. und seine Bibliotheken. In: Friedrich II. und die Kunst. Ausstellung zum 200. Todestag. 19. Juli bis 12. Oktober 1986. Teil 1. Potsdam, 1986. S. 140–144)

König zur Kur
Die Kur des Königs wurde aus romantechnischen Gründen um acht Wochen verlängert. Der König fuhr 1746 am 13. Mai über Salzthal nach Pyrmont, wo er am 15. Mai eintraf. Am 11. Juni war er wieder zurück in Potsdam. Noch während des Kuraufenthalts, am 31. Mai, erging die Kabinetsordre wegen gänzlicher Abschaffung der Kirchenbuße. Der König ließ sich das Pyrmonter Brunnenwasser auch nach Potsdam bringen und hielt regelmäßig seine Gäste zum Kurtrinken an.

Königinmutter
Sophie Dorothea entstammte wie ihre Tante Sophie Charlotte dem Welfenhause. Ihr Vater Georg Ludwig, der sie mit ihrer Mutter nach deren Scheidung vom kurfürstlich-hannoverschen Hof verbannt hatte, wurde später König von England. 1687 in Hannover geboren, wurde Sophie Dorothea 1706 mit Kronprinz Friedrich Wilhelm von Preußen verheiratet, dem sie in 24 Jahren Ehe 14 Kinder gebar. Während der König seine Tabakskollegien abhielt, tagten in ihrem Lieblingsschloss Monbijou in Berlin philosophische Zirkel.

Königliche Komödien
Friedrich II. hat neben Musikstücken, Gedichten, Essays und politischen Abhandlungen auch zwei Komödien verfasst (die im Text erwähnte königliche Bearbeitung vom *Traum des Scipio* ist erfunden; nicht freilich Ciceros Stück ...): *Der Modeaffe*, 1742, und *Die Schule der Welt*, 1748. Letzte hat den Untertitel: *Eine preußische Komödie in 3 Akten, geschrieben von Herrn Satyricus, um incognito gespielt zu werden.* (Die Komödien des Großen

Königs. Übers. u. bearb. v. Carl Niessen und Ernst-Leopold Stahl. Berlin: Theaterverlag Langen/Müller, 1937, S. 25 f.).

Krankhafte Buchsucht oder Bibliomanie

Die Bibliophilie ist die zivilisierte Form der Buchsammelleidenschaft: Der Bibliophile sammelt mit System, wenngleich freilich oft unter Ausschöpfung seiner materiellen Möglichkeiten. Beim Bibliomanen haben die Bücher die Herrschaft übernommen, das Leben wird der Ansammlung von Büchern untergeordnet. Der im Text erwähnte Fall von Verwahrlosung im Alltag wurde nach dem Exempel des anerkannten Gelehrten Antonio Magliabechi (1633–1714) gezeichnet. Verlust der Buchsammlung führte oft zu Wahnsinn, wie etwa bei Antonius Urceus Codrus (1446–1500), dessen Bücher in Flammen aufgingen, woran er selbst schuld war: Den Tag verbrachte er im Wald, erst mit Einbruch der Dunkelheit schlich er in die Stadt. Wenn die Tore schon geschlossen waren, nächtigte er im Gebüsch. Materielle Not führte zum Inkaufnehmen des eigenen Todes: Der Philosoph Jean Baptiste Bordas-Demoulin (1798–1859) erwarb statt eines nötigen Kanten Brotes ein lange gesuchtes Buch. Man fand ihn tot neben seiner Errungenschaft. Berühmte Fälle krimineller Bibliomanen sind der Leipziger Magister Johann Georg Tinius (1764–1846), der zwei Raubmorde beging, sowie das »Ungeheuer von Barcelona« – der Mönch Don Vincente (gest. 1836), dem 9 Morde nachgewiesen wurden, allesamt aus der irrigen Überzeugung heraus begangen, es handele sich bei einer bei Palmart 1482 erschienenen Inkunabel – einem in Kleinstauflage hergestelltem Wiegendruck aus den Anfängen des Buchdrucks – um ein Unikat.

L'hombre

auch *Lomber* (von *hombre*, span. »Mann«), war ein Kartenspiel für drei Personen; eine Variante des Spiels zu viert heißt *Quadrille*. Elemente des L'hombre finden sich im Skatspiel wieder. Laut

Meyers Konversationslexikon von 1888 soll das Spiel im 14. Jahrhundert in Spanien erfunden worden sein. Von dort kam es, wahrscheinlich durch Maria Theresia, die Gemahlin Ludwigs XIV., an den französischen Hof und fand dann rasch Eingang in ganz Europa. L'hombre war – als eher kompliziertes und schwieriges Spiel – nie weit verbreitet.

Preußen, Hannover, England
Der Kurfürst von Hannover, der ab 1727 König von England war, hatte sich schon als Knabe mit dem Soldatenkönig geprügelt. Anlässlich einer Werbekampagne preußischer Offiziere auf hannoverschem Gebiet hatte sogar ein Duell zwischen beiden gedroht. Die Antipathie übertrug sich auf die Söhne. Friedrich II. hätte Georg II. nur gar zu gerne in die Knie gezwungen: »Gott soll mir verzeihen, ich habe eine Abneigung gegen das englische Geschlecht, von der ich mich nicht bekehren kann.« (Zit. n.: Die Komödien des großen Königs. Übers. u. bearbeitet von Carl Niessen und Ernst-Leopold Stahl. Berlin: Theaterverlag Langen/Müller, 1937, S. 13)

Preußische Hof-Feste 1746
Die Festfolge wurde aus romantechnischen Gründen eingedampft, Oranienburg gar zur Poststation auf dem Weg nach Rheinsberg. Die Theaterproben, die Bälle und Illuminationen sind verbürgt, ebenso die beharrliche Verweigerung körperlicher Betätigung seitens der Königinmutter, das wilde Kutschwettrennen und der Brand in Charlottenburg. Der russische Vizekanzler Woronzow reiste tatsächlich, aus Ferien in der Provence heimkehrend, über Berlin, wo er den König traf. Einen künstlichen Vulkanausbruch auf der Remus-Insel hat es nicht gegeben, wenngleich das Eiland heute so ganz ohne Mauerreste daliegt, wie man es sich nach der fingierten Katastrophe vorstellen muss. (Vgl. Ernst Poseck: Preußisches Rokoko. Festtage in Charlotten-

burg, Oranienburg und Rheinsberg im Sommer 1746. Berlin: Steuben-Verlag, 1940).

Preußische Politik 1744–1748

Preußens Bündnis mit Frankreich (5.6.1744) »war umso leichter zu erneuern, als ja England aktiv in die Kämpfe eingegriffen hatte. Im August 1744 marschierte Friedrich nach Böhmen und eroberte Prag. Aber der weitere Verlauf des Feldzugs (Sachsen wechselte auf die Seite Österreichs und bedrohte die preußische Flanke) verlief vollkommen desolat und schwächte die Position Friedrichs erheblich. Außerdem starb ... Karl VII. am 10. Januar 1745. Sein Nachfolger als bayerischer Kurfürst, Maximilian III. Joseph, schloß schleunigst mit Österreich den Frieden zu Füssen am 22. April 1745 und versprach, die Wahl Franz' von Toscana (Lothringen) zum Kaiser zu unterstützen. Frankreich, das inzwischen in Übersee mit England um die wirtschaftlichen Ressourcen Nordamerikas kämpfte, war in Europa kein gewichtiger Bündnispartner mehr. So war Friedrich 1745 in der Situation, in die er ohne den Separatfrieden von Berlin nie gekommen wäre: Er stand fast allein einem inzwischen siegreichen Österreich gegenüber. ... Unter Aufbietung aller Kräfte führte er den Feldzug 1745 erfolgreich durch, schlug die verbündeten Sachsen und Österreicher bei Hohenfriedberg am 4. Juni ..., die Österreicher bei Soor am 30. September ..., sächsische Truppenteile bei Hennersdorf am 24. November ... und dann noch einmal die Sachsen durch den Alten Dessauer bei Kesselsdorf am 15. Dezember ... Am Weihnachtstag 1745 wurde der Frieden zu Dresden unterzeichnet, der Friedrich bis 1756 in den ungefährdeten Besitz Schlesiens bringen sollte. ... Die nächsten Jahre waren überschattet von der ständigen Gefahr eines österreichischen Revanchekrieges. 1746 schlossen Österreich und Russland ein Verteidigungsbündnis. 1747 schloß England mit Russland einen Subsidienvertrag.« (Zit. n.: Friedrich der Große: Das Palladion.

Ein ernsthaftes Gedicht in sechs Gesängen. Kommentarband, hrsg. u. erl. v. Jürgen Ziechmann. Bremen: Verlagskooperative H. M. Hauschild GmbH/Edition Ziechmann, 1985, S. 109 f.)

Prinz August Wilhelm über die Lust
Das im vorliegenden Text erwähnte Werk *Fächer meiner Lebenslust* aus der Feder des Prinzen von Preußen ist erfunden. Sein reges Geschlechtsleben dagegen nicht. Im Oranienburger Schlossgarten ließ er dem Phallus-Gott Priapos einen Tempel errichten. Der im Text mündlich ausgesponnene pseudophilosophische Austausch des Prinzen August Wilhelm mit dem Akademiepräsidenten Maupertuis fand in Wirklichkeit brieflich statt. (Vgl. Eva Ziebura: August Wilhelm, Prinz von Preußen, Berlin, 2006, S. 100 ff.)

Prinz Heinrichs fehlende Antikensammlung
Anders als sein Bruder Friedrich, der bereits 1742 die bedeutende Sammlung antiker Skulpturen des Pariser Kardinals Melchior de Polignac erworben hatte, oder später, 1764, die berühmte Gemmensammlung des Florentiner Barons Philipp von Stosch kaufte, deren veröffentlichter Katalog von Johann Joachim Winckelmann stammte, hat Prinz Heinrich keine Antiken gesammelt. Im Inventar des prinzlichen Nachlasses in Rheinsberg (1802) fanden sich nur »zwei Antiken … die man als eine Art Nippes für den Schreibtisch bezeichnen könnte«. (Sepp-Gustav Gröschel: Prinz Heinrich von Preußen und die Antike. Einige Bemerkungen. In: Jahrbuch Stiftung Preußische Schlösser und Gärten Berlin-Brandenburg. Band 4, 2001/2002. Berlin: Akademie Verlag, 2003, S. 77–103; hier: S. 78) Als schlichter Grund dafür wird in der älteren Literatur Geldmangel angegeben. Es könnte sich aber, wie Gröschel (s. o., S. 80) vermutet, auch der König das alleinige Privileg vorbehalten haben, in Preußen Antiken zu sammeln: »Zwar sollten ihm die Antiken nicht mehr im barocken

Sinn als Zeichen einer von der Antike abgeleiteten Kontinuität und Legitimität der Herrschaft dienen, aber ihr Besitz sollte die Gleichrangigkeit des preußischen Königtums gegenüber den anderen europäischen Mächten auch auf diesem Gebiet manifestieren und war daher unter den Familienmitgliedern offenbar etwas Exklusives.« Prinz Heinrich war der Antike trotzdem zugetan; die aus Finanznot unterbliebene Romreise machte er durch eine reichhaltige Bibliothek antiker Autoren und viele pseudoantike Tempelbauten und Blendmalereien in Schloss und Park Rheinsberg wett. Ein »Remusgrab« gab es als Tempel im späterem Park von Rheinsberg; ein kleiner Hügel verweist auf den einstigen Standort dieses Tempels bei der Orangerie.
Prinz Heinrichs Interesse für Rheinsberger Lokal-Geologie und Archäologie ist nicht erdichtet: »Etwa 200 Stück Marmorarten und Versteinerungen, welche bey Rheinsberg gefunden worden, werden auf der hiesigen öffentlichen Prinzlichen Bibliothek verwahrt [...] Noch verschließet die Erde manche Merkwürdigkeit in der Gegend um Rheinsberg. Viele Urnen sind im Lustgarten im Bobero, und auf der Remusinsel ausgegraben worden, man hat öfters Münzen in selbigen gefunden. [...] Noch kürzlich wurde an einem Orte im Bobero, der einige hundert Jahre, nach den Bäumen zu urtheilen, mit Holz bewachsen gewesen seyn muß, 9 Fuß tief aus der Thonerde eine Dolchklinge ausgegraben.« (Zit. n.: Carl Wilhelm Hennert: Beschreibung des Lustschlosses und Gartens Sr. Königl. Hoheit des Prinzen Heinrichs Bruders des Königs, zu Rheinsberg [...] Berlin: Friedrich Nicolai, 1778, S. 92 ff.)
Die *öffentliche Bibliothek* des Prinzen Heinrich im nördlichen Kopfbau des Marstalles (im Unterschied zu seiner Privatbibliothek im Schloss) war keine öffentliche Bibliothek im heutigen Sinne. Es konnten nur sehr wenige Menschen lesen, die in der Regel zur Hofgesellschaft gehörten. Gelehrten Reisenden und gebildeten Fremden war die Bibliothek ebenfalls zugänglich. Die

dort verwahrte archäologisch-geologische Sammlung hat sich nicht erhalten.

Rheinsberg, das »Kythera der Mark«
»Ein Wesenszug der höfischen Rokokogesellschaft war das Interesse an Travestien, an spielerischen Verkleidungen, eine bis auf die Spitze getriebene Sehnsucht, die Trennung zwischen den Geschlechtern und den Altersgruppen aufzuheben. [...] Erotik und höfische Gesellschaft gehörten in jener Zeit einfach fest zusammen, selbst wenn, wie am Hofe Friedrichs II. [...] nicht so unbedenklich geliebt wurde wie anderswo. [...] Die Zentralgestalten des kleinen Rokokogartens waren Amor und Venus. [...] Die Gärten des Rokoko waren als der lustvolle Hintergrund der zeitlosen Fêtes galantes gedacht. Lieblingsmaler dieser Jahrzehnte, der den Zeitgeschmack am besten getroffen hat, war neben Fragonard und Boucher Antoine Watteau. Sein großes Thema: Embarquement pour Cythère, die Reise zur sagenhaften Liebesinsel.« (Zit. n.: Michael Niedermeier: Erotik in der Gartenkunst. Eine Kulturgeschichte der Liebesgärten. Leipzig, 1995; darin das Kapitel: Die Überfahrt nach Kythera. Das galante Rokoko. S. 135–144; hier: 136–142).

Romulus war Remus' Tod
Als sie erwachsen waren, wurden Romulus und Remus von dem Verlangen ergriffen, eine Stadt zu errichten. Aber sie gerieten in Streit darüber, wo sie gebaut und nach wem sie benannt werden sollte. Weil sie Zwillinge waren, konnte keiner sich auf ein höheres Alter berufen. Die Zahl gesichteter Geier sollte den Ausschlag geben. Sie stellten Hochsitze auf: Romulus auf dem Palatin, Remus auf dem Aventin. Angeblich sah Remus als Erster gleich sechs Geier. Eben als Romulus diese Kunde vernahm, sah er selbst zwölf. Sie gaben dem König das Ergebnis ihrer Geierzählung bekannt, wobei Remus darauf verwies, dass er die Geier

zuerst sah, Romulus hingegen auf die höhere Geierzahl. Romulus wurde der Streit zu lang. Er erschlug den Bruder, erbaute und beherrschte fortan eine Stadt namens Rom.

Eine weitere Überlieferung besagt, dass Remus erst getötet wurde, als Romulus bereits mit dem Bauen begonnen hatte. Aus Geiz oder Geldnot hatte Romulus eine Stadtmauer im Miniaturformat errichtet, über die Remus mit neckischem Sprunge hinwegsetzte, um seinen knauserigen Bruder zu verspotten. Der erschlug ihn und sagte: »So soll es in Zukunft jedem ergehen, der meine Mauer übersteigt.« Plutarch berichtet eine leicht abweichende Fassung: Kaum hatten sie entschieden, eine einzige Stadt zu erbauen, als sie schon wegen des Ortes in Streit gerieten. Romulus legte die sogenannte Roma quadrata [auf dem Palatin] an und wollte dort die Stadt erbauen; Remus dagegen bestimmte dazu einen festen Platz auf dem Mons Aventinus [...]. Sie einigten sich, diesen Streit durch Auspizien zu entscheiden, und als sie sich zu diesem Zweck an zwei verschiedenen Orten niedergelassen hatten, sollen Remus sechs, Romulus aber doppelt so viele Geier erschienen sein. Manche behaupten, Remus habe die Geier wirklich gesehen, Romulus aber gelogen und die zwölf Geier erst gesehen, nachdem Remus wieder zu ihm gekommen war. [...] Remus war über den entdeckten Betrug sehr wütend, und als Romulus einen Graben aushob, der die Mauer umgeben sollte, spottete er nicht nur über die Arbeit, sondern bemühte sich auch, sie auch zu behindern. Zuletzt sprang er sogar mit einem Satz über den Graben. Es heißt, er wurde von Romulus selbst, folgt man anderen aber von Celer, einem seiner Anhänger, erschlagen. (Vgl. Titus Livius: ab urbe condita, 1, 3–7; Plutarch: Das Leben des Romulus, 9 f.) Woraus erhellt, dass Mythen unbegrenzt variabel sind.

Remusberg = Rheinsberg

Voltaire antwortete Friedrich II., nachdem ihm dieser seine Überzeugung dargelegt hatte, Remus sei in Rheinsberg begraben, mit einer sehr langen Ode. Aus dieser hier nur der wichtigste Satz: »Das erste Rom, es fiel, nur heilig ist es noch; / Das einzige, wohin ich gehen möchte, ist Remusberg.« Im Übrigen erklärte Voltaire diplomatisch: »Voilà, Monseigneur, soviel zu Mont Remus; ich bin dazu bestimmt, immer andere Ansichten zu haben als Mönche. Ihre beiden Kapuzenaltertümler, die sozusagen vom Papst gesandt wurden, um nachzusehen, ob der Bruder von Romulus Ihren Palast gegründet hat, sollten diesen Remus fürwahr zu einem Heiligen erklären, wo sie ihn schon nicht zum Grundsteinleger machen konnten; aber wahrscheinlich wäre Remus ebenso verblüfft gewesen, sich nach Preußen versetzt zu sehen, wie darüber, sich im Paradies wiederzufinden.« (Zit. n.: Voltaire – Friedrich der Große. Briefwechsel. Hrsg. v. Hans Pleschinski. München: dtv, 1994, S. 45 f., 57)

Speisenfolgen und Rezept-Quellen

Anregungen für Gerichte und Speisenfolgen gaben »Frankreich tafelt« von Raymond Oliver (München, 1969) und »Die Tafelfreuden der preußischen Könige« von Anja Knott (München, 2005). Langustiers Erläuterungen zum Diner am Ende folgen den Anmerkungen des Urhebers und großen Koches Grimod de la Reynière (1758–1838), der übrigens »mit Schwimmhäuten an den winzigen Händen zur Welt gekommen war, die er mit Metallhandschuhen verkleidete«. (Zit. n.: Raymond Oliver: Frankreich tafelt. München, 1969, S. 102)

Der Autor dankt dem Kurt-Tucholsky-Literaturmuseum für die gastfreundliche Aufnahme als 23. »Stadtschreiber zu Rheinsberg«. Dank gilt auch dem Ministerium für Wissenschaft, Forschung und Kultur des Landes Brandenburg, der Stadt Rheinsberg und dem Landkreis Ostprignitz-Ruppin.

Besuchen Sie den Autor im Internet: www.doktor-wolf.de

Foto: privat

TOM WOLF

Geboren 1964 in Bad Homburg, Studium der Neueren Deutschen Literatur, Älteren Deutschen Sprache und Literatur sowie der Philosophie in Mainz, Bamberg, Marburg und Tübingen (1999 Dr. phil.). Seit 1984 veröffentlichte er zahlreiche belletristische Beiträge in Anthologien, Zeitschriften und Zeitungen und verfasste wissenschaftliche Bücher (u. a.: »Einmal lebt' ich wie Götter!!!« Nachforschungen zu Arno Schmidts »Gelehrtenrepublik«. Frankfurt am Main, 1987; Die Dimension der Natur im Frühwerk Alfred Döblins. Regensburg, 1993; Pustkuchen und Goethe. Die Streitschrift als produktives Verwirrspiel. Tübingen, 1999; Brüder, Geister und Fossilien. Eduard Mörikes Erfahrungen der Umwelt. Tübingen, 2001.)
Im berlin.krimi.verlag erschienen sind bislang die Honoré Langustier-Bände »Königsblau – Mord nach jeder Fasson«, 2001; »Purpurrot – Tödliche Passion«, 2002; »Rabenschwarz – Zepter und Mordio«, 2002; »Schwefelgelb – Mörderische Kälte«, 2003; »Smaragdgrün – Teuflische Pläne«, 2004; »Silbergrau – Blutige Spiele«, 2004; »Goldblond – Verheerende Torheit«, 2005.

Langustier ermittelt weiter

ISBN 978-3-89809-009-4

ISBN 978-3-89809-018-6

ISBN 978-3-89809-013-1

ISBN 978-3-89809-019-3

ISBN 978-3-89809-026-1

ISBN 978-3-89809-028-5

ISBN 978-3-89809-501-3

Jeder Band 9,90 €

»Hier bahnt sich eine kleine Sensation an: die Profilierung eines Berliner ‚Geheimkommissärs' von ganz eigenem Schlag.«
Berliner Morgenpost

berlin.krimi.verlag
www.bebraverlag.de